U0126488

多元的解構

——從結構到後結構的翻譯研究

莊柔玉 著

臺灣 學生書局 印行

序

踏進二十一世紀，隨著西方翻譯理論的興起，翻譯研究漸趨蓬勃，傳統的應用導向翻譯研究不再是學術研究的焦點。在結構主義和後結構主義思潮的帶動下，翻譯研究的目的、對象、範圍、方法、學術價值等均受到檢視。所謂原文與譯文的定義、翻譯與重寫的分野、經典譯著與邊緣譯本的區別、文學翻譯與宗教翻譯的界限等，都是近年來西方學者著手探索的課題。

西方的翻譯研究不是一門完全獨立的學科，與語言學、文學批評、文化研究、哲學理論有著密切的關係。二十世紀七十年代以降，在結構主義和後結構主義思潮的帶動下，翻譯研究亦或多或少呈現了與此相關的痕迹。從傳統的應用導向研究，走向描述翻譯研究；從翻譯多元系統的發掘，走向後殖民的翻譯探索——我們可理解為翻譯研究的語言轉向、文化轉向、政治轉向，甚至是哲學轉向。

本書所探討的兩大翻譯理論：多元系統論和解構翻譯學說，在近三十年的西方翻譯界甚為矚目。多元系統論牽涉問題甚多，而且在應用上異常複雜，從事研究需時。上卷擬從文學翻譯、宗教翻譯、跨媒體翻譯等不同範疇的研究，揭示埃文一佐哈爾、圖里、勒菲弗爾等學者提出的理論的好處及局限，指出這些理論在描述及解釋漢語翻譯現象上的得失。

本雅明、德希達、德曼等學者的解構思想深奧晦澀，對翻譯研究影響深遠。下卷一方面從後結構主義的觀點，剖析翻譯的本質、譯者的任務、原文譯文的關係、文本的播散和轉化等問題；另一方面又把解構批評應用在剖析詩歌、聖經、靈修典籍、電影名稱和電視劇主題曲的翻譯及重寫上，藉以開拓翻譯研究的視野。

上下兩卷，既自成體系，展現了源於兩種不同哲學思維的翻譯研究，又互相呼應，揭示了同一主題在不同理論基礎下迥異的視角。同是探討聖經翻譯，第二篇跟第八篇呈現著不一樣的研究成果。同是論述基督教譯著，第四篇與第六篇融會了不一樣的翻譯觀念。同是探索流行文化現象，第三篇跟第九及第十篇透視著不一樣的解讀模式。後結構翻譯研究是結構翻譯研究的悖逆還是延續，這些同主題而異進路的文章，或可給讀者一點參考。此外，本書提出的翻譯理論，可給翻譯的實踐帶來甚麼啟發？有沒有實際的指導作用？第五篇作出了初步的探索。為了使討論更形立體，附卷部分收載了作者四個譯本的序言及一篇譯文：序言嘗試從翻譯的實踐具體探討一些相關的翻譯問題；譯文則讓讀者直接認識埃文－佐哈爾多元系統論的核心思想。

多元的解構，既可理解為翻譯研究從多元系統論走向解構翻譯觀的歷程，又可呈示翻譯的本質，映照文本的意義在翻譯的過程中播散、游走、漂泊而生生不息的現象。本書大部分內容修訂自曾在台港兩地的學術書籍及期刊上發表的論文。首末兩篇則是為配合書題而撰寫的，第一篇在重寫的基礎上，加入多元系統論的思想根源；第十篇就解構翻譯理論的核心思想，作出大膽的探索。書中介紹的西方翻譯理論，在華語地區方興未艾，尚待深入的探討。書中的個案研究，在中文文獻中屬於較前衛／邊緣的翻譯現象分析。在文章的編排上，為了讓讀者從較整全的角度理解個別論文的研究方向與價值，作者在各文章的篇首加入全新的提要，並附統一的引用書目，藉以連貫帶出「多元的解構」這個主題的精神意涵。由於每篇論及的範疇不盡相同，有些部分的註釋較為繁複，全書一律採用腳註，以便查閱。最後，鑑於本書引用了不少西方的理論作為闡釋現象的基礎，書末附中外名稱對照與索引，以便翻查相關的資料或概念。

這些論文得以結集成書，必須感謝學生書局、授予轉載版權各原出版者，以及協助成書的各方朋友。但願這種把翻譯研究與文學、哲學、社會學、文化研究等結合的跨學科探索，有助提高翻譯作為一門學科的理論性和學術性，使漢語世界的翻譯研究與西方的學術發展並駕齊驅，邁向更高更廣、更新更深的領域。

莊柔玉

2008 年 3 月 24 日

多元的解構
——從結構到後結構的翻譯研究

目　次

上卷

從結構主義出發的翻譯探索

1. 視野與局限
——多元系統研究的理論與實踐

提要

隨著結構主義、後結構主義與文化研究的興起，強調結構與關係的分析方法，成為翻譯研究重要的一環。埃文一佐哈爾提出的多元系統論認為，各種社會符號現象，即各種由符號支配的人類交際形式（例如語言、文學、經濟、政治、意識形態），應視為系統而非由各不相干的元素組成的混合體，才能充分地加以理解和研究。這套理論給翻譯研究和文學研究開闢了一條新途徑，開創了一個以描述性、面向目標文化、功能主義、系統性為共同理念的翻譯學派。本文以埃文一佐哈爾的多元系統論為研究對象，首先探索這個崛起於七十年代的分析架構的結構主義根源；然後指出這套提倡超然客觀、純學術的描述性研究的理論對翻譯研究的貢獻；最後從多元系統研究理論上的矛盾及應用上的困難，剖析採用這種研究方法來審視翻譯現象的局限。*

---

* 本文就多元系統研究的理論和局限的討論，改寫自以下兩篇文章：張南峰、莊柔玉合撰，〈前言：多元系統研究的理論與實踐〉，《中外文學》，多元系統研究專輯 30 卷 3 期（2001 年 8 月）：頁 7-17；莊柔玉，〈用多元系統理論研究翻譯的意識形態的局限〉，《翻譯季刊》16 & 17 期（2000 年 10 月）：頁 122-133。

引言

多元系統論（Polysystem theory）源起於以色列文學及文化理論家埃文－佐哈爾（Itamar Even-Zohar）於二十世紀七十年代撰寫、收錄於《歷史詩學論文集》（*Papers in Historical Poetics*）的文章。埃文－佐哈爾就當時靜態的、抽離歷史的、以文本為中心的文學研究方向提供了另類的選擇。他的理論經特拉維夫大學（Tel Aviv University）波特詩學及符號學研究所（Porter Institute for Poetics and Semiotics）其他成員例如圖里（Gideon Toury）、沙維特（Zohar Shavit）和舍菲（Rakefet Sheffy）的闡述而更趨成熟。❶起初，多元系統論探討的是涉及翻譯理論的特殊問題；不久，它演變成一套全面的文化分析理論，試圖解釋不同文化系統之間的關係，或某個特定文化系統中不同子系統之間的關係。

埃文－佐哈爾多元系統論深受西方翻譯學者注視。一方面，多元系統論提供了一個理解、分析及描述文學系統的功能與演進的模式；另一方面，埃文－佐哈爾就一向處於文學系統邊緣位置的翻譯文學的研究，引來了廣泛的討論。本文旨在探索這套理論的思想根源，以及其對翻譯研究的貢獻與影響。本文嘗試指出，有如結構主義使文學文化等研究踏進新的領域，多元系統論使翻譯研究邁向新的里程；與此同時，由於師承了結構主義學派重要的思想，多元系統論無可避免地帶有其研究方法的局限。

---

❶ Philippe Codde, "Polysystem Theory Revisited: A New Comparative Introduction," *Poetics Today* 24:1 (2003): 91.

1.1 多元系統理論的思想根源

「結構主義」（structuralism）一詞，意涵豐富。廣義來說，它是方法論的一種，廣泛應用在不同領域上，蹤跡遍及當代哲學、語言學、文學批評、史學理論、社會學、人類學、心理學等範疇。雖然，結構主義這個術語乃俄國理論家雅克慎（Roman Jakobson）創立，但學者一般把結構主義的起源追溯至瑞士語言學家索緒爾（Ferdinand de Saussure）1916 年發表的《普通語言學教程》（*Course in General Linguistics*）。❷按照索緒爾的看法，語言是一種表達觀念的符號系統，符號則是意義的基本單位；語言學的研究對象，該是由符號任意性和差異性關係所建構的語言內在結構。這種強調系統和關係的語言觀影響深遠，被視為結構主義思想的發端。

除了索緒爾語言學觀點外，結構主義與俄國形式主義（Russian Formalism）與布拉格學派（Prague School）的思想也有很深的淵源關係。❸根據美國學者卡勒（Jonathan Culler）的說法，結構主義一詞泛指任何強調結構與關係的分析；不過，一般來說，這個術語專指二十世紀歐洲（特別是法國）學派把結構主義語言學方法應用到社會及文化現象研究的理論。結構主義者拒絕就社會及文化的個別事件作隨意的分析，而是把焦點置放在文化事物的內在結構上，尤其是那

---

❷ Andrew Edgar and Peter Sedgwick, eds., *Key Concepts in Cultural Theory* (London & New York: Routledge, 1999), 381.

❸ Julian Wolfreys, ed., *The Edinburgh Encylopaedia of Modern Criticism and Theory* (Edinburgh: Edinburgh University Press, 2002), 365.

些使這些事物得以產生的基礎結構。❹結構主義的一些重要理念，例如意符（signifier）和意指（signified）關係的任意性、語言（langue）的研究優於言語（parole）的研究、個別現象取決於事物之間的相互關係等，在埃文－佐哈爾的多元系統論有著或顯或隱的痕迹。

早於 1929 年，俄國後期形式主義理論家梯尼亞諾夫（Jurij Tynjanov）已提出「系統」的說法。所謂系統，是指不同相關而互動的元素組成的多層次結構。系統的概念甚富彈性，可應用於各種不同的現象分析。從個別作品到文學類別與傳統到整個社會秩序的研究，梯尼亞諾夫可以「系統突變」（mutation of systems）的觀點闡述文學演進的過程。❺埃文－佐哈爾繼承了梯尼亞諾夫的系統觀，以探討一些與翻譯的理論及希伯來文學歷史的結構為起點，發展出一套自稱多元系統論的思想體系；其系統觀念與研究方法，與梯尼亞諾夫可謂如出一轍：

> 各種符號現象，也就是由符號主導的人類交際形式（例如文化、語言、文學、社會），須視為系統而非由各不相干的元素組成的混合體，才能較充分地理解和研究；這種觀念，已經成為當今大多數人類科學的主要觀念之一。以前流行的，是實證主義研究途徑，即搜集數據，然後以經驗主義理由將之接受，並分析其物質內容；如今流行的，則是功能主義途徑，

❹ Jonathan Culler, "Structuralism," in *The Shorter Routledge Encyclopedia of Philosophy*, ed. Edward Craig (London & New York: Routledge, 2005), 1004.

❺ Mark Shuttleworth, "Polysystem Theory," in *Routledge Encyclopedia of Translation Studies*, ed. Mona Baker (London & New York: Routledge, 1998), 176.

> 以分析現象之間的關係為基礎。把符號現象視為系統，就有可能對各種符號集成體的運作方式提出假說，從而邁向現代科學產生以來一直為之奮鬥的最終目標：找出支配著各種現象的多樣性和複雜性的規律……因此，抱著系統觀念進行研究，不單可能充分解釋「已知」的現象，而且可能發現完全「未知」的現象。❻

埃文－佐哈爾把系統界定為針對某一些可供觀察的事件或現象而假設出來的關係網。❼至於多元系統，則是一個統稱，指涉特定文化內一切大小文學系統。埃文－佐哈爾創立多元系統一詞，是為了強調系統是動態而不是靜態、共時主義、同質結構和非歷史主義：

> 創造「多元系統」這個術語，其實是有用意的，就是要明確表達動態的、異質的系統觀念，和共時主義劃清界線。這個術語強調，系統內部是多重交疊的，因此其結構性是非常複雜的；它還強調，不用假設系統必須具有同質性才能運作。認識到系統的歷史性（這對於建構較接近「現實世界」的模式十分重要），我們就不會把歷史事物錯誤地看作一系列互不相干

❻ Itamar Even-Zohar, "Polysystem Theory," *Polysystem Studies, Poetics Today* 11:1 (Spring 1990): 9. 中譯引自埃文－佐哈爾著；張南峰譯，〈多元系統論〉，《中外文學》30卷3期（2001）：頁18。

❼ Itamar Even-Zohar, "The 'Literary System'," *Polysystem Studies, Poetics Today* 11:1 (Spring 1990): 27.

的、與歷史無關的事件。❽

埃文－佐哈爾提出的多元系統論認為，各種社會符號現象，即各種由符號支配的人類交際形式（例如語言、文學、經濟、政治、意識形態），應視為系統而非由各不相干的元素組成的混合體，才能充分地加以理解和研究。這些社會符號系統並非單一的系統，而是由不同成分組成的、開放的結構，因此是多元系統，也就是由若干個不同的系統組成的系統；這些系統互相交叉，部分重疊，各有不同的行為，卻又互相依存，並作為一個有組織的整體而運作。這些系統的地位並不平等，有的處於中心，有的處於邊緣。但多元系統並不是靜態的、固定不變的。地位不同的系統，永遠在無休止地鬥爭；而在某些內在的或外來的因素影響之下，邊緣系統有時會取得勝利，進佔中心位置，更可能把中心系統排擠到邊緣。任何多元系統，都是一個較大的多元系統，即整體文化的組成部分，因此必然與整體文化以及整體內的其他多元系統相互關聯；同時，它又可能與其他文化中的對應系統共同組成一個「大多元系統」（mega-或macro-polysystem）。也就是說，任何一個多元系統裏面的現象，都不能孤立地看待，而必須與整體文化甚至於世界文化這個人類社會中最大的多元系統中的現象聯繫起來研究。

儘管埃文－佐哈爾一再強調多元系統這個說法的獨特性，可是，在埃文－佐哈爾的作品中，「系統」與「多元系統」其實是大

❽ Even-Zohar, "Polysystem Theory," 12. 中譯引自埃文－佐哈爾著；張南峰譯，〈多元系統論〉：頁20-21。

同小異的術語。正如根茨勒（Edwin Gentzler）指出，埃文－佐哈爾對多元系統的定義和梯尼亞諾夫的系統概念並無兩樣，這包括後者對文學、半文學及文學以外的結構的理解。[9]至於埃文－佐哈爾研究的方向，亦與梯尼亞諾夫一脈相通，兩者都旨在探討不同系統之間的相互關係，尤其是大系統與較小的子系統之間的相互關係。[10]

1.2 多元系統翻譯研究的視野

埃文－佐哈爾提出的多元系統論的思想雖算不上原創，但對翻譯研究卻有著深遠的影響。多元系統論在翻譯研究的文化轉向上，扮演著舉足輕重的角色。毋容置疑，這套理論給翻譯研究和文學研究開闢了一條新途徑。埃文－佐哈爾的同事圖里在多元系統論的基礎上，發展出一套描述翻譯學（Descriptive Translation Studies），研究支配翻譯活動的各種規範；比利時學者朗貝爾（José Lambert）二十多年來一直以多元系統論為框架，進行文化語境中的翻譯和文學研究；最後定居於美國的勒菲弗爾（André Lefevere）雖然很少使用多元系統論的術語，但以系統思想為綱，提出意識形態（ideology）、詩學（poetics）、贊助者（patronage）三因素論；英國的巴斯內特（Susan Bassnett）則兼採多元系統論和各種新興的文化理論，從事翻譯、（比較）文學、性別等方面的研究。

上述五人和其他一些學者，從一九七六年於比利時的洛文

---

[9] Edwin Gentzler, *Contemporary Translation Theories* (London & New York: Routledge, 1993), 115.

[10] Ibid.

（Leuven）召開的一個文學翻譯研討會開始，就逐漸形成了一個以描述性、面向目標文化（target-oriented）、功能主義、系統性（systemic）為共同理念的「隱形學院」（invisible college）或者學派。⓫到八、九十年代，這個學派開枝散葉，蓬勃發展，成為西方翻譯研究多元系統的中心系統之一。

至於多元系統論本身對翻譯研究的貢獻，則可從以下兩方面加以說明。首先，多元系統論為翻譯的研究開拓了新的視野，使翻譯研究的焦點由個別作品擴展到翻譯的意識形態，以及塑造意識形態的整個社會文化體系。多元系統論的分析進路把個別的翻譯作品從原文譯文之間狹窄的主次關係中解放出來。翻譯作品不再被視為只是依附原文而存在、用規範性的（prescriptive）審美標準來檢視的獨立個體，而是整個社會文化體系的一部分。在多元系統的理論框架下，翻譯作品甚至能具體揭示產生翻譯作品的文化群體的意識形態及生產機制，這確實大大豐富了翻譯研究的內容。翻譯研究因而從個別作品的分析，邁向產生作品的歷史文化體系的描述；從平面單向的討論，走向立體多向的辯證。

其次，這樣的研究能把翻譯作品跟文化社會經濟政治文學等各

⓫ 有人稱之為「操縱學派」（Manipulation School）或者「翻譯研究」（Translation Studies）學派等等：前者源自赫曼斯（Theo Hermans）所編 *The Manipulation of Literature: Studies in Literary Translation* (London & Sydney: Croom Helm, 1985) 一書，後者則是霍姆斯（James S. Holmes）為這個學科提議的名稱，參 James S. Holmes, *Translated! Papers on Literary Translation and Translation Studies* (Amsterdam: Rodopi, 1988), 172-185 及 Theo Hermans, *Translation in Systems: Descriptive and System-oriented Approaches Explained* (Manchester: St. Jerome, 1999), 8-9。

種系統都連上關係，使翻譯研究者可用較整全的角度去探討翻譯現象。多元系統論賦予了翻譯活動獨特的詮釋角度，翻譯活動不再處於社會文化孤立的邊陲位置，翻譯被視作形成、推動甚至是塑造整體社會文化的一分子。翻譯牽涉的各種問題，也就隨著多元系統研究的開拓而變得愈來愈受重視；翻譯的研究也隨著翻譯的各種現象研究的展開而愈趨系統化：從表層現象的論述，進入深層結構的探討；從一元靜態的觀測，跨進多元動態較全面的系統性研究。

1.3 多元系統翻譯研究的局限

1.3.1 理論上的矛盾

一如其師承的結構主義學派，多元系統論的學術視野縱然廣闊，其理論本身卻內存矛盾。埃文－佐哈爾的多元系統論最備受爭議的地方，正如根茨勒指出，就是這套理論在尋求建立普遍客觀定律的過程中那種簡單化、籠統化、絕對化的傾向。⓬埃文－佐哈爾就文學系統的普遍發展規律的論述，⓭又或就翻譯文學在文學多元系統中的位置之歸納和分析，⓮都被批評為只屬抽象籠統的假設、缺乏足夠的學術論據支持、不能超越時空限制排除主觀色彩等。赫曼斯（Theo Hermans）的觀點跟根茨勒的可謂互相呼應，他認為埃文－佐哈爾以高姿態發表的所謂規律，對他來說要不是不證自明、流

⓬ Gentzler, *Contemporary Translation Theories*, 121.

⓭ Itamar Even-Zohar, “Laws of Literary Interference,” *Polysystem Studies, Poetics Today* 11:1 (Spring 1990): 53-72.

⓮ Itamar Even-Zohar, “The Position of Translated Literature within the Literary Polysystem,” *Polysystem Studies, Poetics Today* 11:1 (Spring 1990): 45-51.

於瑣碎；就是疑問重重、難於接受。⓯

埃文－佐哈爾的多元系統論的籠統化、絕對化傾向，可從以下一個例子加以說明。埃文－佐哈爾抱有一個重要的假設：在多元系統裏的各個組成部分並非同樣重要的；相反地，它們有等級之分，並佔據著系統內不同的位置，而且從不間斷地角力，爭取中心的位置。因此，就翻譯系統而言，作品究竟站在中心的還是邊緣的位置絕不是固定不變的事實，它們只是某個時空下的特殊現象，它們的位置也會隨著多元系統內各種關係的變動而改變。⓰

循此假設的思路，研究者必然會想到更深入、更具體的問題：在偌大的多元系統內究竟存在著哪些個別的系統，它們之間的關係又如何建構了翻譯的各種現象？能否完全找出多元系統內各種交疊系統及它們之間的變動關係？研究者又怎能判斷他們從事的是排除了價值判斷、不受自身文化滲透的客觀研究？埃文－佐哈爾也許意識到上述問題，他曾經指出，研究開放的系統遠較封閉的困難，要作出全面的分析更面對諸多的限制，⓱雖然這樣，他並沒有因而放棄尋求複雜多變的翻譯現象的「客觀」規律。⓲找出埃文－佐哈爾

⓯ Hermans, *Translation in Systems*, 111.

⓰ Cf. Even-Zohar, "The Position of Translated Literature within the Literary Polysystem."

⓱ Even-Zohar, "Polysystem Theory," 12.

⓲ 雖然埃文－佐哈爾指出他的理論遭到誤解，強調他提倡的並不是膚淺的「客觀主義」研究（見 Even-Zohar, "Polysystem Theory," 13），但是他的理論的核心還是通過搜集有力的資料數據，找出各式各樣複雜多變的翻譯現象背後的客觀規律（見 Even-Zohar, "Polysystem Theory," 9）。埃文－佐哈爾在另一篇文章中，更明確地指出在研究人的科學（包括文學研究）的領域裏，一旦

心目中認為是絕對客觀的規律，一直是多元系統論的研究核心。

埃文－佐哈爾在這方面的堅持，使多元系統論的可靠性受到質疑。一方面，多元系統論從事的是歷時性的研究，旨在描述與詮釋變動不定的系統內各種互動關係的變化；另一方面，它又努力尋求與建立共時性的規律，旨在歸納、概括或解釋翻譯的文化現象。埃文－佐哈爾提出的所謂廣泛而普遍的定律，是帶有絕對性和排斥性的；與此同時，他卻忽略了這些從歷史的現實歸納出來的定律，是帶有歷史基礎或條件的。即是說，埃文－佐哈爾試圖用共時性的定律來絕對化歷時性的現象，這樣的觀點又怎能自圓其說？除非埃文－佐哈爾放棄絕對化的立場，承認多元系統的研究成果並不是也不可能是完全客觀或全面的，承認研究本身也受制於這個研究處身的多元系統的條件關係，否則，多元系統的理論是站不住腳的。

文努迪（Lawrence Venuti）對圖里等從事描述性研究的學者的批評，則從另一個角度指出了多元系統論這種「絕對客觀」立場的局限。文努迪認為這些學者缺乏一樣重要的認知，就是在建構翻譯或文化理論、甚至設計或執行研究計劃的時候，主觀的判斷是無可避免的，任何學術性的詮釋必然帶著其處身的文化處境的價值判斷。

理論的概念與規律的假定脫鉤，就流於濫用。他強調在非科學的範疇裏，一切歸納或概括現象的嘗試，其實都在訂定內隱的規律，問題在於人一方面拒絕接受規律的概念，另一方面又信奉另一些東西為絕對與無可辯駁的真理，自相矛盾。因此，人的研究應邁向科學化，以尋求與建立客觀的規律為目標。參 “The Quest for Laws and Its Implications for the Future of the Science of Literature,” in *The Future of Literary Scholarship*, ed. G. M. Vajda and J. Riesz (Frankfurt am Main: Peter Lang, 1986), 75-79。

提倡不受價值觀左右的翻譯學研究，反而窒礙了翻譯學作為一門學科的發展，使翻譯學不能充分地作出自我批判，充分地承認和檢視自身對其他相關學科的依賴，充分地考慮翻譯研究可能會產生的、在較廣泛的文化層面上的影響。⑲文努迪以下的說話，簡要地道出了強調絕對客觀性不足之處：

> 埃文－佐哈爾和圖里植根於俄國的形式主義的學說，忽視了各種理論發展在文學和文化研究上帶來的急劇變化——即目前林林總總的心理分析、女性主義、馬克思主義、後結構主義——一切強調在人文主義的詮釋上難以把事實和價值分割開來的論述。沒有這些，翻譯的理論家就不能想及翻譯的道德規範，或翻譯在政治運動中扮演的角色；今天來說，這些問題似乎較劃下狹隘的學科界線來得重要。⑳

1.3.2 應用上的困難

埃文－佐哈爾上述的立場不獨在理論上留下破綻，在實踐上也叫研究者無從入手。在宏大的多元系統裏面，該如何釐定研究的對象呢？不同的系統互相牽扯或制衡，關係錯綜複雜，拉力或弛或張，要判別哪些是相干或最相干的系統，絕不容易（惟恐不自覺地加入了主觀色彩）；要斷定哪些是不相干的系統更加困難（惟恐錯誤地排

---

⑲ Lawrence Venuti, "Unequal Developments: Current Trends in Translation Studies," *Comparative Literature* 49:4 (Fall 1997): 361-362.

⑳ Ibid., 363.

斥了相關的因素），選擇的過程與結果完全視乎研究者的著眼點和視野。試想，有誰可以站在超越時空的角度來觀察事物？觀察者本身既已帶著他所處時空、所屬系統賦予他的條件或限制，他又怎能排除主觀的色彩，漠視他在偌大的多元系統裏選擇研究的對象的當兒，其實已經帶著本身的認知意向，且同時摒棄了其他的認知意向與角度？既然選擇甚麼是相關的系統作為研究焦點本身已經反映了研究者獨特而主觀的觀察和判斷，他又該如何著手研究呢？

這一片實踐上的空白地帶，埃文－佐哈爾並沒有帶領我們撥開迷霧，穿梭其中。埃文－佐哈爾只從反面的角度指出在挑選研究對象時宜避免的事情，卻從來沒有從正面的角度列出明確的挑選準則。具體來說，在挑選研究的項目上，埃文－佐哈爾主張要摒棄主觀的價值判斷，極力反對「偏頗的精英主義」（biased elitism），認為拿來剖析的對象不應局限於主流文化認定是權威的、標準的項目，而應該把一些即使被界定為非正統的、不受注意的、甚至是表面上不相干的系統，都納入研究的範圍；因為正統或不正統之分，不過是依附於權力關係的主流意識。他舉出的例子是研究歷史不應再停留在研究王侯將相的事蹟。㉑不過，究竟哪些才是與特殊的翻譯現象相關的研究項目，埃文－佐哈爾的理論則欠指引或解說。㉒

㉑ Even-Zohar, “Polysystem Theory.” 埃文－佐哈爾在 1990 年的文章用的術語是「精英主義」，在網址刊登的文章則用「偏頗的精英主義」，在加強語氣之餘，也稍為修正了他的說法。

㉒ 埃文－佐哈爾雖然強調多元的系統研究概念，但自己的研究範圍卻局限在文學、語言系統內的項目，系統以外的事物如經濟、政治、宗教等範疇鮮有觸及。由是觀之，埃文－佐哈爾並不能提供實踐的範例，證明多元系統研究在

就這個問題，根茨勒提出了很有說服力的一個論點。根茨勒認為埃文－佐哈爾的研究方法不一定可靠，因為他雖然採取科學辯證的態度，但在他試圖建立普遍定律的過程中，只是基於非常單薄的數據，而那些數據又是來自研究者本身獨特的文化體系。根茨勒認為從事多元系統論的研究者可能會犯上一個毛病，就是特別重視或集中採納合乎他對整個多元系統結構假設的資料，自圓其說，而這種甚至是不自覺的主觀性是很難排除的。㉓因此，假如以埃文－佐哈爾的多元系統論來研究諸如翻譯的意識形態這種很容易沾上價值判斷的課題，研究者尤其必須嚴加提防這種把主觀詮釋當作客觀定理的危機。假如多元系統論未能在研究方法上提供明確的指引，上述的危機是不能化解的。

就數據單薄這點，赫曼斯還道出了應用多元系統論的另一個危機。赫曼斯指出多元系統論雖然意識到翻譯與社會文化是不可分割的，然而在實際的應用研究上卻往往離不開文本的分析研究，絕少談及真實的政治和社會權力關係或具體的機構和組織，也沒有就人為的因素諸如個別群體的利益問題作出深入的研究。這種抽象的、抽離人為因素的、依賴單薄的文本數據作為分析基礎的研究，很容易把文學或文化的演變描述為自動化的、循環不息的、依照某些固

挑選研究項目上要做到客觀全面是可行的。正如根茨勒所說，埃文－佐哈爾談及個別文本時，往往從他假定的結構模式或歸納出來的抽象規律出發，絕少把文本放在生產的真實情況來審視，而文學以外的因素，更明顯欠奉。參Gentzler, *Contemporary Translation Theories*, 123。

㉓ Gentzler, *Contemporary Translation Theories*, 124.

定不變的歷史規律的演變過程，帶著濃厚的決定論色彩。㉔一旦多元系統論未能具體指出如何把文本以外的因素詳加剖析，這方面的研究不免帶有解釋自動化的決定論傾向。

此外，正如朗貝爾指出，埃文－佐哈爾的多元系統論提供了一種跨越學科界限的文化研究視野，這無疑是多元系統論難能可貴的地方。㉕不過，正是這個跨學科的研究方向，使多元系統論在分析翻譯的現象及活動上面對另一困難：跨學術領域研究的限制。多元系統研究的好處是兼收並蓄，把不同學科如語言、文化、歷史、社會、宗教，甚至是政治、經濟等範疇也牽涉在內。例如，用多元系統論去探討文化，就會面對如卡特里塞（Patrick Cattrysse）所描繪的複雜情況：

> 文化不是孤立地運作。研究各系統與子系統間的（系統）關係會帶來一連串有趣的問題：能否把兩個鄰近的（子）系統——例如政治與經濟，或美學與技術系統視作完全分割的系統來研究／處理？子系統之間的關係如何？它們又如何建構了或改變了整個文化多元系統？只有通過對各（子）系統之間的相互關係，以及它們在整個大系統內的共同運作情況，

㉔ Hermans, *Translation in Systems*, 118.

㉕ José Lambert, "Itamar Even-Zohar's Polysystem Studies: An Interdisciplinary Perspective on Culture Research," *Canadian Review of Comparative Literature* 24:1 (March 1997): 7-14.

作出徹底的研究，才能證明這是否可行，並如何能做到。[26]

若要對卡特里塞提到的複雜情況作出跨學科研究，不免問題叢生。這是因為每一門學科都有其專家，都就涉及其學科的問題作過深入的研究；多元系統研究嘗試集大成之餘，卻難逃每門學科專家對涉及其學科的問題的獨特要求。那些要求可以是截然不同或互相排斥的，以致任何一種學科出身的人或許都會認為多元系統的研究非驢非馬，研究成果有欠堅實。

那麼，假定研究者精通各種學問，能夠融會貫通，是否就可作出無懈可擊的多元系統研究？答案也不是。不同學科的研究目的、方法、預期研究成果不盡相同，不一定可兼容並包。例如，文化哲學的研究者或會認為某個解釋太偏重歷史現實的層面，欠缺抽象而深入的形而上層次的反思；但從事歷史研究的人或會質疑形而上剖析的客觀基礎。要提出兩者兼容又兩類研究者都認同的解釋可能是一種奢想。埃文－佐哈爾的多元系統論，似乎並沒有提供如何解決不同學科研究方法不協調的問題，也沒有提供分析翻譯現象時在採用各種學科的研究方法上的優先次序問題。

再進一步說，假若擴展研究的規模，展開浩大的研究工程，邀請不同學科的專家共同參與，負責不同部分的研究計劃，那麼，跨學科研究的問題是否就能夠迎刃而解呢？事實當然並不盡然，除非各個研究部分互不相干，否則必然會同樣面對上一段提到的問題，

[26] Patrick Cattrysse, "The Polysystem Theory and Cultural Studies," *Canadian Review of Comparative Literature* 24 (March 1997): 54.

因為不同專家各有不同的信念和研究方法，碰上意見分歧時如何恰當協調？不同的觀點如何權衡輕重？不同系統之間的關係如何充分界定？研究的成果如何全面綜合？顯然，這些問題的答案，尚待發掘。

對跨學科研究的價值甚為推許的朗貝爾甚至提出了一個更現實、更偏激的說法。他從政治的考慮出發，指出在我們這些較為封建的學術組織裏，要推行跨學科研究異常困難，原因是政治因素較學術論爭具決定性。他認為在人文學科的範疇，集體合作的研究模式是很難開展的。此外，他相信那些針對規範和權力問題的研究，要是不從鞏固建制的規範和權力出發，只會構成建制的威脅，因而難以像歌功頌德的研究般得到支持和認同。[27]

1.3.3 猜測與推論

為甚麼埃文－佐哈爾的多元系統論並沒有就上文談到的理論矛盾與實踐困難，提供一套合理的解釋，或一些解決的方法？這不得不推論到多元系統論本身的發展階段問題。埃文－佐哈爾在七十年代開始提出多元系統論，雖然寫了好些文章闡釋他對翻譯的觀點，但是他的理論框架是較為粗疏的。他談到文學以外的系統如政治、經濟、宗教等系統時，並沒有具體說明如何研究這些系統、如何處理這些系統之間的相互關係、如何通過分析這些系統來闡明翻譯的現象等問題。換言之，埃文－佐哈爾雖然提供了研究翻譯現象的角

[27] José Lambert, "Translation, Systems and Research: the Contribution of Polysystem Studies to Translation Studies," *TTR: Traduction, Terminologie, Rédaction* 8:1 (1995): 134-135.

度和方向，卻沒有陳述應用多元系統論的細節。如何搜集相關的資料？如何協調不同學科之間的矛盾？如何整理綜合不同的資料而創建一個詮釋體系？這些問題並沒有予以充分的處理。

即使到了九十年代，埃文－佐哈爾發表的文章均沒有就上述問題提供令人滿意的答案。赫曼斯的研究顯示，相比於文學理論在七十至九十年代二十多年間在發展規模和性質上的變化，多元系統論在思想發展上相對的停滯，以及它與其他理論缺乏交流的情況，確實叫人大惑不解的。㉘目前我們只能說埃文－佐哈爾的多元系統論的框架仍然較為粗疏、有待完善。也許，當多元系統論在未來的日子發展更為成熟時，上文提到的在研究上遇到的種種問題不復存在；也許，多元系統論的局限正在於此，上述問題是始終不能解決的。究竟是哪種情況，只能拭目以待。總的來說，多元系統論雖然為翻譯研究注入了簇新的觀點與角度；但它本身一些尚未盡善之處，不僅構成了研究者在理論應用上的困難，而且在闡釋翻譯的活動或現象上，也規限了研究的成果。其優勝或不足之處，跟其學說之根源結構主義為人推舉或詬病的地方，可謂一脈相承。

㉘ Hermans, *Translation in Systems*, 106.

2. 經典化與穩定性
——中文聖經多元系統的演進

提要

埃文一佐哈爾就文學系統的發展及系統內微妙的相互作用，提出了不少觀點。他認為所謂經典化的作品，不是由於本質特別優秀而理所當然成為歷史遺產，而是被一個文化的統治階層視為合乎正統的文學規範而給保存下來。這種對文本經典化現象的理解，特別適用於闡釋聖經漢譯的多元系統中《和合本》享有超然地位的現象。根據埃文一佐哈爾的觀點，譯本經典化現象可引伸出很多問題：文本的經典化與系統的穩定性之間有何關係？邊緣化、非經典化的譯本爭相角逐系統的中心位置，會否導致它陷入不穩定狀態？一級模式的引進，對系統帶來的是衝擊還是革新的力量？面對著次文化的刺激和相鄰系統的沖刷，一個系統會因僵化而趨於穩定，還是因維持調節性的制衡而健全演進？本文擬就上述問題剖視《和合本》長期處於經典地位的超穩定現象。*

---

* 本文修訂自〈經典化與穩定性——管窺中文聖經多元系統的演進〉，《中外文學》（翻譯研究專輯）30卷7期（2001年12月）：頁57-76。承蒙中外文學月刊社允許採用，特此鳴謝。

引言

「經典化」（canonization）這個觀念，並非埃文－佐哈爾率先提出的。埃文－佐哈爾自己也承認這點，指出：「第一個提出文本的文學地位差異由社會文化因素決定這種觀念的，似乎是什克洛夫斯基（Viktor Shklovskij）」。❶不過，埃文－佐哈爾的多元系統論，卻清晰而具體地論述了文化、文學、翻譯等系統中經典化的現象：

> 所謂「經典化」，意謂被一個文化裏的統治階層視為合乎正統的文學規範和作品（即包括模式和文本），其最突出的產品被社會保存下來，成為歷史遺產的一部分；而所謂「非經典化」，則意謂被這個階層視為不合正統的規範和作品，其產品通常最終被社會遺忘（除非其地位有所改變）。因此，經典性並非文本活動在任何層次上的內在特徵，也不是用來判別文學「優劣」的委婉語。某些特徵在某些時期往往享有某種地位，並不等於這些特徵的「本質」決定了它們必然享有這種地位。顯然，某些時代的文化中人可能把這類差異看作優劣之分，但歷史學家只能將之視為一個時期的規範的證據。❷

根據埃文－佐哈爾的闡述，在一個文學系統內，某些作品享有經典

---

❶ Itamar Even-Zohar, "Polysystem Theory," *Polysystem Studies, Poetics Today* 11:1 (Spring 1990): 15-16. 中譯見埃文－佐哈爾著；張南峰譯，〈多元系統論〉，《中外文學》30 卷 3 期（2001 年）：頁 24。

❷ 同上。

性（canonicity）的地位，並不等於這些作品的本質特別優秀，使其理所當然享有超然的地位；而是這個系統的內存關係，即那些超越文本的因素，作出了何謂優劣的判斷，致使一些作品受褒揚，而另一些作品遭貶抑。這種就文化及翻譯經典化活動提出的說法，特別有助於闡釋一些令人費解的翻譯現象。本文從埃文－佐哈爾〈多元系統論〉一文出發，借用當中就經典化問題反覆論述的觀點，剖析聖經漢譯多元系統中一個特殊譯本長期處於經典地位的超穩定現象。

2.1 經典化與邊緣化

經典化的問題，是人類社會普遍存在的現象。正如埃文－佐哈爾指出：「經典化的文化與非經典化的文化之間的張力是普遍現象，存在於每一個人類社會，因為根本沒有不分階層的社會，就算是烏托邦也不會有。」❸即使在只有一種語言的宗教群體中，假如所依據的經書多於一個版本，不同版本之間必然產生張力；而在確立宗教權威的過程中，無可避免地會出現某個版本獲推崇、另一個版本受貶抑或摒棄的局面。沒有這種局面，宗教群體難以依憑典籍的權威來消弭信仰詮釋上的分歧。

在基督教這種世界性宗教當中，由於同時容納不同種族、文化、語言，除了存在不同經籍版本的張力問題外，不同譯本之間還會互相角力。具體來說，聖經給翻成個別地區的民族語言的過程中，不同年代或不同譯者或不同機構或不同派別所出版的譯本，都

❸ Even-Zohar, "Polysystem Theory," 16. 中譯見埃文－佐哈爾著；張南峰譯，〈多元系統論〉，頁 24。

會各自爭取宗教群體的承認。因此，一個譯本能被某個宗教群體廣泛採用，並不是偶然的現象，也不一定表示該譯本是最「佳」譯本。這其實只反映了該譯本在某個群體中被經典化，而其他譯本則被「邊緣化」❹的事實。

基督教（新教）奉為「上帝的啟示」或「神的話」的聖經，一直是世界各地的基督徒信仰的依歸。踏入公元二千年，聖經給翻成多種語言，單是聯合聖經公會（United Bible Societies），已翻譯及出版了 2261 種語文的譯本。❺基督教中文聖經由第一個新舊約全譯本《馬殊曼（Joshua Marshman）、拉沙（J. Lassar）譯本》（1822）面世迄今，出現了多個不同的譯本。就語言的類別來說，既有「共通語言譯本」（common language translation），又有方言與土話的譯本。共通語言譯本又可分為文言文譯本、白話文譯本。就聖經翻譯工作的性質來區分，有群策群力的團體譯本，如《委辦譯本》（1854），有獨力承擔的個人譯本，如《施約瑟（S. I. J. Schereschewsky）淺文理譯本》（1902）。在譯者的背景上，不僅有西方教會的宣教士主力從

❹ 邊緣化的觀念，埃文－佐哈爾另一篇文章有較詳細的闡述，參 Itamar Even-Zohar, "The Position of Translated Literature within the Literary Polysystem," *Polysystem Studies, Poetics Today* 11:1 (Spring 1990)。這裏揉合了埃文－佐哈爾多元系統論的兩個概念：經典化（canonized）與非經典化（non-canonized）、中心（centre）與邊緣（periphery）。前者是針對作品是否合乎正統的文學規範；後者則是用來描述作品在系統內的位置。無可否認，在埃文－佐哈爾的論說中，兩者有著密切的關係。經典化的作品就是位居多元系統中央的文本，而非經典化的作品只能屈居邊陲。

❺ 李志剛，〈對容保羅牧師「華人教會當務之急」一文的回應〉，《時代論壇》731 期，2001 年 9 月 2 日，第 10 版。

事的譯本，如《四人小組譯本》（1840），而且有華人信徒與宣教士共同合作的譯本，如陸亨理（H. Ruck）、鄭壽麟的《國語新舊庫譯本》（1939），也有華人教會領袖或聖經學者的譯本，如《聖經新譯本》（下文簡稱《新譯本》）（1992）。

每個聖經中文譯本所根據的原文聖經也有所不同，有些譯本主要依據英語聖經來翻譯，如《官話和合譯本新舊約全書》（又稱《國語和合譯本》，下文簡稱《和合本》）（1919），有些則根據希伯來文、希臘文、亞蘭文寫成的聖經，如《呂振中譯本》（1970）。在內容覆蓋面上，有包括新舊約部分的全譯本，如馬禮遜的《神天聖書》（1823），有單是新約部分的譯本，如蕭鐵笛的《新譯新約全集》（1967），還有個別經卷的譯本，如王福民的《雅歌》（1960）。不同的中文聖經也有不同的特色，有個人神學色彩十分濃厚的譯本，如李常受的《新約聖經：恢復本》（下文簡稱《恢復本》）（1987）；有強調直譯的翻譯原則，力求字句與結構符合原文的譯本，如《裨治文（E. C. Bridgman）、克陛存（M. S. Culbertson）譯本》（1862）；也有以意譯本的姿態出現，務求文字淺白易懂的譯本，如《當代聖經》（1979）。

雖然，近二百年間華人基督徒不乏聖經中文譯本，而且譯本的種類和數量也甚可觀，但《和合本》於 1919 年面世後，卻廣被採用，不只成為華人教會崇拜場合使用的聖典、傳道工作的據本、栽培信徒的課本，更是教會相交生活的領航本、個人靈修生活的啟導本；《和合本》成為一部具備多種功能、符合不同的信仰需要的萬能聖經。此外，具備不同文化經驗、教育程度、教派背景，甚至是居於不同地區的華人基督徒，都一致推崇《和合本》，把它視作最

具權威的中文聖經。❻

《和合本》的經典化，意味著其他譯本的邊緣化。其一，在文言和白話譯本的角力中，文言的譯本被邊緣化了。當代的華人基督徒群體在歷來眾多文言和白話譯本當中，選擇了 1919 年適逢白話文運動的始創期寫成的《和合本》。十九至二十世紀成書的文言譯本，要不在博物館、圖書館中才能找到，要不成為了聖經展覽的陳列品。❼其二，在共同語言和方言或部族譯本的角力中，後者被邊緣化了。在方言及部族譯本曾遍佈中國各地的情況下，華人基督徒選擇了以白話文寫成的共同語言譯本《和合本》。不少方言或土話譯本已經失傳了；碩果僅存的，也並不流行。就以廣東話為例，即使香港的書店仍可找到《新廣東話聖經》，❽但香港的基督徒卻甚少接觸這部聖經，甚至不曉得其存在，而認識這部聖經的信徒，也只把它看作較次要的參考讀物。其三，在團體和個人譯本的角力中，個人譯本被邊緣化了。《呂振中譯本》雖然以忠於原文見稱，但由於屬個人譯本，並沒有受到充分的重視；兩篇以中文聖經為題的重要學術論文，都沒有把它列入研究範圍。❾不少個人或二人合

---

❻ 參莊柔玉，《基督教聖經中文譯本權威現象研究》（香港：國際聖經協會，2000），頁 19-33。

❼ 香港聖經公會為了紀念馬禮遜來華一百九十週年，於 1997 年出版了《馬禮遜深文理譯本一百九十週年 1807-1997 紀念版》（香港：聖經公會，1997），內容是《新遺詔書》第一本至第五本，即四福音的經卷及〈使徒行傳〉。這種文言聖經在市場上相當罕有。

❽ 《新廣東話聖經》（香港：香港聖經公會，1997）。

❾ 這分別是趙維本的碩士論文和施福來（Thor Strandenaes）的博士論文，現均刊印成書：趙維本，《譯經溯源——現代五大中文聖經翻譯史》（香港：中

作的新約譯本，如陸亨理、鄭壽麟的《國語新舊庫譯本》，或蕭鐵笛《新譯新約全集》，更鮮被提及。其四，在主流譯本和非主流譯本的角力中，後者被邊緣化了。在譯本中加入許多個人神學註釋的《恢復本》，與天主教徒合作、以出版一部兩派共用聖經為目標的《合一譯本》，❿同樣位於相當邊陲的地帶。

2.2 靜態與動態的經典性

《和合本》的經典性，若借用埃文－佐哈爾的概念來界說，可分為兩個層次。首先，《和合本》享有的，是「靜態經典性」（static canonicity），意即「一個文本被接受為製成品並且被加插進文學（文化）希望保存的認可文本群中」。⓫《和合本》自從引進中文聖經的多元系統後，就在華人基督徒中廣受愛戴，受推崇為白話聖經的典範，可謂享有屬於文本層面的靜態經典性。⓬此外，《和合本》又同時享有針對文學模式的「動態經典性」（dynamic

---

國神學研究院，1993）；Thor Strandenaes, *Principles of Chinese Bible Translation as Expressed in Five Selected Versions of the New Testament and Exemplified by Mt. 5:1-12 and Col. 1* (Stockholm: Almqvist & Wiksell International, 1987)。

❿ 合一譯本委員會的緣起、工作情況、譯經原則等詳情，參趙維本，《譯經溯源——現代五大中文聖經翻譯史》，頁 130-138。

⓫ Even-Zohar, "Polysystem Theory," 19. 中譯見埃文－佐哈爾著；張南峰譯，〈多元系統論〉，頁 27。

⓬ 對《和合本》推崇備至的文章，主要收錄於以下兩書：賈保羅編，《聖經漢譯論文集》（香港：輔僑，1965）；劉翼凌編，《譯經論叢》（巴貝里：福音文宣社，1979）。

canonicity），因為它所代表的翻譯模式得以進入中文聖經多元系統的「形式庫」（repertoire），「從而確立為該系統的一個能產（productive）的原則」。⓭所謂形式庫，「意謂支配文本製作的一切規律和元素（可能是單個的元素或者整體的模式）的集成體」。⓮《和合本》引進中文聖經的「能產原則」，包括發揚團體合作的精神、推崇譯者的宗教權威、使用當代淺白而優雅的語言、作為全國各地的共同譯本等。⓯《和合本》作為中文聖經的經典文本，可「視為經典化鬥爭中的勝利者，而且也許是得以確立的模式最明顯的產品」。⓰

2.3 不同譯本的相對位置

多元系統是一個開放的系統，有層次之分（stratified），也是不斷變動的，因此，隨著新的因素的出現，中文聖經的多元系統會產生相應的變化，譯本可能會邁向中心或滑下邊緣的位置。⓱二十世

⓭ Even-Zohar, "Polysystem Theory," 19. 中譯見埃文－佐哈爾著；張南峰譯，〈多元系統論〉，頁 27。

⓮ Even-Zohar, "Polysystem Theory," 17. 中譯見埃文－佐哈爾著；張南峰譯，〈多元系統論〉，頁 26。

⓯ 《和合本》的能產原則，是一個相當複雜的問題，宜作另一論文題目加以研究。這裏只稍作籠統的推測。

⓰ Even-Zohar, "Polysystem Theory," 19. 中譯見埃文－佐哈爾著；張南峰譯，〈多元系統論〉，頁 27。

⓱ Even-Zohar, "The Position of Translated Literature within the Literary Polysystem," 46-49.

紀七十年代前，《和合本》與《思高譯本》⓲分佔基督教和天主教中文聖經系統的中心，因為它們都是市面惟一的白話文全譯本；⓳處於邊陲位置的只是一些較鮮為人知的新約譯本或個別經卷譯本，例如王宣忱的新約譯本（1933），朱寶惠、賽兆祥（A. Sydenstriker）的新約譯本（1929；1936），陸亨理、鄭壽麟的《國語新舊庫譯本》（1939；1958），王福民的《雅歌》（1960）、蕭鐵笛的《新譯新約全集》（1967）。⓴自七十年代起，中文聖經的多元系統產生了變化，1970 年面世的《呂振中譯本》成為了基督徒的另一選擇。雖然這個譯本直接翻自希伯來文希臘文聖經，而呂振中又是深受神學訓練的華人聖經學者，耗時經年才翻成整部聖經；㉑但基於是非官

⓲ 有關《思高譯本》的背景資料，參香港思高聖經學會，〈中文聖經〉，<http://www.sbofmhk.org/Chinese/cBible/cbible.html>（2001 年 9 月 1 日）。

⓳ 《牧靈聖經》在 1998 年出版，這是繼《思高譯本》後首個天主教白話文全譯本。有關《牧靈聖經》中文版的編譯情況，參「牧靈聖經」編譯組，〈「牧靈聖經」背後的故事（上）〉，《公教報》2880 期，1999 年 5 月 2 日，第 A6 版；〈「牧靈聖經」背後的故事（下）〉，《公教報》2881 期，1999 年 5 月 9 日，第 A6 版。

⓴ 除此以外，賈保羅還提及一些鮮被記載的中文聖經單行本，包括由「基督教生活社編譯部同工」翻譯的《現代語文聖經新約譯本初稿》（部分譯本於 1957 年出版）、由「蒙恩者」所譯的《新約雅各書》（1958 年由台灣中國主日協會出版）、劉翼凌的《新譯約翰福音》（1964 年由香港宣道書局出版）。參賈保羅，〈最近之中文聖經譯本〉，載《聖經漢譯論文集》，賈保羅編（香港：輔僑，1965），頁 36-37。

㉑ 呂振中譯經的歷程，參 A. H. Jowett Murray, "A Review of Lü Chenchung's Revised Draft of a New Translation of the New Testament in Chinese," *The Bible Translator* 4:4 (1953): 165-167。

方的個人的譯本，在華人基督教圈子少被推介，[22]所以只能被看成中文聖經的參考讀物，處於中文聖經中較邊陲的地帶，但位置當然較零碎的新約或個別經卷譯本為高。

1979 年出版的《現代中文譯本》（下簡稱《現代本》），則是華人學者群策群力的團體譯本。這個譯本由於得到部分教會團體的大力支持，而又在成書的過程中既強調「動態對等」（dynamic equivalence）[23]的翻譯原則，又秉持著中文聖經本色化、合一化[24]等理念，所以面世時曾帶給《和合本》一定的衝擊。推介《現代本》、批評《和合本》的評論文章亦伴隨著《現代本》誕生而陸續

---

[22] 一些非官方組織從事的翻譯工作，在華人教會往往較不受注意，例如美國華人近年來出版了一本《普通話聖經》，以及中國國內至少有兩個非官方組織正在進行譯經計劃等消息，都鮮被報導。有關消息參黃錫木，〈中文譯經工作的再思〉，《時代論壇》744 期，2001 年 12 月 2 日，第 10 版。

[23] 「動態對等」這個術語來自奈達（Eugene A. Nida）。奈達從事英文聖經的翻譯工作多年，自五十年代以來，曾發表多篇文章，闡述聖經翻譯的理論與普遍的翻譯原則，強調譯文不是要譯出字面的意義，而是要追求動態的對等；翻譯要達致的不是形式上的對應，而是功能上的等效。奈達在這方面的見解，參 Jan de Waard and Eugene A. Nida, *From One Language to Another: Functional Equivalence in Bible Translating* (Nashville: Thomas Nelson, 1986)。

[24] 《現代本》合一化的理念，基督教一般的論著較少提及，但其實在天主教的文獻中有清楚的記載。參房志榮，〈新約全書「現代中文譯本」的來龍去脈〉，《神學論集》26 期（1976 年 1 月）：頁 609-621。容保羅在《環聖通訊》的〈創刊號〉中明確指出：「這譯本的譯者是來自基督教的聖經公會及天主教的思高學會，他們『合作』翻譯這個譯本，目的是出版一本「共同聖經」供天主教徒和基督徒共同使用。」見容保羅，〈華人教會當務之急〉，《環聖通訊》創刊號，2001 年 7 月，<http://www.wwbible.org/ver_ch/index_whatsnew.asp?key=21>（2001 年 12 月 2 日）。

出現，㉕但《和合本》在基督徒教會圈子的地位始終屹立不搖。《現代本》並不能挾著「簇新」的優勢與《和合本》並駕齊驅，只能成為比《呂振中譯本》較為人認識較引起關注或較受信徒歡迎的輔助參考聖經，處於較《呂振中譯本》接近中心的位置。

同在 1979 年出版的另一部全譯本《當代聖經》，雖然也是華人基督徒的團體譯本，但由於根據英文聖經意譯本（paraphrase）《活潑真道》（*The Living Bible*），以普及化及淺易化為翻譯原則，㉖而譯者的資料又不為人知，所以在基督教圈子不受重視。一些評論聖經翻譯史的專著並沒有視之為與《和合本》或《現代本》同級的平行譯本。㉗況且，這個譯本推出至今，也鮮有文章加以推介和評論。雖然負責出版和發行的國際聖經協會大量印刷這個譯本，並在華人地區積極推行贈送聖經計劃，㉘但《當代聖經》始終被視為中

㉕ 推介《現代本》的文章散見於小民主編，《上帝的愛：綴網集》（台北：聖經公會，1981）；聯合聖經公會編，《書中之書的新貌：〈現代中文譯本聖經〉——修訂版出版紀念》（台北：聯合聖經公會，1997）。

㉖ 《當代聖經》針對的閱讀對象，是未信或初信的基督徒。除了在〈序〉中說明這點外，還在出版的安排上加插了〈怎樣成為基督徒〉與〈怎樣過基督徒生活〉兩篇信仰生活指引。此外《當代聖經》的內部文獻亦把自己界定為輔助的聖經（companion Bible）和傳福音的工具（fresh evangelistic instrument），足見當代聖經普及化及淺易化的翻譯取向。參莊柔玉，《基督教聖經中文譯本權威現象研究》，頁 96-97。

㉗ 莊柔玉，《基督教聖經中文譯本權威現象研究》，頁 102-103。

㉘ 國際聖經協會把贈送聖經視為重要事工之一：「在不同的地區中，本會致力以各種方式贈送聖經，求讓聖經可以存留在萬千的家庭中。本會一向與教會攜手合作，聯絡各教會、機構和個人，透過他們把聖經送到不同的華人社區中的福音對象手上。」見國際聖經協會，〈活動事工〉，

文聖經的簡易本，並不能享有一部嚴謹譯本的正統地位，因而處於或許較《呂振中譯本》更偏遠的邊陲地帶。

在中文聖經的多元系統中，對《和合本》構成最正面的威脅，也許就是聲稱要取代《和合本》的《新譯本》。雖然《新譯本》在 1992 年才正式推出，但早在七十年代籌備和展開翻譯的階段已聲勢浩大，在基督教的圈子引起了激烈的論爭。這個譯本集合了華人教會的宗教和神學領袖，以相當高調的姿態，包括發表中文聖經的改革言論㉙、出版《中文聖經新舊譯本參讀選輯》㉚、《中文聖經新譯委員會通訊》㉛、《中文聖經翻譯小史》㉜等，試圖牽起一股中文聖經的新浪潮。可是，負責翻譯《新譯本》的「中文聖經新譯會」只能於 1976 年完成新約的翻譯，激烈的譯經論爭隨著譯經工作的停頓或阻滯而平息下來。在七、八十年代，《新譯本》的製成品既未完成，固然不能躋身於中文聖經多元系統的中心位置。及至《新譯本》在 1992 年問世，雖然有一定的宣傳活動加以配合，㉝

<http://www.ibs.org.hk>（2001 年 12 月 2 日）。

㉙ 〈中文聖經新譯委員會與新譯本——訪問新譯會〉，《橄欖》18 卷 3 期（1977 年 5 月）：頁 24-27。

㉚ 中文聖經新譯會編，《中文聖經新舊譯本參讀選輯》（香港：中文聖經新譯會，1977）。

㉛ 中文聖經新譯會編，《中文聖經新譯委員會通訊》1 期（1972）－11 期（1987）；中文聖經新譯會編，《中文聖經新譯委員會特訊》（1987）。

㉜ 中文聖經新譯會編。《中文聖經翻譯小史》（香港：中文聖經新譯會，1986）。

㉝ 近年來，《新譯本》在宣傳上頗為積極，例如在 2001 年成立專門推介《新譯本》的網頁，提供有關該譯本的最新情報，並附有討論聖經翻譯的專題文章等。此外，環球聖經公會於 2000 年底向香港的教會推行免費換經計劃，又在

但似乎並沒有激起很大的迴響。㉞《新譯本》並不能也沒有取代《和合本》的位置，也沒有像《現代本》一樣，較為一般信徒認識，或早已被一些教會採用為研經的輔讀資料。因此，雖然有逐步移近中心的趨勢，目前仍只能處於較《當代聖經》、《呂振中譯本》接近中央的位置。

2.4 非經典化譯本的空間

在中文聖經的多元系統中，全譯本理所當然較部分譯本接近中心，為華人基督徒所重視。部分譯本中，新約譯本理所當然也較部分經卷的譯本受到注視。這是從翻譯工作的完整程度，而不是從內容的特色，來判別聖經譯本在華人教會中的相對位置。不過，還有一些位居邊陲的另類譯本，其位置跟翻譯工作是否整全並無必然關係。用埃文－佐哈爾的術語，這些譯本就是一個文化或一個系統內「非經典化」的作品。它們被視為「不合正統的規範」，「通常最

2001 年 12 月 2 日舉辦環球聖經新譯本大使團成立典禮暨專題講座，分享《新譯本》的異象。有關《新譯本》的出版詳情或宣傳活動，見環球聖經公會，《環球聖經公會》，<http://www.wwbible.org/>（2001 年 12 月 2 日）。

㉞ 環球聖經公會曾在其通訊中指出，香港已有逾六十間教會轉用《新譯本》為公用崇拜聖經。但《時代論壇》的採訪記者向該會索取有關名單並致電多間教會後發現：「不少教會都表示沒有轉用《新譯本》，只是換了一些作為浸禮時送贈教友，有的則表示教會有棄置的聖經，所以換了一些而已。」據記者再次向該會查詢所得，「轉用《新譯本》為公用聖經的香港教會共廿六間。」見甄敏宜、羅民威，〈你選用哪一本聖經？〉，《時代論壇》744 期，2001 年 12 月 2 日，第 1 版。這反映了《新譯本》若然要成為教會公用的聖經，還需要好一段時間，才能取得教會的認同和支持。

終被社會遺忘(除非其他地位有所改變)」。[35]

在二十一世紀初的今天,李常受的《恢復本》(1987)和張久宣的《聖經後典》(1987)同屬於較難納入正統中文聖經類別的譯本。前者是帶有極濃厚個人神學色彩的譯本;[36]後者是以華人基督教會向來並不承認的「次經」為翻譯對象的譯本。[37]這樣的譯本在西方的教會並不罕見,其在英文聖經多元系統的位置往往取決於其本身的質素。但在聖經傾向或務求一體化的華人教會,這樣的作品在本質上很難取得認同,能在可見的將來上移中心位置的空間不大。它們不是長留於中文聖經多元系統的邊陲位置,就是被華人教會一些保守分子摒棄於中文聖經系統之外。

非經典化譯本最典型的例子,莫過於由守望台(或稱耶和華見證人)出版的《新世界譯本》(1995)。這個譯本的新約部分由守望台翻成,舊約部分則採用《新標點和合本》。環球聖經公會總幹事容保羅批評這個譯本為「蓄意魚目混珠」,並強烈譴責它為異端教派的譯本,堅稱絕不會介紹、推薦這個譯本給信徒使用。[38]這個極度非經典化的譯本,甫出版就面對被「正統」華人教會群體排斥唾棄

---

[35] Even-Zohar, "Polysystem Theory," 15. 中譯見埃文—佐哈爾著;張南峰譯,〈多元系統論〉,頁24。

[36] 有關《恢復本》的出版資料,參〈新約聖經恢復本簡介〉及〈聖經規格〉,《水流職事站》,<http://www.lsmchinese.org/03booklist/rcv_sizes.htm>(2001年12月2日)。

[37] 張久宣的《聖經後典》是根據聯合聖經公會1979年出版《現代英文譯本》天主教研讀本(*Good News Bible -- The Bible in Today's English Bible, Catholic Study Edition*)的次經部分翻成的。

[38] 容保羅,〈華人教會當務之急〉。

的厄運，更遑論它在中文聖經多元系統內所佔的位置。

2.5 支配多元系統的群體

埃文－佐哈爾認為，一般而言，「整個多元系統的中心，就是地位最高的經典化形式庫。所以，一個形式庫的經典性，最終是由主宰多元系統的群體決定的。經典性確立之後，該群體會緊守由它經典化的性質（從而得以控制多元系統），但在有需要時又會更改經典化性質的形式庫，以維持控制權」。[39]《和合本》自二十世紀初便進佔了整個中文聖經多元系統的中心，成為了地位最高的經典化形式庫。不過，正如在《基督教聖經中文譯本權威現象研究》一書中的分析，《和合本》的權威地位，並非本質使然，而是由華人基督徒群體所賦予的。這主要是由於它能符合華人教會（特別是領導層）的期望規範——保守靜態的聖經翻譯觀、追求神聖的聖經語言觀、強調對象一體化的翻譯傳意觀。[40]八十年代，《和合本》所建立的經典性形式庫，似乎並沒有面臨真正的挑戰，這從《和合本》在1988 年出版的修訂本的保守改動可見一斑。[41]支配中文聖經系統的華人教會領袖只要能緊守《和合本》的經典性特質，就得以控制中文聖經的多元系統，使其處於穩定的狀態。踏入九十年代，《新

---

[39] Even-Zohar, "Polysystem Theory," 17. 中譯見埃文－佐哈爾著；張南峰譯，〈多元系統論〉，頁 25。

[40] 莊柔玉，《基督教聖經中文譯本權威現象研究》，頁 53-107。

[41] 《新標點和合本》的修訂範圍，相較於批評者對中文聖經的訴求，不免顯得相當有限。修訂的細節參趙維本，《譯經溯源——現代五大中文聖經翻譯史》，頁 46-50。

譯本》的全譯本終於面世，《和合本》的經典性形式庫再度面臨衝擊，加上數個大型的翻譯或修譯聖經計劃同時進行，[42]《和合本》亦再度進行較大規模的重譯工作，[43]這個行動可理解作支配中文聖經多元系統的群體為了維持系統的控制權，有需要更改經典化的性質，以配合系統變化而產生的訴求。

2.6 系統的穩定與不穩定

《和合本》自 1919 年面世迄今，經歷了差不多一個世紀，一直在中文聖經的多元系統中被奉為經典化的作品，享有文本層面的靜態經典性和模式層面的動態經典性。《和合本》一經獨大的局面，是否表示中文聖經的多元系統是一個穩定的系統呢？埃文－佐哈爾認為：

> 從功能主義觀點來看，一個系統如果不能長時間自我維持，常常處於崩潰的邊緣，就是不穩定的系統；但如果它能持續不斷、有條不紊地改變，就大可將之視為穩定的系統，理由很簡單，就是它能維持下去。只有這種穩定的系統才能立足生存，其他的只會瓦解冰消。[44]

---

[42] 例如《現代本》的修訂工作、《國際中文譯本》的翻譯計劃等。

[43] 有關修訂計劃，參樂詠書，〈和合本修訂版、二零零七年完成〉，《時代論壇》733 期，2001 年 9 月 16 日，第 7 版。

[44] Even-Zohar, “Polysystem Theory,” 26. 中譯見埃文－佐哈爾著；張南峰譯，〈多元系統論〉，頁 34。

從這個角度看，中文聖經的確是一個穩定的系統，因為一來，它從來沒有瀕臨崩潰的邊緣。在過去二百多年的中文聖經翻譯史中，中文聖經可算經歷了持續不斷的改變，伴隨著中國的歷史和語言的變革，從深文理譯本到淺文理譯本到官話譯本到現代漢語譯本，期間的發展可算是與時並進，有條不紊的。㊺及至《和合本》出現後，中文聖經正式步入大一統的局面。就算在二十世紀七十年代出現了好些要取代《和合本》的聲音，但相對於華人教會繼續一致使用《和合本》的行動，這些在系統內出現的小「危機」，很快就轉化成推動改革的動力。數個由華人教會或神學領袖翻成的全譯本先後在七十和九十年代推出，使中文聖經的系統步向多元化。況且，不同譯本的修訂或校訂（recension）工作持續進行，例如聯合聖經公會的《現代中文譯本修訂版》在 1995 年出版；香港聖經公會在 1988 年推出《新標點和合本》後，現又繼續進行修訂的工作，預期分別在 2003 及 2007 年推出新約和舊約的修訂本。在 2001 年成立、專責出版及推動《新譯本》的環球聖經公會也計劃用兩年時間進行重新審閱工作，以備出版《新譯本》「升級版」。㊻至於積

㊺ 我們可以按照譯經的過程、發展，粗略地把馬禮遜來華後的中文聖經翻譯史分為三個時期，分別是聖經漢譯的拓展期（1807-1854）、普及化期（1854-1919）及本色化期（從 1919 年至現在）。參莊柔玉，《基督教聖經中文譯本權威現象研究》，頁 16-17。

㊻ 見環球聖經公會，〈新譯本介紹〉，《環球聖經公會》，<http://www.wwbible.org/ver_ch/index_whatsnew.asp?key=21>（2001 年 12 月 2 日）。此外，環球聖經公會特邀各學者、牧者重新撰寫各類書卷總論和各書卷的簡介，在 2001 年推出了《新譯本》「跨世紀版」，以幫助信徒更深入明白聖經。

極推廣《當代聖經》的國際聖經協會亦正展開另一個全新的譯經計劃：《國際中文譯本》（*International Chinese Version*），目前已推出《國際中文譯本——路加福音研讀本》。[47]這些聖經的修訂或修譯活動，其實有助中文聖經系統的健全演化，使其持續不斷地處於穩定的局面。

正如埃文－佐哈爾所說，在系統的層面，不可把不穩定等同於改變，也不可把穩定等同於「僵化」（petrification）。[48]假如中文聖經的系統自《和合本》出版後就停滯不前，再沒有引入新的譯本，以致系統的庫存不足，華人教會在沒有選擇的情況下使用惟一的白話全譯本，而又從來沒有圖強求變的訴求，那中文聖經系統就可說是一個僵化了的穩定結構；一旦發生危機或災難，系統可能不受控制而日暮窮途。實際上，《和合本》出版後，雖然中國政局動盪，基督教在中國的活動遭受許多壓制，但翻譯聖經的工作並沒有停頓下來。二十世紀三十年代有數個新約譯本誕生；七十年代則有數個全譯本問世；九十年代有數個大型譯經計劃同時展開——這都反映了中文聖經正在不斷引進新的形式庫，注入新的元素，使系統得以維持調節性的制衡（regulating balance）而不致陷於崩潰。這就是埃文－佐哈爾所說的「演進」（evolution）：

任何系統中的經典化形式庫，如果沒有非經典化的挑戰者與

---

[47] 《國際中文譯本》的譯經宗旨、原則、步驟，參〈前言〉，《國際中文譯本——路加福音研讀本》（香港：國際聖經協會，2000）。

[48] Even-Zohar, "Polysystem Theory," 26. 中譯見埃文－佐哈爾著；張南峰譯，〈多元系統論〉，頁34。

> 之競爭並常常威脅著要取而代之，過一段時間就很可能停滯不前。在後者的壓力之下，經典化形式庫不可能維持不變；這就保證了系統的演進，而只有演進才能生存下去。在另一方面，如果不容許壓力存在，我們往往會看到一個系統不是逐漸被遺棄並被另一個系統取代（例如拉丁文被各種羅曼方言取代），就是因為爆發革命而全面崩潰（例如政權被推翻、歷史悠久的模式消失得無影無蹤，等等）。㊾

中文聖經能處於穩定狀態，也許是由於系統有效地維持調節性的制衡，持續不斷地通過非經典化形式庫的引進而得以健全演進。

2.7 次文化對系統的刺激

根據埃文－佐哈爾的觀點，能推動文化或文學系統演進的，還有「次文化」（sub-culture）對典範文化的衝擊：

> 看來，如果沒有「次文化」（流行文學、流行藝術、無論何種意義上的「次等文化」〔（low culture）〕，等等），或者不容許「次文化」對經典化文化施加真正的壓力，就不大可能有富於生命力的經典化文化。沒有強大的「次文化」的刺激，任何經典化的活動都會逐漸僵化。」㊿

㊾ Even-Zohar, “Polysystem Theory,” 16. 中譯見埃文－佐哈爾著；張南峰譯，〈多元系統論〉，頁 25。

㊿ Even-Zohar, “Polysystem Theory,” 16-17. 中譯見埃文－佐哈爾著；張南峰譯，〈多元系統論〉，頁 25。

埃文－佐哈爾這裏所說的次文化範圍很廣，包括各種流行的、次等的、會對經典化文化施加壓力的製成品。在中文聖經的系統中，次文化可以劃分為兩個層面。第一個層面指相對於嚴肅文化的流行文化。這涵蓋了各種把中文聖經簡易化、普及化、商品化的製成品，例如聖經漫畫集、聖經連載小說、聖經電影、聖經講道集，以及各式各樣改編自聖經的詩歌及廣播劇等。[51]這些製成品基本上都是以《和合本》為藍本的，所以並不會對《和合本》建立的典範文化施加壓力，但卻能豐富了《和合本》的展現方式，使《和合本》的語言不致因時代轉變而顯得枯槁乏力。

第二個層面則指對典範化文化構成威脅的另類文化。在中文聖經的系統中，這種次文化的作品也許就是個人化的聖經譯本、與天主教徒合作的聖經譯本、以次經為對象的譯本，甚至是來自異端教派的譯本。沒有另類譯本的挑戰，系統內的形式庫會逐漸定型，墨守成規，逐步僵化，滯礙系統的運作，使其無法適應社會需要的轉變。不過，相比於英文聖經的多元系統，這些另類譯本實在微不足道。英文聖經世界中的女性主義譯本、宣揚個別政治主張的聖經譯本等，在中文聖經系統暫未出現。由此看來，另類譯本並沒有對《和合本》帶來強大的次文化刺激，不過卻有助中文聖經系統的演進，使系統內經典化的活動不致流於僵化。

---

[51] 國際聖經協會出版了很多這個層面的次文化的產品，例如大字版聖經、靈修版聖經、聖經故事集、漫畫聖經、粵語聖經錄音帶、聖經畫冊等。詳細資料見國際聖經協會，〈出版目錄〉，《國際聖經協會》，<http://www.ibs.org.hk>（2001年12月2日）。

2.8 一級與二級模式的對立

中文聖經的多元系統要健全運作，還有賴於形式庫裏革新的力量。《和合本》成為經典化的文本後，同時也確立了一個經典化的形式庫。假如由這個形式庫「衍生的一切模式，全都嚴格按照其規則構建，我們面對的就是一個保守的形式庫（和系統）。它的每一個產品（言語、文本）都會有很高的可預測性，稍有偏差，即被視為罪過」。[52]在這種情況下製造出來的產品，埃文-佐哈爾稱之為「二級產品」（secondary products）。白話聖經的翻譯歷史雖然尚短，但在《和合本》一枝獨秀的情況下，聖經的新譯本並沒有完全按照它的規則構建而淪為二級產品。相反地，中文聖經的形式庫其實不斷在注入新元素，使形式庫得以擴大和改造，發展為革新的形式庫和系統。例如，《當代聖經》、《恢復本》、《聖經後典》等都可界定為「一級模式」（primary models），它們雖然處於整個中文聖經系統的邊陲地帶，卻建構了革新的形式庫，使系統通過一級二級模式對立的張力得以持續演進。

2.9 相鄰系統的沖刷

中文聖經系統能持續注入新元素，與相鄰系統（adjacent system）帶來的挑戰有莫大的關係。就中文聖經而言，最為相鄰的系統相信是英文聖經的多元系統了。《和合本》及其以前的譯本，都是歐美

[52] Even-Zohar, "Polysystem Theory," 21. 中譯見埃文-佐哈爾著；張南峰譯，〈多元系統論〉，頁29。

宣教士[53]的成果，他們的譯經模式，其實已在中文聖經的多元系統中確立了一個形式庫，供當代的華人譯者參考使用。此外，在二十世紀後半期，西方的譯經工作發展蓬勃，無論在譯經理論的建立和譯經運動的推廣上，都有急速的發展。中文聖經不少革新的力量，都是來自西方教會——在財政上如此；在信念上亦然。在財政方面，西方教會積極在全球各地推廣譯經工作，為不同地區的譯經組織提供經濟上的支援，例如，《新約全書新譯本》就是由美國的樂可門基金會（Lockman Foundation）的推動和資助下才能夠面世。[54]在聖經翻譯的信念上，《現代本》引進了美國聖經翻譯學者奈達的動態對等翻譯理論，試圖翻出一部以讀者為本而又可讀性高的中文聖經；《當代聖經》也是參照英文聖經《活潑真道》的意譯模式，嘗試翻出一本簡易普及的中文聖經。至於張久宣翻譯次經的做法，在英文聖經的多元系統中早已存在，好些英文聖經甚至把次經放在正經之末一同出版。[55]雖然，這種情況在中文聖經中尚未出現，但中

---

[53] 《和合本》原是美國聖經公會（The American Bible Society）、英國聖經公會（The British and Foreign Bible Society）及蘇格蘭聖經公會（The National Bible Society of Scotland）聯合翻譯和出版的。

[54] 趙維本，《譯經溯源——現代五大中文聖經翻譯史》，頁 120。

[55] 根據吳綳武的研究，基督教的聖經譯本逐漸把次經的經卷收錄在聖經裏：十六世紀以後有頗長一段時間的英譯聖經多數不包括次經，但是近代出版的英文聖經如 1895 年出版的《修訂本》（*Revised Version*）、1957 年出版的《修訂標準本》（*Revised Standard Version*）、1970 年出版的《新英文聖經》（*New English Bible*）、1989 年出版的《修訂英文聖經》（*The Revised English Bible*）和《新修訂標準本》（*New Revised Standard Version*）都把次經納入其中。參吳綳武，《認識聖經》（香港：宗教教育中心，1993），頁 59-63。

文聖經系統無疑正不斷受著英文聖經這種龐大鄰近系統的衝擊。

英文聖經還有不少抱有不同的神學理念或價值取向的譯本，例如 1852 年出版的《奧莉芙·佩爾譯本》（*Olive Pell Bible*），就把聖經中涉及肉食、性、暴力的字句挪走，展現素食主義者的取向。1895-1898 年間面世的《女性的聖經》（*The Woman's Bible*）就是由約二十名女權運動者翻譯的譯本，提供了閱讀聖經的另類角度。除了這些，還有使用街頭術語的俚語譯本（slang translation）、使用涵蓋性別差異的「內包語言」（inclusive language）譯本等。[56]這些文本相信都能為中文聖經翻譯提供形式庫的一級模式。在強大的相鄰系統的沖刷下，中文聖經的系統較不容易因僵化而瓦解冰消。

2.10 在大多元系統的位置

英文聖經的多元系統可謂生氣勃勃、充滿革新的力量，[57]除了有充足的庫存外，[58]還有大量一級的模式或產品，角逐系統內中心

---

[56] Ernest S. Frerichs, ed., *The Bible and Bibles in America* (Atlanta, Georgia: Scholars Press, 1988), 1-8.

[57] 英文聖經多采多姿的景象，在 Bible Translation 這個網頁可略窺一二。它不僅提供了英文聖經的翻譯詞彙、版本評論及研讀資料，還涵蓋了跟聖經翻譯相關的翻譯語言、哲學及原則的討論。此外，它還列出了跟聖經翻譯相關的課程、計劃、資源、出版機構等資訊，資料詳盡、應有盡有。參 *Bible Translation*, <http://www.geocities.com/bible_translation> (2 December 2001)。

[58] 英文聖經的版本可謂多不勝數，單在"Versions," *Tyndale House* 的網頁，就已羅列了超過一百部英文聖經的名稱、簡稱及內容簡介等。參"Versions," *Tyndale House*, <http://www.tyndale.cam.ac.uk/Tyndale/Scriptures.html> (2 December 2001)。

的位置。相比之下，中文聖經的多元系統本身就顯得疲弱，而系統自我更新的力量也流於稀薄。這跟兩個系統在「大多元系統」的位置不無關係。基督教信仰是英美社會的磐石，聖經作為基督教信仰最神聖的典籍，當然備受推崇、深受重視。大量的資源因而投放在聖經的英譯工作上。可以說，英文聖經的多元系統正處於英語世界這個大多元系統中貼近中心的位置。在這個大系統中，不僅聖經學者、神學家、語言學家等陣容鼎盛，而且聖經的譯者人才輩出，面對著種類兼數量俱多的英語讀者群，各式各樣的譯本相繼湧現。於是，英語聖經的系統變得多元多向，在有利的條件下持續不斷地演進。

在華語世界中，中文聖經的多元系統卻處於頗為邊緣的位置。首先，在漢語的文化系統中，相比於歷史悠久的儒釋道文化，基督教這種舶來而刻有歷史烙印的文化只能僻處邊陲。在宏大豐富、多采多姿的漢語文學系統中，中文聖經和其他基督教的漢譯作品亦難佔一席位。[59]因此，較之於中國傳統文化的經典著作如《論語》、《莊子》或佛教經籍的研究，從事中文聖經的翻譯或研究的人才有如鳳毛麟角，這無疑窒礙了中文聖經系統的演進。若不是英文聖經這個活力四射的相鄰系統不時帶來刺激，中文聖經的多元系統可能因為庫存不足、欠缺革新力量而流於乾涸、枯竭甚至瓦解冰消了。

---

[59] 中文聖經和其他基督教的漢譯作品不獨未能在漢語文學系統中佔一席位，就是在中國翻譯史上也不受重視。這從它們在陳福康著的《中國譯學理論史稿》一書中所佔的篇幅，可見一斑。參陳福康，《中國譯學理論史稿》（上海：上海外語教育出版社，1992）。

2.11 經典化與穩定性

正如前文所說，經典化與非經典化的張力是存在於每一個文化系統中的，在華人基督徒群體中，《和合本》被視為最合乎正統的譯經規範的作品，享有靜態和動態的經典性，長久以來雄踞中文聖經系統的核心地帶，而其他非經典化的新舊譯本則處於較邊緣的位置。雖然，中文聖經是一個較幼嫩的多元系統，本身的庫存不足，加上在中國文化這個大多元系統中僻處一陲，資源短絀，但由於受到次文化的刺激及相鄰系統的沖刷，所以尚可憑藉非經典化形式庫的引進而作出自我調節性的制衡；而系統內經典化的形式庫亦在一級模式或產品持續不斷的挑戰下，得以有條不紊地演進。因此，縱使新的譯經工作不斷展開，新的聖經版本陸續出現，衝擊著《和合本》一經獨大的局面，中文聖經系統仍可界定為一個穩定而又尚未僵化的多元結構。

3. 台劇《神鵰俠侶》在香港
——跨媒體翻譯個案研究

提要

埃文一佐哈爾本人雖然較專注於研究文學的系統，甚少談及其他領域的數據，但是在他的理念中，多元系統論並不局限於文學或翻譯現象的研究，即使是政治、經濟、軍事、科技等現象，都可納入研究的範圍。對他來說，把以前被無意中忽略甚至有意地排斥的事物納入符號學的研究範圍，是全面認識任何一個符號場的必要條件。本文正是把埃文一佐哈爾的多元系統論應用到在翻譯研究處於邊緣位置的流行文化範疇，以闡述台劇《神鵰俠侶》在台灣開播時反應熱烈、在香港播放卻未如理想的跨媒體翻譯現象。理論上，多元系統論有助拆解繁複、變動而又層層疊疊的因果關係；待詮譯的文化現象愈是複雜，就愈能照見現象背後各種可能性。就此假設，本文並不停留於個案分析，在提供合理的現象詮釋之餘，還進一步探究這套理論在理念和應用上的得失。*

* 本文修訂自〈台劇《神鵰俠侶》在香港——跨媒體翻譯個案研究〉，《中外文學》（多元系統研究專輯）30 卷 3 期（2001 年 8 月）：頁 151-172。承蒙台灣中外文學月刊社允許採用，特此鳴謝。

3.1 多元系統論與跨媒體的翻譯研究

3.1.1 用多元系統論來研究劇集反響的可行性

埃文－佐哈爾的多元系統論是一套涵容廣闊的理論，為翻譯與文化研究帶來了嶄新的觀點與視野。這套理論假定所謂現象不是孤立的事件，而是整個社會文化眾多不同的系統在互相依賴、互相影響下交織而成的獨特現象。因此，研究個別的文學或文化產品，不能抽離於產品所屬的多元系統狀況。更具體的說法是：

> 多元系統內存在的關係，不單決定多元系統內的過程，而且決定形式庫（repertoire）層次上的程序；就是說，多元系統中的制約，其實同樣有效於該多元系統的實際產品（包括文字與非文字產品）的生產程序，例如選擇、操縱、擴展、取消等等。因此，那些對其研究範圍內（例如語言或文學）所發生的過程不感興趣而專注於產品的「實際」構造（例如話語、文學文本）的研究者，不能不考慮他們研究的產品所屬的多元系統的狀況。❶

在學術概念上，這個宏偉的假設涵蓋一切現象的研究，不管研究的對象屬於哪個範疇，都能置於分析的框架中。雖然埃文－佐哈爾本

❶ Itamar Even-Zohar, "Polysystem Theory," *Polysystem Studies, Poetics Today* 11:1 (Spring 1990): 15. 中譯見埃文－佐哈爾著；張南峰譯，〈多元系統論〉，《中外文學》30卷3期（2001年）：頁23。

人較專注於研究文學的系統，對其他領域的數據鮮有談及，但是在他的理念中，多元系統論並不局限於文學或翻譯現象的研究，即使是政治、經濟、軍事、科技等現象，都可納入研究的範圍。正如他自己所說：「在這套理論之下，把以前被無意中忽略甚至有意地排斥的事物（性質、現象）納入符號學的研究範圍不但成為可能，而且成為全面認識任何一個符號場的必要條件」。❷所謂電視節目的收看率，屬於影藝娛樂文化的一部分，也就是屬於社會普及文化的範圍，應用多元系統論來分析這方面的特殊現象，理論上是可行的。況且，改編自小說的電視劇可界定為跨媒體翻譯❸作品的一種；而埃文－佐哈爾的多元系統論又曾以翻譯作品為研究對象，用多元系統論來闡釋翻譯現象，正是恰當不過。

多元系統論認為個別現象其實是整體結構內不斷變動的關係的總和，而整體文化就是由多個不同系統組成的大體系，是一個動態的、開放的、多層面的、由不同元素組成的、有等級之分的多元系統。❹因此，要詮譯的文化現象愈是複雜，用多元系統論就愈是合適，因為這種理論甚富包容性，嘗試進入各種與現象相關的中心或邊緣系統，深入探究各種系統之間錯縱複雜的關係，從而較客觀和全面地推斷現象背後的各種可能性。多元系統論有助拆解繁複、變

---

❷ Even-Zohar, "Polysystem Theory," 13. 中譯見埃文－佐哈爾著；張南峰譯，〈多元系統論〉，頁 21。

❸ 所謂跨媒體翻譯，指把作品從一種媒體移植到另一種媒體的行為或活動。翻譯一詞，本文採取其廣義的意思，因此並不局限於文字以內的意思轉換或意念轉化等活動，文字以外的各種符號轉換，本文也列入翻譯的範疇。

❹ Even-Zohar, "Polysystem Theory," 9-26.

動而又層層疊疊的因果關係。雖然，多元系統論本身也有局限，❺但不失為一套抽絲剝繭、層層遞進的詮釋理論。

台劇《神鵰俠侶》（以下簡稱《神鵰》）自 1998 年 8 月 25 日起在台灣播映，反應熱烈。同一套劇集，1998 年 9 月 27 日在香港開播時卻反應冷淡，箇中原因，決不是單單歸因於兩地電視文化的差異，就能釐清事情的來龍去脈；❻當中除了涉及節目的製作質素、宣傳策略、明星效應、慣性收視、觀眾口味、播放環境等多種複雜而又互為影響的因素外，還牽涉節目本身、播放媒體、電視觀眾三個不同系統的交相運作。不進入每個系統仔細探究，不找出各種因素之間的互動關係，委實難以對這個現象作出較全面的剖視。透過多元系統論的反覆辯證，本文的個案研究也許能在提供合理的現象詮釋之餘，略為揭示多元系統論在理念和應用上的得失。

3.1.2 以多元系統論研究金庸改編劇的獨創性

金庸不僅在中國大陸首次舉辦的「全國性國民閱讀與購買傾向」的民意調查中，入選讀者最喜愛的十大作家之列，排名僅次於魯迅，❼而且他的作品也被翻譯成數種語言。❽歷來研究金庸小說

---

❺ 多元系統論的局限問題，參莊柔玉，〈用多元系統理論研究翻譯的意識形態的局限〉，《翻譯季刊》16 & 17 期（2000 年 10 月）：頁 122-136。

❻ 本文假設收視調查報告是影視界約定俗成的量度標準，以此來衡量劇集的受歡迎程度。至於調查收視的機制是否公允，則不在本文的討論範圍。有關香港收視調查的方法及其準確性的問題，參梁廣就，〈香港「電視觀眾研究」的可信性〉，《傳媒透視》（2000 年 7 月號）：頁 10-11。

❼ 見時穎，〈我國首次選出讀者最喜愛的作家〉，《北京青年報》，2000 年 6 月 23 日，第 29 版。這個調查是由中國出版科學研究所與浙江省新聞出版局主辦。調查先由央視調查中心在各大城市針對十八歲以上的人士進行隨機抽

的文章多不勝數，既有全套共十五部小說的縱論，也有單部小說的研究。金庸小說不獨是報章雜誌的話題，而且也是學術研討會的論題，❾涉及的課題多元多向，包括小說的結構分析、語言特色、人物刻劃、敘事模式、版本考據、思想溯源、藝術探索等。研究的角度並沒有停留在金庸小說的文本分析，而是把金學研究擴展到作品以外的世界，例如金庸小說與西方小說的對比研究、金庸作品在通俗文學、武俠小說中的位置，金庸筆下的社會的特色、金庸在文學史上的地位等。金庸小說儼如一個自給自足的體系，有自身的語言、涵蘊、生命、歷史，可界定為一個豐富多姿的多元系統。

金庸小說之所以在華人社會廣受注意，備受歡迎，不能不歸功於跨媒體創作的效應。❿在香港，金庸小說廣被翻譯成不同媒體的作品，先後被改編成不同的電視劇集、電影、廣播劇、舞台劇、漫

取，然後入戶抽樣調查，調查人數共三千多。基礎數據出來後，再由中國出版科學研究所進行技術分析。

❽ 根據王安然的研究，金庸的作品除了被譯成英語外，還譯成韓文、越南文，而日本近來也有大規模的翻譯計劃。參王安然，〈翻譯金庸小說大不易〉，《金迷聊聊天（壹）》，李佳穎編（台北：遠流，1999），頁 30-31。更詳盡深入的研究，參 Olivia Mok, “Martial Arts Fiction: Translational Migrations East and West” (Ph.D. diss., University of Warwick, 1998)。

❾ 談論金庸小說的文章散見於中國、台灣、香港三地的報章雜誌，而學術研討會的論文主要輯錄於王秋桂編，《金庸小說——國際學術研討會論文集》（台北：遠流，1999）；淡江大學中國文學系編，《縱橫武林——中國武俠小說國際學術研討會論文集》（台北：台灣學生書局，1998）。

❿ 有學者稱之為「跨文類」的流行方式，參宋偉傑，《從娛樂行為到烏托邦衝動——金庸小說再解讀》（南京：江蘇人民，1999），頁 28。

畫、電子遊戲，甚至是京劇⓫等，深入不同的社會文化階層。金庸的小說已經超越文本，走出小說世界，成為生活文化的一部分。⓬因此，活在多采多姿的金庸文化下的香港觀眾，不可能單從劇集本身的質素來接受或排斥金庸的劇集，他們的意識早已無可避免地滲透了對金庸作品不同層次的先在認識，因而對金庸劇抱有獨特的期望規範（expectancy norms）⓭。於是，跟生活在不同影視娛樂文化的台灣觀眾相比，香港觀眾基於對金庸小說體系有極為不同的接觸與認知，自然而然對金庸的跨媒體作品有不同的感應與反響。

台劇《神鵰》在台灣大受歡迎，在香港收視卻不理想，這是否意味著由於兩地觀眾處身在不同的金庸小說體系的多元系統中，所以對該劇的期望規範不同？要解答這個問題，不妨從埃文－佐哈爾一個重要的假設出發。埃文－佐哈爾認為翻譯文學在不同的文學體系裏會有不同的位置，當一個國家的文學系統處於強勢時，翻譯文

⓫ 把金庸的小說改編成京劇，用傳統戲曲的表演方式來演繹武俠小說，是 2001 年 5 月的一項嶄新嘗試。有關記載與分析，參塵紓，〈管窺京劇《神鵰》的優勢與限制——兼談「鄂京」幾齣折子戲〉，《大公報》，2001 年 4 月 17 日，第 B06 版。

⓬ 正如彥火所說，金庸的小說已被「捲進商品大潮」，從文字單行本，向多媒體發展。參彥火，〈漫談金庸武俠小說的影響〉，載《名人名家讀金庸》，金庸學術研究會編（上海：上海書店，2000），頁 341-342。

⓭ 期望規範這個術語源自切斯特曼（Andrew Chesterman）。他認為「期望規範是由（某一類）翻譯作品的讀者對（這一類）翻譯作品該是怎樣而產生的期望所建立的」。這些期望一方面源自文化系統裏流行的翻譯常規，另一方面又可追溯到該文化系統的經濟狀況、意識形態、權力關係分佈等因素。參 Andrew Chesterman, *Memes of Translation: The Spread of Ideas in Translation Theory* (Amsterdam, Philadelphia: J. Benjamins, 1997), 64。

學只能處身邊緣位置，要依從或模倣本國文學的形式而生存；相反地，當一個國家的文學系統荏弱不振，翻譯文學就得以躍升到較中心的位置，引進嶄新的文學形式或內容，推動本國文學的發展。⓮

本文擬把這個中心邊緣概念引伸出來，提出以下大膽的假設：一個外來的劇集在本土的電視台播放，其受歡迎程度往往取決於本土的電視文化正處於一個怎樣的狀態；假如本土的電視文化是一個強固、成熟或自給自足的體系，外來的片集就很難打入本土市場，佔據中心位置。台劇《神鵰》在香港播放時，正面對著兩種強固的本土文化。其一，香港的電視文化正值強勢，同期播放的正是口碑收視俱佳的本地創作《烈火雄心》與《妙手仁心》，⓯換言之，反映香港人獨特口味的電視片集正處於中心位置。其二，金庸小說在

⓮ Itamar Even-Zohar, "The Position of Translated Literature within the Literary Polysystem," *Polysystem Studies, Poetics Today* 11:1 (Spring 1990): 46-49. 譯文見埃文一佐哈爾著；莊柔玉譯，〈翻譯文學在文學多元系統中的位置〉，載《西方翻譯理論精選》，陳德鴻、張南峰編（香港：香港城市大學出版社，2000），頁 115-124。

⓯ 《烈火雄心》與《妙手仁心》同屬無線電視九十年代的主流創作劇集，有評論稱之為「職業劇集」系列。前者是以消防員為題材，後者則是香港醫生的故事。這類劇集的特色是拍攝細緻，用很多篇幅去描述從事不同職業的人的職能和工作實況，被讚譽為反映了編劇帶有一份「尊重資料搜集及追求實感的專業精神」。參葉念琛，〈職業劇集的起源〉，《星島日報》，1998 年 10 月 11 日，第 D09 版。這兩部劇集在 1998 年的「欣賞指數調查」（抗衡尼爾森（AC Nielson）收視調查的機制）中，全年的排名分別為第七位和第二位，被視為收視率與欣賞指數成正比的節目。排名位置參鍾庭耀，〈1998 電視節目欣賞指數調查〉，《傳媒透視》（1999 年 12 月號）：頁 12-13。

香港已發展成為一個多重文本（intertextuality）⑯的體系，香港的觀眾對金庸的改編作品早已抱有先在的認識和特殊的期望。由於本地製作的金庸劇佔據了觀賞傳統的中心位置，以偏重台灣口味製作的改編劇只能躋身金庸電視系列的邊緣位置。如果台劇《神鵰》在強勢電視台無線電視翡翠台（以下簡稱「無線」）播放，尚可挾著播放媒體的優勢，博取一線生機；但它卻在向來積弱不振的亞洲電視播映，在強弱懸殊的格局下，只能再一次驗證了弱台的收視頹勢。基於上述兩個假設，本文認為慣性收視並不是導致這套台劇收視不佳的惟一或主要因素；反之，台劇《神鵰》在香港電視文化上所佔的位置，才是更根本的原因。上述的假設是否成立？我們不妨進入各個與電視收看率相關的主要系統，細加探究。

3.2 多元系統論的應用

3.2.1 選擇研究的對象

本文選擇台劇《神鵰》來闡述多元系統論的中心邊緣說，原因有二。其一，在香港的電視史上，《神鵰》堪稱金庸小說中極受歡迎、廣為人知的作品。單是電視劇集，已多次被改編播放，先有1975 年佳藝電視由羅樂林、李通明飾演楊過和小龍女的版本，繼而有 1983 年無線電視的劉德華、陳玉蓮版，1995 年無線電視重拍的古天樂、李若彤版。電影方面，分別有 1960-61 年李化導演、謝

---

⑯ Intertextuality 一詞，也譯作「文本互涉」或「互文性」。本文所指的多重文本，是參考馮應謙的界定，特別是指同一主題或訊息以不同的傳播媒體表達的情況。見馮應謙，〈談本地流行文化〉，《傳媒透視》（1998 年 3 月號）：頁 2-3。

賢及南紅主演的四集《神鵰俠侶》、1982 年張徹執導、傅聲及郭追主演的《神鵰俠侶》、1983 年華山執導、張國榮及翁靜晶主演的《楊過與小龍女》、1991 年元奎及劉大煒執導、劉德華及梅艷芳主演的《九一神鵰俠侶》，以及 1992 年由劉德華及關之琳主演的續集《九二神鵰俠侶之痴心情長劍》。此外，香港電台的廣播劇組及黃玉郎分別把《神鵰》改編為廣播劇與漫畫。⑰換言之，台劇《神鵰》打入香港的電視市場前，香港的電視觀眾已接觸過不少《神鵰》系列的作品。要論證金庸的小說體系在香港的電視文化裏是否為一個強固的系統，選擇《神鵰》當然較《越女劍》或《白馬嘯西風》這些鮮被改編的作品更具代表性和說服力。這好比選取《陸小鳳》或《絕代雙驕》來研究古龍小說在香港的影視文化裏的多元系統，選擇《白髮魔女傳》來研究梁羽生小說的跨媒體作品一樣。

另一原因，就是台劇《神鵰》在台灣和香港兩地播放時反應差別甚大，而這套台劇又是歷來改編得最多的跨媒體作品，箇中的原因，值得深究。1998 年，台灣的電視史上出現一個奇特的現象，就是三部分別由台灣、香港、新加坡這三個不同地區攝製的《神鵰》竟在同一時段播放，除了掀起台灣的金庸熱外，還帶來台灣的電視收視競賽。⑱根據報章的記載，台視由楊佩佩監製的《神鵰俠

⑰ 上述資料並不包括香港以外地方把《神鵰》改編的作品，例如台灣中視的孟飛、潘迎紫電視版、新加坡新視的李銘順、范文芳的電視版和黃展鳴的漫畫版、台灣的遊戲版等。

⑱ 阿杜，〈電視史罕見〉，《文匯報》，1998 年 10 月 5 日，第 C1 版。

侶》位居榜首，而其餘兩部劇集都同樣很受歡迎。[19]這套電視劇還成為 1998 年台視第二個最高收視率的節目，僅次於晚間新聞。[20]在亞洲電視本港台（以下簡稱「亞視」）營運總裁吳征的穿針引線下，挾著在台灣收視報捷的優勢，楊佩佩深信她製作的《神鵰》能獲得香港市場接受，甚至打破亞洲電視慣性收視的宿命，於是自掏腰包一百七十五萬港幣作為宣傳費用，[21]矢言這套劇集的收視若不能達到十四點，就不用亞視支付。結果在一連串宣傳攻勢下，台劇《神鵰》的收視平均只得十點左右，[22]跟同期亞視播放的劇集比

---

[19] 有關三部《神鵰》在台灣的戰況，參粘嫦鈺，〈三對神鵰俠侶展翅較高低〉，《聯合報》，1998 年 8 月 20 日，第 26 版；粘嫦鈺，〈二「鵰」發威、收視如虹〉，《聯合報》，1998 年 8 月 26 日，第 26 版。

[20] 游智森，〈無線四台節目「星期天」最紅潤利收視調查、中視格格稱霸八點檔、台視平均收視率要加油〉，《大成報》，1998 年 12 月 22 日，第 7 版。

[21] 在《神鵰》啟播期間，港台兩地的報章都記載楊佩佩是自掏腰包 175 萬作為《神鵰》的宣傳費用，見〈神鵰俠侶「嫁女貼大床」〉，《文匯報》，1998 年 9 月 24 日，第 C12 版；葉蕙蘭，〈亞視播神鵰、俠侶壯聲勢〉，《民生報》，1998 年 9 月 24 日，第 10 版。然而，大半年後她談及這個問題時，宣傳費變成了 150 萬，相信是楊佩佩後來修正了自己的說法。參以下四篇報導：楊潔雪，〈亞視盼花木蘭扭轉收視〉，《星島日報》，1999 年 4 月 22 日，第 A31 版；〈台劇《花木蘭》接《縱橫四海》、袁詠儀飛撼無線〉，香港商報，1999 年 4 月 22 日，第 C12 版；〈袁詠儀趙文卓主演、花木蘭接《四海》播映〉，《大公報》，1999 年 4 月 22 日，第 D01 版；〈亞視高價買入花木蘭、楊佩佩爆無線出手低〉，《新報》，1999 年 4 月 22 日，第 C07 版。

[22] 台劇《神鵰》在香港亞視首播時，收視達十二點，見〈徐小明李兆熊返亞視〉，《文匯報》，1998 年 9 月 30 日，第 C12 版。但這個紀錄不能保持，平均收視點曾滑落到六點和八點，見〈電視台新攻勢首回戰果〉，《文匯報》，1998 年 10 月 6 日，第 C1 版；〈兩台節目各自精彩〉，《文匯報》，

較，並不出色；跟同期無線的節目相較，大為失色；㉓更遑論跟1983 年在無線創下平均收視六十二點佳績的《神鵰》比較。㉔連台劇《神鵰》的製作人楊佩佩也不得不親口承認該劇的收視未如理想。㉕這正好反映了台劇《神鵰》在港台兩地非常不同的反響；台劇《神鵰》不失為研究跨媒體作品在不同文化的接收與迴響的好題材。

3.2.2 界定相關的系統

判別哪些是與個別現象相關的系統，不能純粹基於揣測，而是要發掘各種與現象息息相關的資料，作為解釋現象的數據。就台劇《神鵰》收視不如理想這個課題，一切談及電視節目評論的雜誌、報刊或互聯網上的文章，都可界定為相關的文字數據。這些數據不獨反映了不同群體對現象的理解，而且也突顯了現象分析的主流觀點。本文嘗試根據這些資料，作出判斷和推論，找出三個一般評論

1998 年 10 月 20 日，第 C12 版。整體的收視大約是十點，見崔曉，〈亞視三月攻勢難樂觀〉，《明報》，2000 年 2 月 18 日，第 C05 版。

㉓ 無線同期播放的節目分別是《烈火雄心》及《妙手仁心》。據香港電線廣播有限公司（無線）提供的資料，這兩部劇集的平均總收視點分別是 31 點和 33 點，佔觀眾人數的 81% 及 85%。

㉔ 據載，1983 年 11 月在香港播放的無線金庸劇《神鵰俠侶》的平均收視高達六十二點，按那個年代每個收視點等於五萬人來計，該劇擁有的觀眾高達三百一十萬，佔香港過半數的人口。見〈三百萬人看電視〉，《香港商報》，1999 年 9 月 1 日，第 C06 版。該項數據與香港電線廣播有限公司提供的資料相符。

㉕ 楊佩佩就台劇《神鵰俠侶》在香港的收視在大肆宣傳下仍未如理想的情況有以下的回應：「上次成績有點遺憾」。見楊潔雪，〈亞視盼花木蘭扭轉收視〉。

認為是最相關的系統：電視節目的製作系統、電視台的播放系統、香港觀眾的期望系統。三者可界定為一個互動的三角關係，就如在傳遞信息上作品、媒介、讀者三者緊緊相扣、互相牽動一樣。節目質素、宣傳策略、配音效果等，可說是針對電視節目的製作系統而作出的解釋。所謂慣性收視論、弱台宿命論等，是指向電視台的播放系統出現的問題。至於明星效應、先入為主、台港觀賞口味不同等說法，則是從香港觀眾的期望系統衍生出來的解釋。本文試就這三個系統牽涉的各項因素，闡釋台劇《神鵰》在香港收視有欠理想的原因。

3.2.3 判別系統的位置

舉凡一個矚目現象出現了，各種針對該現象的描述或解釋就會相繼誕生。多元系統論除了容讓研究者涵蓋不同的理解之餘，還假定多元系統內各個並存系統（co-systems）之間有著變動的關係，佔據著不同的位置，因此，從並存系統的相對位置，可辨別出解釋的主次關係。只要能提供一定的論據，相信要指出何謂相關的系統並不困難，但要判別不同相關系統所佔的位置，卻不容易。現在不妨先看看針對上文提及的三個相關系統所作出的解釋，然後剖析不同系統在整個多元系統內所佔的位置。

3.2.3.1 電視台的播放系統

慣性收視是慣常用來解釋亞視播放的節目收視不濟的情況。香港電台副廣播處長朱培慶（後為廣播處長）簡介引入「欣賞指數」的由來時指出：「歷年來都有慣性收視現象，港台節目在無線及亞視播放時的收視率有一定的差距……由於存在慣性收視現象，編排在亞視播放的港台節目，收視率偏低，故此不能只依賴觀眾數目來評慣港台的節目」。㉖慣性收視可粗略界定為一種追看無線劇集的欣賞傳統，這是對香港兩家電視台強弱懸殊的形勢最為普遍的理解。本文不排除台劇《神鵰》在亞視播放是較難取得滿意的收視，但假如把它差強人意的收視率，完全歸咎於慣性收視，則未免把問題簡單化。除非有充分的數據顯示在亞視播放的劇集必然慘澹收場，絕不例外，否則，這種詮譯收視率的角度未免流於宿命。㉗

環顧歷來在亞視播放的節目，收視也有參差的情況。舉較久遠的例子，亞視的《大地恩情》和《包青天》，就曾構成無線重大的威脅。㉘說回近來，與台劇《神鵰》同期播放、但宣傳攻勢遠比它少的「七點鐘劇場」《食神》，雖同為外購劇，就比「九點半劇場」《神鵰》的收視較為理想，而緊接《神鵰》播映的自製劇《我和殭屍有個約會》的成績亦較它出色。在稍後日子播放的《縱横四海》，以及同為楊佩佩製作的《花木蘭》，在收視上都較台劇《神

㉖ 朱培慶，〈港台引入「欣賞指數」的由來〉，《傳媒透視》（1999 年 6 月號）：頁 8。

㉗ 有些電視評論員用「宿命論」，來形容那種以慣性來解釋電視台的強弱形勢的說法。不過，葉青就指出這種宿命看法是消極的，意味著強弱是注定如此的局勢，弱台會因而提不起衝勁，而強台也難免變得洋洋自得而不思進取。參葉青，〈電視劇可以更吸引〉，《文匯報》，2000 年 6 月 27 日，第 C5 版。

㉘ 亞視的劇集《大地恩情》導致無視的《輪流轉》遭「反艇腰斬」，而《包青天》也叫無線「面青唇白」。參〈慣性收視〉，《新報》，2000 年 6 月 30 日，第 C12 版。

鵰》勝上一籌。㉙其後的《雍正皇朝》、《還珠格格》及《少年英雄方世玉》，更被認為使無線花容失色、方寸大亂。㉚可見慣性收視不是必然的定律，節目即使在弱勢電視台播放，仍可以有較高的收看率，甚至傲人的成績，例如《還珠格格》就逼使無線「二度腰斬兼三度變陣」㉛來迎戰，為亞視締造了電視史上的「六四」神話。㉜因此，所謂慣性收視其實是十分籠統的說法，不能作為收看率最可靠或主要的解釋。畢竟電視台只是播放的媒介，劇集的成敗得失還取決於節目本身的質素和觀眾對電視劇的期望。

3.2.3.2 電視節目的製作系統

電視節目是否受歡迎，歸根究底，節目本身的製作質素十分重要。台劇《神鵰》由台灣資深的製作人楊佩佩監製。她曾製作二十多部國語單元或連續劇，並憑《還君明珠》（1987）、《春去又春回》（1989）、《末代兒女情》（1990）、《倚天屠龍記》（1995）、《俠義見青天》（1994）、《新龍門客棧》（1996）、《儂本多情》（1997）等榮獲多項金鐘獎，而《神鵰》也入圍 1998 和 1999 年金

㉙ 由於負責收視調查的尼爾森公司稱不便透露客戶的資料，而亞洲電視又沒有提供在該台播放的節目的平均總收視點，本文只能綜合報章就每週收視點的報導和評述，作出這樣的分析。

㉚ 〈收視調查再度失利、無線方寸大亂犧牲天地線〉，《星島日報》，1999 年 8 月 13 日，第 A12 版。

㉛ 同上。

㉜ 葉念琛，〈電視上的六四事件〉，《星島日報》，1999 年 8 月 4 日，第 A25 版。

鐘獎攝影、剪輯、音效技術獎，並獲最佳音效獎，[33]可見《神鵰》的製作質素得到台灣的影視界認同。此外，《大成報》曾邀請演藝圈幕前幕後專業人員，就台灣、香港、新加坡三地的《神鵰》作出的戲劇焦點指數評鑑，結果顯示，台劇在製作品質和收視滿意度均取得最高評分，被評點為「娛樂性十足」的電視劇集。[34]由此可見，認為台劇《神鵰》的製作質素欠佳的說法較難成立。相反地，此劇製作認真，似乎是不爭的事實。首先，在選角上，一向好用大卡司的楊佩佩不會忽略明星效應，起用在大陸深受歡迎的歌星任賢齊和有多部電影女主角經驗的吳倩蓮，分別飾演楊過及小龍女，演員陣容還包括孫興、夏文汐、李立群等知名度高的藝人。在拍攝技術上，又以新奇的運鏡及特效場面製作聲光效果。在美術設計上，主角的造型和服飾處理都非常獨特，與前劇顯著不同。單就製作質素來看，台劇《神鵰》的確擁有成為受歡迎節目的條件。

然而，製作認真的節目不等於製作的手法能叫觀眾接受。這部台劇的製作手法相信是最具爭議性的一部《神鵰》，甚或是金庸的改編劇集。[35]由人物的造型設計，[36]到小說的內容發展，[37]都惹來

---

[33] 參「楊佩佩工作室」，見〈笑傲江湖〉，《香港網》，<http://hongkong.com>（2001 年 7 月 11 日）。

[34] 楊起鳳，〈神鵰爭鋒、至尊落誰家〉，《大成報》，1998 年 9 月 2 日，第 4 版。

[35] 王家衛的電影《東邪西毒》改編自金庸的《射鵰英雄傳》和《神鵰俠侶》，由於改編的幅度甚大，影評人多以此為借題發揮的創作，例如有評論形容這部電影是「王家衛的少年哀怨愁絲斷腸版」，所以本文不視此片為一般改編作品。參〈金庸風暴捲到下世紀〉，《明報》，1999 年 1 月 24 日，第 C01 版。

不少的批評。除了金庸公開表示不滿外，㊳不少金庸迷也在互聯網上發表譏諷的言論，㊴甚至開闢「反對楊佩佩變更金庸原著劇情，

㊱ 據報導，台視和各大校園網站，在台視的《神鵰》播放期間，都成為了金庸迷的抗議專區。例如「小龍女為何穿黑衣」、「夏文汐破壞黃蓉俠女形象」等，都變成被批評的對象。見粘嫦鈺，〈另類神鵰改編有理？〉，《聯合報》，1998年9月9日，第26版。

㊲ 無論在人物和情節上，台劇《神鵰》都有大幅的改動。在人物方面，這套劇集除了把小說中的人物（例如忽必烈及其蒙古陣營）大量刪減外，還把周伯通、洪七公、歐陽峰三個靈魂人物變成二人，造成角色混淆。此外，又把陸展元和公孫止描述為外貌酷似的兩個角色，加入了後者與李莫愁一段離奇的愛情插曲。

㊳ 金庸向來不喜歡作品被任意刪改，見林綰，〈專業觀眾〉，《大公報》，1999年7月14日，第E08版。他曾強烈表示：「作品被過度竄改，就如兒女受他人欺虐一般心疼難過，而這也令他日後將會更加嚴格考核版權合約的簽訂」，見朱玉立，〈武俠大師抵台，引動金學風潮〉，載《金迷聊聊天（貳）》，李佳穎編（台北：遠流，1999），頁225。據載，金庸一直不滿無線更改或添加他筆下小說的劇情，除了不會觀看改得太多的劇集外，還會致電給邵逸夫表示不滿，見〈不滿無線擅改小說故事、金庸曾致電鬧六叔〉，《天天日報》，1999年8月16日，第B05版。就台劇《神鵰》的改動，金庸曾表示：「改編可以，但改得太多就不行。」他認為這部作品被污辱、蹧蹋了，「就好像兒子、女兒被人鞭打屁股一樣，做父母的感到很痛心。」金庸甚至表示，若網友號召簽名抗議作品被胡亂竄改，他也要加入簽名行列，見吳佳晉，〈金庸抵台、只談武俠不談情〉，《中央日報》，1998年11月4日，第10版。

㊴ 這種台灣網友批評台視《神鵰》的情況，黃瑜琪有以下的報導：「中了『鵰』毒太深的國內金庸迷固執於原著，上網猛批台視『神鵰俠侶』改編得太離譜，逼得製作人楊佩佩三不五時從大陸傳真至香港，就改編的情節向金庸請示，台視節目部經理盛竹如則將親至香港當面向金庸說明。」見黃瑜琪，〈網友罵鵰、金庸接招〉，《聯合晚報》，1998年9月10日，第10版。至於網友的批評，參《網痴俱樂部》，<http://www.netclub.com.tw/

大家簽名聯署反對續拍笑傲江湖」的網站，加以聲討。[40]雖然如此，台視的《神鵰》在一片謾罵聲中仍在三劇同播的情況下收視報捷，顯示偏離原著並沒有對該劇構成極大的負面影響。反之，台灣的觀眾邊罵邊看，與香港大部分觀眾不罵不看的情景，[41]恰成強烈的對比。那麼，究竟是這種大幅度改編的手法導致台劇《神鵰》在香港的收視不如理想，還是兩者並無關連？對於不同的市場，相同的製作手法會引來不同的市場反應。這個問題其實已超出電視節目的製作系統，進入了香港觀眾的期望系統。

3.2.3.3 香港觀眾的期望系統

香港的觀眾對重拍的金庸武俠劇有甚麼期望？嚴格來說，香港觀眾對金庸劇其實沒抱多大的期望，正如郭纘澂指出，本地電視台重拍武俠劇很難創出高的收視率，一來是由於金庸的小說人物眾多，枝葉茂密，難於改編，編劇稍有不慎，就會失掉精髓，以致很多金庸的讀者都認為金庸的小說搬上銀幕和螢幕後，都不及原著好看；二來是由於香港的電視觀眾逐漸老化，對著名的武俠劇都留下

---

doc8.htm>（2001 年 7 月 11 日）。

[40] 〈神鵰俠侶各有擁護者〉，《聯合報》，1998 年 9 月 5 日，第 26 版。

[41] 香港評論台劇《神鵰》的聲音十分微薄，批評也是以順帶提及的形式出現，並沒有專門針對該劇而撰寫的評論。有關不滿，參以下四篇文章：〈台灣劇集的弱點是結構性的〉，《星島日報》，1998 年 11 月 2 日，第 A28 版；〈神鵰俠侶小瑜不能掩大疵〉，《星島日報》，1998 年 11 月 3 日，第 A28 版；〈對亞視兩齣新劇失望〉，《文匯報》，1999 年 5 月 13 日，第 C12 版；〈金庸劇已 Out？〉，《星島日報》，1999 年 3 月 13 日，第 D10 版。

深刻的印象。[42]更甚者，是香港觀眾對金庸劇往往抱有先入為主的觀念，容易產生「新不如舊」的慨歎。[43]無線在 1995 年由李添勝監製、古天樂和李若彤主演的《神鵰俠侶》，雖然在台灣播出時大受歡迎，但在香港並沒有創出高收視率，足見在強勢台播放的自製金庸劇，也不是收視的保證。換個角度來說，香港八十年代的金庸武俠劇熱潮其實已成過去，[44]九十年代香港觀賞電視節目的大小氣候都不是吹著金庸風或武俠潮，跟大陸和台灣方興未艾的金庸熱並不同步。除非重拍的金庸劇別具噱頭或賣點，否則在先入為主、新不如舊的期望規範下，重拍的劇集較難在收視上取得突破。這也許解釋了為甚麼香港觀眾並不熱衷談論此劇，更不會像台灣金庸迷般對偏離原著的改編情節咬牙切齒。

香港觀眾除了對耳熟能詳的金庸劇不存希冀外，也對外購劇不太感興趣。有評論者甚至認為香港的電視人或觀眾向來都看不起台灣和大陸的電視劇，[45]這個觀點有待商榷，但縱觀歷來電視節目的收視，外購劇集一向處於弱勢，像《包青天》和《還珠格格》這樣成功的例子寥寥無幾，難以打破香港觀眾偏重本土創作的格局。外購劇除非能迎合香港觀眾的特殊口味，帶來新鮮感和吸引力，否則

---

[42] 郭纖激，〈重拍武俠劇難創高收視〉，《明報》，1999 年 11 月 16 日，第 C05 版。

[43] 〈告別 99 邁向 33 數電視霸主往事前塵〉，《香港經濟日報》，1999 年 11 月 19 日，第 C02 版。

[44] 本文說的金庸熱，是指「金庸武俠劇就是收視保證」那種風靡香港觀眾的現象。參〈金庸風暴捲到下世紀〉。

[45] 林大可，〈世紀末電視啟示錄、無線亞視都有麻煩〉，《星島日報》，1999 年 12 月 12 日，第 D02 版。

很難在本土劇獨大的客觀形勢上，佔據中心的位置。台劇《神鵰》沒有特別照顧香港人的喜好，在選角和拍攝上以整個大中華市場口味為依歸，[46]不能被香港觀眾接受，實屬意料中事。況且，這部台劇與傳統香港拍製的金庸劇的最大分別，在於大幅度修改原著情節，這對於熟悉金庸、邁向老化的香港觀眾來說，絕不會是帶來驚喜的節目賣點。由此推論，對這部台劇反應冷淡並非表示香港觀眾較難接受偏離原著精神的製作手法；反之，這個現象可理解為台劇《神鵰》根本不能躋身同期播放的電視節目的中心位置，所以未能激起觀眾的迴響，或惹來廣泛的關注。

3.2.4 剖析系統之間的關係

多元系統論相信現象的產生，不是由單一因素導致，而是不同系統交相運作、不同因素互相牽扯而成。由於各個系統之間的關係錯縱複雜、變動不定，每個特殊的現象必然與其身處的時空息息相關。這其實與中國傳統的天時、地利、人和之說不謀而合。就台劇《神鵰》而言，天時是指它於 1998 年第四季在香港播放的時機。此時外購劇未成氣候（雍正、格格熱潮尚未出現），本地製作處於強勢（無線以《烈火雄心》和《妙手仁心》強勢出擊），難怪台劇《神鵰》難以吸引香港的觀眾。地利方面，金庸熱潮在香港已然冷卻（反映香港人處境的時裝劇屬主流創作），在香港播放的反應當然遠不及捲起金庸熱的中國和台灣。人和方面，儘管節目的製作品質不俗，儘管節目推

---

[46] 所謂大中華概念，是指結合台灣的資金、大陸的場地、香港的人才、自製劇集的獨立公司四者的製作路線。參林大可，〈世紀末電視啟示錄、無線亞視都有麻煩〉。

出時宣傳攻勢凌厲，然而在收視積弱不振的亞視播放，當然難以力挽狂瀾。

傳統的天時、地利、人和之說，本身也是一個較為完整的分析途徑，牽涉詮釋現象的不同角度。這種說法與多元系統論的分別，主要在於前者是一種相輔相成、協調互補的說法，不一定要區分天時、地利、人和三者之間的主次關係，而是以三個角度去理解同一個問題。至於多元系統論，除了旨在找出與現象息息相關的系統外，還進一步研究不同系統的相對位置，通過仔細的比較和分析，找出現象形成的主要因素。按照本文的分析，台劇《神鵰》的收視未如理想，從香港觀眾的期望系統衍生出來的因素，似乎最為重要。由於台劇《神鵰》的播放時段正值香港電視文化是一個強固的體系，外購劇較難佔據中心的位置，而香港觀眾又已建立了對金庸作品的先在認識和觀賞傳統，以大中華口味製作的外購劇只能在較邊緣的位置徘徊。此外，電視台的播放系統也扮演著一定的角色。無可否認，《神鵰》一劇在亞視播放，的確較難引起關注，不利於劇集的推廣。反觀電視節目的製作系統，並沒有充分證據顯示節目的改編手法導致這部劇集遭香港觀眾唾棄。換句話說，多元系統論把天時、地利、人和之說進一步推進，試圖找出導致台劇《神鵰》收視不如理想的最重要的因素，使問題在反覆論證的過程中層次愈辯愈分明、現象愈描愈清晰。

3.2.5 推測普遍的規律

多元系統論的個案研究，除了有助於解釋個別現象的成因外，也揭示了一些普遍的規律，作為其他研究的參考。這個研究顯示，所謂一個節目受歡迎的情況，就如「經典性」一樣，並非一套劇集在任何層次上的內在特徵；一套劇集的「本質」並不能決定它在電視文化中享有的地位。有些節目之所以享有經典的地位，委實是整個電視文化的多元系統內在的關係把它「經典化」了。正如埃文—佐哈爾所說：「所謂『經典化』，意謂被一個文化裏的統治階層視為合乎正統的文學規範和作品（即包括模式和文本），其最突出的產品被社會保存下來，成為歷史遺產的一部分；而所謂『非經典化』，則意謂被這個階層視為不合正統的規範和作品，其產品通常最終被社會遺忘（除非其地位有所改變）。因此，經典性並非文本活動在任何層次上的內在特徵，也不是用來判別文學『優劣』的委婉語。某些特徵在某些時期往往享有某種地位，並不等於這些特徵的『本質』決定了它們必然享有這種地位。」㊼一部劇集被經典化為經典性的節目，贏取口碑或收視，並不是該節目本身的性質所能決定的。這是因為佔據整個多元系統中心、地位最高的經典化「形式庫」（即支配文本製作的一切規律和元素）的經典性，最終是由支配多元系統的群體決定的。由是觀之，討論電視節目的經典性，或任何與節目有關的優勝劣敗問題，絕不能抽離於支配多元系統的群體思想、行為、活動等。

進一步說，跨媒體的翻譯作品，承載著多重文本的涵蘊，本身已是一個層層疊疊的多元系統。它一定不是一個孤立的系統，因為它包含了與衍生它出來的系統，以及其他各式各樣衍生系統的關係。就台劇《神鵰》來說，它本身雖然可以自給自足，但當它與其

㊼ Even-Zohar, "Polysystem Theory," 15. 中譯見埃文—佐哈爾著；張南峰譯，〈多元系統論〉，頁 24。

他系統如香港的電視市場交疊在一起時，作為原著的金庸小說，以及改編自金庸小說的各種表現方式，都會牽涉其中，與台劇《神鵰》產生繁複而變動的關係。跟《還珠格格》這類原創作品不一樣，台劇《神鵰》如果要打入香港的電視市場，除了要具備一般外購劇受歡迎的條件外，還要配合金庸原著在香港觀眾心目中建立的先在認識。這不獨指香港觀眾對金庸作品的認知，還包括他們對其他金庸改編系列如電視劇、電影、漫畫、廣播劇、舞台劇等的接觸。香港觀眾對整個金庸作品及其改編系列的期望系統，於是扮演著舉足輕重的角色。作品輪迴的次數愈多，顯示作品在社會文化的多元系統中愈受重視，而它本身也逐漸發展成為一個盤根錯節的大系統。改編劇既會基於原著的崇高地位而受關注，也會基於原著強固的輪迴傳統而受排斥。本文的個案研究顯示，由於本土已建立了一個從原著衍生出來、盤根錯節的強固系統，一個外來的改編劇只能徘徊在本地市場的邊緣位置。

3.3 從理論到應用

3.3.1 求證中推翻假設

本文的個案研究，始於一個大膽的假設：金庸劇這種跨媒體翻譯作品的受歡迎程度或多或少取決於金庸小說在接收的文化系統裏的位置。由於金庸作品在香港的影視文化中長期處於強勢的地位，因此改編的劇集如果偏離原著，就較難得到廣泛的認同，甚至受到強烈的排斥。因此，台劇《神鵰》這個跨媒體翻譯作品在香港播映時之所以收視不如理想，在某程度上是基於它在香港這個如此熟悉金庸小說的文化氛圍內，大幅度修改了原著的情節及違反了原著的精神，對強固的金庸多元系統構成嚴重的威脅，以致被排擠到較邊緣的位置。相反地，在台灣的影視文化裏，金庸小說這個多元系統較為幼嫩，觀眾對金庸原著的認識和理解尚未根深蒂固，因而較容易接受與原著有頗大出入的改編劇。即是說，對台灣觀眾來說，金庸劇跟其他原創的電視劇集分別不大，電視的收看率並不太受忠於原著概念的羈絆。

然而，在反覆論證的過程中，本文發現這個假設在本個案中不能成立。一來，香港觀眾對台劇《神鵰》的評論不多，而且鮮有談及楊佩佩的製作手法，更遑論對其改編手法的批評。二來，台灣有部分觀眾對金庸的原著有深刻的認識，對改編劇的看法也深受忠於原著的概念主宰著，台劇《神鵰》其實備受台灣的金庸迷在互聯網上抨擊，成為最富爭議性的一部《神鵰》劇。換言之，本文搜集得來的資料，與本文起初的假設絕不相符。但事情又不能反轉過來，說成這部台劇在香港收視不佳，因為沒有人對其改編不滿；在台灣收視報捷，因為許多人批評其偏離原著。於是本文修正最初的假設，重新探究各個系統之間的關係，藉此找出更合理、更可信的解釋。

無可否認，電視劇的收看率是一個相當複雜的問題，無論是量度收看率的機制，或是解釋收看率高低變化的研究報告，向來都備受爭議，難有共識。況且，在商業利益的大前提下，各媒體必然站在最有利自己機構的位置，來分析收看率所反映的現象；而所謂獨立評論員或研究員又無可避免地從某種個人理論或信念出發，就自己的觀察自圓其說。因此，每種說法往往在呈現獨特見地之餘，同時披露自身偏狹之處。應用多元系統論不等於就能為現象提供絕對正確的解釋，但研究者至少意識到要摒除偏見，透過進入各個相關系統，找出最原始的資料作為論證的數據，在不斷求證和推翻假設的過程中，釐清問題的核心。

3.3.2 沒有終站的研究

以多元系統論來分析事情的來龍去脈，必須面對一個很大的挑戰，就是只有過站，沒有終點。正如前文所說，多元系統論認為個別現象是整體文化內不斷變動關係的總和，而整體文化又是一個動態、開放、層層疊疊的多元系統，在不同時空下，系統與系統之間的關係，以及它們在多元系統內的位置都會有所變動。研究者必須不斷發掘嶄新的資料，檢視既有的詮釋是否仍合理可信。舉例來說，本文把台劇《神鵰》收視平平的現象，理解為偏重港人口味的本土電視節目正處於強勢，因而以大中華口味為主的外購劇或狂熱不再的金庸劇只能處於較邊陲的位置。隨著新現象的出現，這個解釋還能站得住腳嗎？

同為楊佩佩的製作，為甚麼 2000 年次季在無線播放的金庸劇集《笑傲江湖》的收視較《神鵰》理想？[48]這是由於時移勢易，香港本土電視文化系統不再強固，還是純粹由於在強勢電視台播放，而亞視在同時段播放的是另一套製作素質不及它的外購劇？又還是由於香港的金庸熱仍未冷卻，隨時一觸即發？又還是《笑傲江湖》在製作上也照顧到香港觀眾的喜好，藉選用香港演員袁詠儀的明星

---

[48] 根據香港電線廣播有限公司提供的資料，台劇《笑傲江湖》的總平均收視點是 31 點，佔觀眾人數的 83%。

效應帶動了收視？㊾《笑傲江湖》的出現，帶來了一些與《神鵰》的收視現象相關的數據。雖然，《笑傲江湖》本身和《神鵰》有重疊之處，但兩者也有不少不重疊的地方。那麼，是否再深入剖視台劇《笑傲江湖》的多元系統，就可探究兩者收視的分別，而這項研究就可告一段落？

事實並非如此，因為無線播放《笑傲江湖》後，於 2000 年 11 至 12 月間播出自製劇《碧血劍》；繼 2001 年 2 月中旬推出改編自《鹿鼎記》的外購劇《小寶與康熙》後，又於 4 月初推出自製劇《倚天屠龍記》。這些在強勢電台播放或由無線參與製作的金庸劇的收視情況，有助於我們進一步詮釋台劇《神鵰》在香港的反應。此外，國內開拍《笑傲江湖》是否會打入香港的電視市場，為香港金庸跨媒體翻譯研究帶來新的啟示？金庸改編系列的延續，帶來了眾多的變數，研究者必須不斷參考新的資料，才能較全面地掌握多元系統的能動發展。由此可見，多元系統的研究一旦展開，就不可能停頓下來，這正是多元、變動的概念帶給研究者的挑戰。

3.3.3 沒有界限的探索

從事多元系統論的個案研究，就像浮游在浩瀚的宇宙一樣，面

㊾ 台劇《神鵰》與《笑傲江湖》的男主角都是任賢齊，女主角則分別為飾演小龍女的吳倩蓮與飾演任盈盈的袁詠儀。在明星效應上，袁詠儀似乎較有香港的觀眾緣，這從繼《神鵰》後在亞視推出的兩部劇集的收視可見一斑。袁詠儀主演的《花木蘭》的收視尚算不差，見〈楊佩佩委託獨立收視調查、《花木蘭》首播達十八點〉，《明報》，1999 年 5 月 7 日，第 C03 版。吳倩蓮的《京港愛情線》則慘澹收場，見〈京港愛情線收視僅三點、亞視質疑調查結果、白髮魔女傳提早接棒〉，《星島日報》，1999 年 12 月 29 日，第 A19 版。

對偌大的研究空間之餘，還體會以有涯隨無涯的艱辛。多元系統論包容廣闊，把各種中心或邊緣的系統、主要或次要的因素，都納入研究的範圍。因此，要分析個別的現象，就會牽涉多個相關的系統，問題就像雪球效應一樣愈滾愈大。基於時間和精力所限，本研究也只能從主要的系統入手，作出粗略的分析；研究的計劃其實可以涵蓋更廣闊的範疇，例如透過與《還珠格格》的比較分析，從《還珠格格》的成功剖析台劇《神鵰》收視不如理想的因由。又或綜觀歷來在香港播放的金庸改編劇的收視狀況，找出台劇《神鵰》收視未如人意的歷史場景。又或綜覽近年來無線和亞視不同類型劇集的收視紀錄，釐定電視播放媒介在收視率上所扮演的角色。研究者甚至可以深入研究本地的原創劇的發展趨勢、武俠劇和時裝劇受歡迎程度的比較、由七十年代以降香港電視文化的演變、改編劇向來在香港電視文化系統中的位置、金庸原著和改編系列在香港普及文化的地位等，來審視台劇《神鵰》的收視現象。歸根究底，循著多元系統論的思路——天下事物息息相關，各種現象互為因果——追本溯源，研究的對象自然無窮無盡，研究者的探索自然沒有邊際，而研究的成果亦難免顯得微不足道。[50]

---

[50] 此項研究蒙香港嶺南大學研究及高等學位委員會支援並撥款資助，特此鳴謝。

4. 意識形態和詩學的制約與操縱——盧雲作品的翻譯與重寫

提要

埃文一佐哈爾的多元系統論被指為過分結構主義，未能為研究翻譯的複雜現象提供細緻的框架。二十世紀八十年代，受多元系統論啓發的操縱學派提出了較具體的文化研究進路，把贊助者、經濟條件、建制操縱等文學以外的因素，結合翻譯的選擇及其在文學系統中存在的角色來研究。其中勒菲弗爾的系統論為翻譯研究者提供了較切實可行的應用模式。本文以二十世紀西方一個重要的宗教領袖盧雲的中文譯本為例，以勒菲弗爾的重寫理論為骨幹，結合圖里的翻譯規範論及文努迪歸化異化之説，探討一個天主教神父的英語作品為何及如何被翻譯與重寫，進入華人基督教會的文化場景。文章綜合了大量的文獻數據，特別就贊助者的力量、譯入系統的規範、譯者或重寫者在意識形態及詩學方面的制約與操縱等觀念，進行具體的分析研究。*

* 本文修訂自〈意識形態和詩學的制約與操縱——盧雲作品的翻譯與重寫〉，《山道期刊》18 期（2006 年 12 月）：頁 127-152。承蒙香港浸信會神學院允許採用，特此鳴謝。

引言

靈修學和牧養神學作家盧雲（Henri J. M. Nouwen, 1932-1996）被英語世界譽為二十世紀繼恩德曉（Evelyn Underhill）、德日進（Pierre Teilhard de Chardin）、薇依（Simone Weil）、梅頓（Thomas Merton）後另一重要的屬靈領袖。❶從 1976 年盧雲第一部中譯面世，到二十一世紀的今天三十年間，通過翻譯，盧雲的著作在基督教華語世界中廣為流傳。由於盧雲天主教神父的身分觸碰著華人基督教會的敏感地帶，翻譯或評論盧雲的作品在一定程度上受到意識形態與詩學的制約。把帶著天主教痕迹的文字翻譯給基督徒群體，譯者在意識形態和詩學上自覺或不自覺地作出了迎合譯入系統（target system）文學規範的操縱。本文以勒菲弗爾的重寫理論為骨幹，結合埃文一佐哈爾的多元系統論及文努迪歸化異化之說，探討盧雲的作品為何及如何被翻譯與重寫，進入華人基督教會的文化場景。

4.1 翻譯與重寫界說

翻譯是重寫（rewriting）的一種。根據勒菲弗爾的說法，翻譯、編輯、文集編纂、文學史和工具書的編寫，甚至自傳、書評等，都是重寫的活動；❷其中翻譯是最明顯易辨的重寫形式，亦是最具潛

---

❶ Deirdre LaNoue, *The Spiritual Legacy of Henri Nouwen* (New York: Continuum, 2000), 1.

❷ André Lefevere, *Translation, Rewriting and the Manipulation of Literary Fame* (London & New York: Routledge, 1992), 4.

在影響力的活動。❸在文學系統中，譯者、評論家、歷史學家、教授、新聞工作者全都是文本的生產者，他們的著述皆可視作「重寫作品」。❹因此，重寫作品泛指「任何會建構一個作家及／或一個文學作品『形象』的東西」。❺在過去，猶如現在，重寫者塑造了不同的作家、作品、時期、文體，甚或是整個文學的形象。重塑的形象與寫作的實況並存同活，但形象往往較相應的實況更深入民間，為人認知。❻更重要的，是一個無可否認的事實：重寫的作品必定受到「意識形態」或「詩學」的制約，是為權力服務的有效手段。❼因此，重寫者會受到身處的文化或社會的意識形態及詩學所支配，對原來的作品作出或多或少的操縱（manipulation）。❽所謂操縱，不是指有一群居心叵測的重寫者暗地裏出賣原文圖謀私益；相反地，勒菲弗爾認為大部分的重寫者都是恭謹誠實的，他們身處特定的文化疆界內，以為自己所做的是惟一可行的途徑，就是背叛了原文也並不察覺。❾在文學系統的演變過程中，重寫活動起著重要

---

❸ Lefevere, *Translation, Rewriting and the Manipulation of Literary Fame*, 9.

❹ Susan Bassnett and André Lefevere, "Introduction: Proust's Grandmother and the Thousand and One Nights: The 'Cultural Turn' in Translation Studies," in *Translation, History and Culture*, ed. Susan Bassnett and André Lefevere (London: Pinter, 1990), 10.

❺ Bassnett and Lefevere, "Introduction," 10.

❻ Lefevere, *Translation, Rewriting and the Manipulation of Literary Fame*, 5.

❼ *Ibid.*

❽ Manipulation 一詞，或譯作「操控」。由於提倡這個觀念的學者使用這個英語術語時並無剔除其隱含的貶意成分，本文因此採用「操縱」的譯法。

❾ Lefevere, *Translation, Rewriting and the Manipulation of Literary Fame*, 13.

的推動作用。❿

盧雲的英語作品踏入華語的文學系統中，必然經過翻譯和重寫的過程。在英語世界享負盛名的作家，在華語世界不一定為人認識——除非有不同的重寫活動加以引介。盧雲的名字，在華人基督教群體中絕不陌生，這不能不追溯到把盧雲帶進基督教文壇的出版社、學者、編輯、譯者、評論人、神學生等的重寫力量。從書末三個有關盧雲著作的附錄可見，單就基督教機構出版的譯作來說，從盧雲第一部中譯《走出孤獨》（1976），到最近出版的《心之所繫：觸摸盧雲的生命》（2006），總共有 26 部盧雲英語著作⓫被翻成中文，佔了其英語作品總數的 42%。撇除盧雲英語選集的翻譯，中譯的比例更高達 54%。把盧雲作品翻成中文的機構橫跨香港、台灣兩地，其中參與其事的出版社有 6 家；譯者⓬有 24 人。⓭這些中譯不但讓華語讀者可較直接認識盧雲，而且可較全面地接觸其思想。其他重寫活動包括以盧雲為評寫對象的論著、論文集、書評、期刊文章、碩士論文等。以量來說，翻譯是重寫盧雲最頻繁的

---

❿ *Ibid*., 2.

⓫ 盧雲英語著作的出版資料是依據盧雲學會的書目，見 Henri Nouwen Society, "Bibliography," *HenriNouwen.org*, <http://www.henrinouwen.org/books/bibliography> (14 June 2006)。其中 *With Open Hands* 和 *Letters to Marc about Jesus* 兩書是譯自盧雲的荷蘭語著作。

⓬ 譯者的數目以著作為基本單位，兩人或以上的合譯版算作一個譯者單位，沒有標明個別譯者名字的機構，也算作一個譯者單位。此外，翻譯超過一本盧雲作品的譯者也算作一個單位。

⓭ 這裏的統計數字並不包括天主教機構出版的盧雲中譯。天主教譯本的出版情況見附錄二。

活動；以質來說，溫偉耀的重寫著作別具特色。⓮下文擬從盧雲著作的中譯及溫偉耀的撰述，探視盧雲的重寫者如何受到其身處的文化或社會宰制的意識形態（dominant ideology）及詩學所影響，對盧雲的作品作出不同程度、不同方式的操縱，使盧雲在基督教華語文庫中佔一特殊席位。

4.2 意識形態的制約

翻譯也好，重寫也好，必定受到在特定時空下譯語文化的意識形態所支配。勒菲弗爾對意識形態的界定並不單指政治層面，他採用了詹明信（Fredric Jameson）較為廣泛的定義，認為意識形態是「指示我們行動的形式、傳統及信念的格架（grillwork）」。⓯在重寫的活動上，意識形態既規限了作品題材的選擇，也制約了其表達的形式。在華人基督教會，以盧雲為重寫對象，已在作品題材的選擇上惹起爭議，這從有基督教的書室禁賣他的著作可見一斑。⓰意識形態的制約，在溫偉耀的自述更為明晰。據溫偉耀說，《無能者的大能》（1991）的出版曾「掀起一點風波」。有牧者和機構認為他

⓮ 根據前文的定義，重寫作品泛指「任何會建構一個作家及／或一個文學作品『形象』的東西」。因此，本文所說的「溫偉耀的重寫著作」，是指溫偉耀兩部以盧雲為對象的作品：《無能者的大能》（1991）及《心靈愛語：當我陷入靈命低潮的時候》（1997）。

⓯ Lefevere, *Translation, Rewriting and the Manipulation of Literary Fame*, 16；意識形態的定義轉引自 Fredric Jameson, *The Prison House of Language* (Princeton: Princeton University Press, 1974), 109。

⓰ 杜念甘，〈盧雲的生命片段和思緒：一個牧者蒙召歸家的故事〉，載《我們眼中的盧雲》，鄧紹光編（香港：基道，2000），頁 1-2。

「不應以天主教神父為師，亦不應該介紹天主教的靈修學」。由於「不希望令華人教會出現不必要的抗衡，讓撒但有機可乘」，他決定擱置了「盧雲啟迪系列」的寫作計劃，同時也取消了原想安排的盧雲亞洲之行。⑰溫偉耀面對的壓力，應該不是特殊的案例。盧雲的著作在這樣的場景下，仍然廣被翻譯，而重寫作品在九十年代持續出現，這顯示上述的意識形態不是惟一的意識形態，同時也顯示有另一種力量，與上述的反對聲音／力量互相制衡；這些促進或妨礙作品的翻譯或重寫的力量，就是勒菲弗爾所說的「贊助者」的力量。

勒菲弗爾認為控制文學的因素主要有兩個，一個在文學系統之內，就是文學的專業隊伍，包括評論家、教師、譯員等。另一個在文學系統之外，就是贊助者，即「任何促進或妨礙文學作品的閱讀、撰寫或重寫的權力（人或機構）」。這包括個人或團體、宗教組織、政黨、社會階層、宮廷、出版社，以及報章雜誌、電視台等傳播媒介。⑱贊助者可分為三種類型：⑴在特定歷史時刻具政治影響力的個人（例如莎士比亞時期的英女皇伊利莎伯一世、二十世紀三十年代德國的希特勒）；⑵出版社、傳媒、政黨等群體；⑶傳送、發行文學作品或意念的學術期刊或教育組織等機構。⑲盧雲的重寫活動，除了有文學的專業隊伍參與其中外，更重要的，是有贊助者的力量，推

⑰ 溫偉耀，〈附錄：盧雲與我——記一段屬靈的友誼〉，載《心靈愛語：當我陷入靈命低潮的時候》，盧雲著，馬榮德譯，溫偉耀增訂（香港：卓越，1997），頁188。

⑱ Lefevere, *Translation, Rewriting and the Manipulation of Literary Fame*, 15.

⑲ *Ibid.*, 14-15.

動其著作的閱讀、撰寫或重寫。盧雲的作品並不見第一類贊助者，但不乏第二類和第三類贊助者。第二類正面的贊助者主要是出版其作品的機構：基督教文藝、基道、卓越、校園、香港基督徒學會、中國宣道神學院、學生福音團契等。第三類正面的贊助者則是發表相關論文的學術期刊如《中國神學研究院期刊》、《山道期刊》，以及頒授相關研究碩士學位的香港中文大學。⑳不同種類的贊助者控制著文學系統不同的元素，例如作家的經濟收入、地位等。盧雲的著作廣被翻譯，得到分散的贊助者（differentiated patronage）的支持。㉑這些贊助者的存在，促進了盧雲作品的重寫，使盧雲的作品沒有因為另一些負面的贊助者的禁制而不能出版。當然，假如不是意識形態的角力，盧雲的贊助者的數量、類別、覆蓋層面亦會有所不同。

4.3 重寫盧雲的理據

在「不應該介紹天主教的靈修學」的意識形態下，為甚麼盧雲的作品還有不同的贊助者支持？究竟是「不應該介紹天主教的靈修

---

⑳ 香港中文大學的畢業論文中，有兩篇研究盧雲的「神（道）學碩士」論文，論文的指導老師都是溫偉耀。見鄔潔梅，〈祈禱是冒險的心路歷程：盧雲的祈禱靈修學〉（2002）；潘耀倫，〈靈修操練的結合：論盧雲對屬靈導引的啟迪〉（2004）。

㉑ 勒菲弗爾認為，贊助者可分為集中（undifferentiated）和分散（differentiated）兩種。前者是由同一個贊助者控制意識形態、作家的經濟收入及地位，例如極權國家的情況；後者則是由不同的贊助者控制不同的方面。參 Lefevere, *Translation, Rewriting and the Manipulation of Literary Fame*, 15-17。

學」這個想法有偏差，還是盧雲不是一般的天主教信奉者，他的思想有過人、「過教」之處？溫偉耀的辯解，也許最能回應這個問題，也反映了一些贊助者的想法。在《無能者的大能》中，他指出盧雲是二十世紀難得一見的偉大的靈修學家，其靈修學已經跨越了天主教或基督教的界限：

> 有人可能會問為何我要選一位天主教的靈修神學家作啟迪？他的信仰有危險嗎？對於第一個問題，我的理由是，從歷代靈修神學的深度和標準來說，現今基督教更正教的圈子中，我實在未看見有任何一位可以與盧雲比擬的，而且也沒有任何一位與我屬靈生命有如此的契合和令我衷心敬佩的……對於第二個問題，我們就先要虛心和開放的看看盧雲自己所寫的作品……雖然他是天主教的神父，但正如加拿大代表著福音派信仰的《基督教週報》（*Christian Week*）1990 年 1 月 23 日的專訪記者卡華里斯（Gunar J. Kravalis）的評論：「亨利盧雲滋潤了我們這時代無數枯竭的基督徒屬靈生命，他〔的貢獻〕顯然已跨越了基督信徒之間的宗派，觸摸到他們心靈的共同需要，引領他們進入基督自己的深度生命之中。」況且，我們不一定要完全贊同一個人全部的思想，才能夠從他身上有所學習。[22]

在《心靈愛語：當我陷入靈命低潮的時候》（1997）中，溫偉耀進

---

[22] 溫偉耀，〈自序〉，載《無能者的大能》（香港：卓越，1991），頁 17。

一步指出對盧雲的評定，應「從他個人信仰體驗去理解，而不是單就他所屬的門派」，他舉出兩件可以「透視盧雲內心的信仰世界」的小事：第一件是盧雲的聖經永不離身，交談時經常掏出引用，反映他熟習和尊重神的話語；第二件是盧雲常應邀到福音派的安省神學院兼課，而沒有接受到天主教的聖米迦勒學院任教的邀請，原因是盧雲不喜歡後者不相信聖經。㉓

溫偉耀的辯解可歸結如下：其一，他並沒認同天主教的信仰；其二，他確認盧雲是偉大的靈修學家，其著作對基督徒有啟迪作用；其三，他認為評定盧雲，不應單看表面以宗派作區分。由是觀之，溫偉耀的辯解並沒有正面挑戰「不應該介紹天主教的靈修學」的意識形態，反之，他淡化了宗派的矛盾之餘，為重寫盧雲作品提供了一個有力的理由：「從歷代靈修神學的深度和標準來說，現今基督教更正教的圈子中，我實在未看見有任何一位可以與盧雲比擬的。」盧雲的贊助者相信也是基於這個理由，不惜引進觸及意識形態敏感區的作品。這個理由，跟埃文－佐哈爾的多元系統論就翻譯現象提出的觀點，可謂不謀而合。埃文－佐哈爾認為，當「一種文學出現了轉捩點、危機或文學真空」，翻譯文學就是「革新力量不可或缺的一部分」，一些本來文學所無的特色，會由外來的文學帶進來。㉔基督教文庫中一些類型的「文學真空」（literary vacuum），

㉓ 溫偉耀，〈附錄：盧雲與我〉，頁 188。

㉔ Itamar Even-Zohar, "The Position of Translated Literature within the Literary Polysystem," *Polysystem Studies, Poetics Today* 11:1 (1990): 47. 中譯見埃文－佐哈爾著；莊柔玉譯，〈翻譯文學在文學多元系統中的位置〉，載《西方翻譯理論精選》，陳德鴻、張南峰編（香港：香港城市大學出版社，2000），頁

即針對基督徒靈命枯竭現象的著作之缺乏，可說是九十年代基督教出版社大量翻譯盧雲作品背後的推動力。

溫偉耀的辯解，揭示了意識形態對身為作者的重寫者的制約。一些盧雲作品的基督徒譯者，雖然為數不多，但也對「不應該介紹天主教的靈修學」的意識形態提出不同的觀點，㉕藉操縱譯本的屬性為譯本定位，鄧紹光《心應心》（1991）的譯序就是一個明顯的例子：

> 常覺天主教之靈操默觀祈禱，有超過更正教許多之處，當代之梅頓（T. Merton）、盧雲即為其中一二之佼佼者。他們著作的中譯本亦只有天主教出版印行，華人更正教教會無緣參與其事，頗有所憾，近聞基道書樓正計劃選取其中有分量之著作繙譯……經試筆後，雙方都感可行，乃欣然提筆。㉖

值得注意的是，這段文字寫於 1990 年 12 月，早於溫偉耀 1991 年出版的《無能者的大能》。霍玉蓮在《愛中契合》（1994）的譯序中同樣在意識形態上為譯本定位：

> 固然，盧雲以天主教修院背景寫作，未必每一環節都配合基

118。

㉕ 為數不多不等於他們的聲音只屬少數，而是基督教靈修著作沒有寫譯序的傳統，所以在 30 本盧雲中譯中，只有 13 篇譯序，見附錄一。

㉖ 鄧紹光，〈譯前〉，載《心應心：真摯傾情的禱告》，盧雲著，鄧紹光譯（香港：基道，1991），頁 i-ii。

督教的實踐，可是，他對問題背後的因素大膽探索，敢於跳離老生常談的框框，好些討論都切中要害，令人不能不停下來再思反省，而對於在經常沉思反省的讀者，又不禁拍掌共鳴。[27]

姑勿論盧雲著作的基督徒譯者對「不應該介紹天主教的靈修學」抱持甚麼態度，但在這種意識形態的氛圍下，譯者必然面對一種意識形態的制約，就是譯本要盡量淡化或抹去天主教的色彩，譯出給基督徒啟迪的靈修作品。

4.4 譯入系統的詩學

正如前文所說，贊助者是「任何可能有助於文學作品的產生和傳播，同時又可能妨礙、禁制、毀滅文學作品的力量」。[28]一般來說，贊助者較關心意識形態的問題，而詩學的問題往往「下放權力」給文學的專業隊伍。[29]那麼，在「去天主教色彩、譯出給基督徒啟迪的靈修作品」的意識形態的支配下，譯者該如何翻譯盧雲的作品呢？譯者是否要在文學的表達形式上配合這種意識形態呢？勒菲弗爾指出，從事翻譯時必然受到兩個因素影響，按其重要性來排

---

[27] 霍玉蓮，〈譯序〉，載《愛中契合》，盧雲著，霍玉蓮譯（香港：基道，1994），頁 vii。

[28] André Lefevere, “That Structure in the Dialect of Man Interpreted,” in *Comparative Criticism: A Yearbook VI*, ed. Elinor S. Shaffer (Cambridge: Cambridge University Press, 1984), 92.

[29] Lefevere, *Translation, Rewriting and the Manipulation of Literary Fame*, 15.

列，第一個因素是譯者的意識形態；第二個因素是支配譯入系統的詩學。[30]所謂詩學，包含兩個部分。第一部分是「一張文學技巧、體裁、主題、典型人物和情境、象徵等的清單」。第二部分是指「文學在整體社會系統裏有甚麼或應有甚麼角色的觀念」。後者「顯然與來自詩學的範疇之外的意識形態影響有密切關係，是由文學系統的環境中的各種意識形態力量產生的」。[31]由是觀之，就重寫盧雲來說，翻譯盧雲作品的詩學牽涉兩部分：第一部分是翻譯盧雲的文學手法，第二部分則是譯者就盧雲譯作在基督教文學系統有甚麼及應有甚麼角色所抱持的觀念。換個角度說，詩學對譯者的制約至少有兩方面：一方面，譯者要採用切合基督教靈修作品規範的文學手法；另一方面，譯者要迎合「去天主教色彩」的意識形態，「譯出切合基督徒需要的靈修作品」。面對詩學的制約，譯者可操縱文本以迎合或顛覆譯入系統的詩學規範，即是說，譯者可選擇採用跟特定時空宰制的意識形態或詩學格格不入的翻譯策略。[32]不過，正如勒菲弗爾指出，那些對抗性或顛覆性的作品，要在所屬文學系統以外的其他系統，才有存活的空間。較矚目的例子是，在十八世紀的法國，許多具潛在顛覆性的文學和哲學作品，出版地往往是阿姆斯特丹（Amsterdam）或斯特拉斯堡（Strassburg）——即本身所屬文學系統的權力範圍和它們所挑戰的政制系統管轄範圍以外的地

---

[30] Lefevere, *Translation, Rewriting and the Manipulation of Literary Fame*, 41.

[31] *Ibid*., 26-27. 詩學定義的中譯參張南峰，《中西譯學批評》（北京：清華大學出版社，2004），頁148。

[32] *Ibid*., 13.

方。[33]

盧雲的著作在過往三十年間廣被翻譯，銷情良好，除了因為得到不同的贊助者的支持外，也可說是因為這些作品經過重寫者在意識形態和詩學兩方面的操縱，所以得以在華語基督教的文庫佔一位置。上文已闡釋了意識形態的問題，下文將集中討論詩學的操縱。所謂詩學的操縱，意指操縱文本，使其迎合譯入系統對文學形式或文學作品的功能的規範——即是採用既符合基督教靈修作品的文學規範，而又可抹去天主教色彩、給基督徒帶來啟迪的文學手法。詩學的第一部分涉及的基督教靈修文學傳統範圍很大，又鮮有研究，礙於篇幅，這裏不擬論述。本文集中探討詩學的第二部分，即來自譯者就盧雲譯作在基督教文學系統應扮演甚麼角色所抱持的觀念而衍生的詩學規範，即由「去天主教色彩、給基督徒啟迪」這種意識形態衍生的詩學制約與操縱。

不受「去天主教色彩」所制約的盧雲譯本，即天主教機構出版的譯本，其詩學跟基督教機構出版的譯本可以有很大的分別。下舉一段由香港公教真理學會出版的《愛的漩渦：與盧雲默觀》（1995）的文字作分析：

> 天主的方式就是軟弱的方式。福音最偉大的喜訊就是天主成了低微和易受傷害者，因此，祂能在我們中間結出果實。有史以來，**最有成果的生活就是耶穌所過的生活**。耶穌當年不曾把持著他的神聖力量，成了我們中間的一員（參閱斐

[33] *Ibid*., 21-22.

> 2：6-7），他透過**最終的折傷**，給我們帶來新生命……**我們的救恩就是在這極端的易折性下贏取的**……我們實在很難掌握天主這易折性的奧蹟。㉞

以詩學的角度，即文學的手法來衡量，這一段絕不是基督徒可接受的譯文。宗教專有項如 “God”、“Philippians” 譯作「天主」、「斐」（斐理伯書，即基督教新約聖經的腓立比書）突顯了宗派的距離；普通名詞如 “vulnerability”、“mystery” 譯作「折傷」、「奧蹟」呈現了詞彙的分歧；用「成果」來形容「耶穌所過的生活」、以「贏取」來搭配「救恩」，亦會奏響教義的警號。雖然是盧雲的譯作，但這段文字的文學手法／詩學，使基督徒無法投入閱讀。這也許闡釋了為甚麼雖然香港公教真理學會、光啟、上智這些天主教出版機構一直以來陸續出版盧雲的譯本（見附錄二），但基督教出版社仍擁有自行翻譯盧雲作品的空間及市場，出版的盧雲中譯的數目甚至遠較天主教多。這反映了只有迎合宰制的詩學規範的譯作，才會被納入譯入系統的文庫。

4.5 歸化的翻譯策略

研究譯者詩學上的操縱，有兩種途徑。第一種是找出與詩學相關的副產品（by-products），即譯者就詩學問題所發表的類似理論的

㉞ 盧雲著；沒註明譯者，《愛的漩渦：與盧雲默觀》（香港：香港公教真理學會，1995），頁 65。粗體是筆者所加。英語原著見 Henri Nouwen, *Circles of Love: Daily Readings with Henri J. M. Nouwen* (London: Darton, Longman and Todd, 1988), 56。

見解或評論。第二種是從譯本中找出蛛絲馬跡，因為譯作正是詩學操縱的直接呈現物（immediate representations）。[35]縱觀基督教中譯十三篇譯者序，可歸納出三類譯者：(1)隱身的譯者；(2)強勢的譯者；(3)弱勢的譯者。隱身的譯者是指沒有撰寫序言的譯者，除了譯者名字外，讀者不能從譯本的附加資料認識譯者，這類譯者的詩學只能從譯本與原文的偏差（shifts）推論出來。強勢的譯者是指那些對譯者身分有較強主體意識的譯者，而譯序正是他們談及詩學的地方。這類譯者在基督教的中譯為數不多，他們的序言甚少觸及譯者詩學方面的考慮。曾在譯序中談及天主教問題的鄧紹光及霍玉蓮並無提出相應的文學手法：鄧紹光在《心應心》的〈譯前〉只提到譯書的緣由；[36]霍玉蓮在《愛中契合》的〈譯序〉表達的，主要是她個人對原著的評論。[37]在《念：別了母親後》（2000）及《安息日誌：秋之旅》（2002）的譯者序言中，[38]筆者雖然談及翻譯的理論及應用，卻無直接提及翻譯盧雲個別作品的詩學制約與操縱。弱勢的譯

---

[35] 這種研究方法參考了圖里就翻譯規範（translation norms）的論述。參 Gideon Toury, *Descriptive Translation Studies -- And Beyond* (Amsterdam & Philadelphia: John Benjamins, 1995), 65-69。

[36] 鄧紹光，〈譯前〉，頁 i-ii。

[37] 霍玉蓮，〈譯序〉，頁 v-viii。

[38] 莊柔玉，〈知覺之間〉，載《念：別了母親後》，盧雲著，莊柔玉譯（香港：基道，2000），頁 10-13；莊柔玉，〈如何破隔？——談日記的翻譯兼序《安息日誌》〉，載《安息日誌：秋之旅》，盧雲著，莊柔玉譯（香港：基道，2002），頁 vii-ix。

者是指那些自覺卑微的譯者，[39]假如詩學等同譯者意識到的文學規範，那麼，「原文至上、譯文失真」也許就是他們主要的詩學。從盧雲中譯的譯序，可歸結出一個詩學特色：譯者並不會在譯者序言中談論個別譯作的詩學問題。[40]

如果說，盧雲的譯者無論自覺與否，都必然受其身處的文學系統的詩學所制約，而經翻譯或重寫又被納入基督教文庫的文本，是經操縱而被接受的文本，那麼，在「去天主教色彩、給基督徒啟迪」的大前提下，我們可以從文本呈現的特色，推論盧雲的譯者及重寫者採用了一種歸化（domestication）的策略。何謂歸化？歸化一詞，源自文努迪，用以指涉一種透明（transparent）、通順（fluent）、隱形（invisible）的翻譯策略，讓讀者安享閱讀的恬靜。[41]具體來說，歸化是把那些本身文化難以接受的元素加以操縱，例如淡化、替換或剔除，使原作能配合特定讀者群的期望規範，讓讀者在親切、和諧的氛圍下達致文化的互通、交融。與之相對的，就是異化（foreignization）。異化的手法旨在突顯或強調那些本身文化所缺乏或視為怪異的元素，使讀者在簇新、陌生、稀奇的環境中面對文化的刺激，甚至震盪。在「去天主教色彩、給基督徒啟迪」的意識形態制約下，歸化的策略，有助消減因異質而產生的疑懼，淡化宗教

---

[39] 以下是一個例子。黃東英：「至於我的譯文，不提也罷，我只能說，翻譯絕對是吃力不討好的苦差。」見黃東英，〈冬之旅譯序〉，載《安息日誌：冬之旅》，盧雲著，黃東英譯（香港：基道，2003），頁 vi。

[40] 溫偉耀在《心靈愛語》的〈溫序〉不在此列，因為溫偉耀是以增訂者，即作者／重寫者的身分探討詩學問題。此序留待下文討論。

[41] Lawrence Venuti, *The Translator's Invisibility* (London: Routledge, 1995), 19-20.

的矛盾，並可培植一份友善的親切感與認同感，使天主教的宗派問題不致構成兼收並蓄、求同存異的障礙。盧雲中譯書名的翻譯、宗教專有項的處理、文學主題的選擇、重寫者撰寫的視角等所呈現的，可說是一種操縱著文本的歸化詩學。

4.6 「去天主教色彩」的詩學操縱

把盧雲的著作引進到基督教的文庫，具畫龍點睛作用的書名，是翻譯重要的一環。縱觀盧雲三十本基督教中譯的書名（見附錄一），我們找不到天主教文字的痕迹。不少書名都是以意譯的手法；意譯之餘，添加了基督教的色彩。以下兩個書名，手法尤為明顯。《新造的人：屬靈人的印記》（*Making All Things New: An Invitation to the Spiritual Life*）在書名中引入基督教《國語和合譯本》的經文：「若有人在基督裏，他就是新造的人，舊事已過，都變成新的了。」（林後五 17）——藉著熟悉的經文來展現基督教的信仰精神。《親愛主，牽我手：認識禱告真義》（*With Open Hands*）則植入了基督教聖詩〈親愛主，牽我手〉的歌名——通過文本互涉，使讀者倍感親切。兩者皆十分明確地顯示了一種把盧雲著作歸化入基督教文庫的詩學操縱。把基督教中譯與天主教中譯的書名加以比較，不難發現兩者有很大的差異。例如，《念茲在茲：活在聖神中》（*Here and Now: Living in the Spirit*）及《熾熱的心：感恩祭的生活默想》（*With Burning Hearts: A Meditation on the Eucharistic Life*）兩個書名均帶有濃厚的天主教色彩。華人基督教會把 “the Spirit” 譯作「聖靈」，而不是「聖神」；至於「感恩祭」一詞，對華人基督徒來說，是指涉著一種華人基督徒感陌生的宗教儀式。

在宗教專有項的處理上，基督教機構出版的盧雲中譯不時呈現歸化的痕迹。聖經的引用，就是澄澈的例子。天主教的譯本在提及聖經時，基督徒會感到相當陌生：

> 在我花了幾個星期反覆默想保祿〔保羅〕的話之後，「愛是含忍〔恆久忍耐〕的，愛是慈祥〔恩慈〕的，愛不嫉妒……不求己益」……這在我心牆上印有聖言〔神／上帝的話〕的影像，讓我對祈禱和傳教之間的關係有了一層新的瞭解。[42]

盧雲在著作中常提及聖經，有時會直接引用經文，有時會間接提及聖經的人或事，天主教出版的以《思高聖經譯本》為基礎經文的盧雲譯本，除了影響基督徒讀者對經文的感應外，還會左右他們對聖經世界事物的認知：

> 天主〔神／上帝〕對亞巴郎〔亞伯拉罕〕、撒辣〔撒拉〕、依撒格〔以撒〕、黎貝加〔利百加〕、雅各伯〔雅各〕、辣黑耳〔拉結〕、梅瑟〔摩西〕、亞郎〔亞倫〕，以及那些由埃及遷回聖地的人民，顯示了這樣的忠信〔信實〕。[43]

引文中的聖經人物名稱，跟基督教中文聖經沿用的大相逕庭。要把

[42] 盧雲著；唐鴻譯，《念茲在茲：活在聖神中》（台北：光啟文化事業，2000），頁 86。

[43] 同上，頁 122。

盧雲帶進基督教的場景，譯者必須在引用經文時採用基督徒共用的或耳熟能詳的聖經中文譯本。一些早期的譯本如《走出孤獨》（1976）或《生命的頂尖》（1980），採用了《現代中文譯本》，[44]其他譯本大都引用《國語和合譯本》，碰上小部分的次經經文，才引《思高聖經譯本》，[45]或其他次經中譯。[46]這就是把盧雲的信仰系統歸化入基督教的文化場景的手法。

天主教跟基督教另一分別，就是禮儀的不同。其中一種歸化的策略就是翻譯相近的禮儀時，譯者要盡量淡化兩者的分歧；翻譯天主教獨有的禮儀時，則淡化其神祕色彩。同樣是翻譯盧雲談及 “the Eucharist” 的細節，天主教與基督教的中譯可以呈現很大的分歧。先看天主教譯本《熾熱的心：感恩祭的生活默想》的一段文字：

> 每一次，我們都帶著一顆懺悔的心進入**感恩祭**，而以**垂憐經**向上主祈禱。我們聆聽**聖言**——出自聖經的讀經章以及講道；我們宣讀**信經**；我們將大地和人類勞苦工作的果實獻給**天主**，而由祂那裏領受耶穌的**聖體聖血**。[47]

---

[44] 《生命的頂尖》的新約及詩篇引句採用《給現代人的福音》，舊約則仍用《國語和合譯本》。見鄧肇明，〈附註〉，《生命的頂尖》，盧雲著，鄧肇明譯（香港：基督教文藝，1991），頁 74。

[45] 例子見盧雲著；莊柔玉譯，《安息日誌：秋之旅》，頁 128。

[46] 例如《生命的頂尖》採用了 1949 年美國聖經公會出版的次經全書中文本。見盧雲著；鄧肇明譯，《生命的頂尖》，頁 23。

[47] 盧雲著；張令熹譯，《熾熱的心：感恩祭的生活默想》（台北：光啟文化事業，2001），頁 3。粗體是筆者所加。

再看基督教中譯《安息日誌：秋之旅》（2002）的一段文字：

> 細聽著朗讀出來的經文，反省經文對我們今天的生活的意義，為許多我們察看到其需要的人祈禱，一同領受**主耶穌基督的身體和血**，凡此種種，都把我們緊緊地聯繫在一起……**領聖餐**真的使我們成為教會——教堂會眾。[48]

「感恩祭」和「領聖餐」兩詞的區別，不在原文，而在譯文。「聖體聖血」和「主耶穌基督的身體和血」的分別，亦是如此。歸化的詩學就是以基督徒慣用的詞彙來給基督徒讀者翻譯；反之，就是異化。進一步說，所謂歸化異化是從讀者的接受來界定。天主教譯本的詞彙對基督徒來說是異常陌生的，所以其譯本就是異化的譯本；但同樣的譯本對天主教徒來說，就沒有異化的問題。基督徒譯者若以基督徒讀者為對象，採用華人基督教會的詞彙來翻譯一些與基督教近似的天主教儀式，就是採用了歸化的策略。

至於盧雲著作中涉及的天主教獨特的儀式，意識形態的問題更形尖銳。譯者要在「忠實」（fidelity）與「歸化」之間取得平衡：一方面，譯者若要忠於原著而完全保留原文的色調，可能被指摘為渲染天主教的「聖禮」；另一方面，譯者若要縮短教義磨擦所造成的閱讀距離而刪改原文，又會招來誤導讀者、不忠不實的指控。換言之，譯者要同時面對兩種互有衝突的詩學制約：一種是來自信徒的宗教觀；另一種是來自信徒的翻譯觀。兩者本身不一定有矛盾，甚

---

[48] 盧雲著；莊柔玉譯《安息日誌：秋之旅》，頁34。粗體是筆者所加。

至可以相輔相成；一旦有所衝突，譯者須作出取捨，服膺於他認為較重要的規範。筆者在翻譯《念：別了母親後》（*In Memoriam*）的過程中，正面對這股張力。筆者假定「忠實」的規範較為重要，因為盧雲的讀者早知道盧雲是天主教的神父，他的言行帶有天主教的記號屬意料中事，閱讀時會自行過濾有關的內容；但盧雲的讀者卻沒有期望譯者會改動原文。基於這個判斷，筆者翻譯盧雲替母親施行病人的「聖禮」、為她塗上醫治的「聖油」的情景時，並無刪減其內容或枝節：

> 在洋燭的掩映下，聖禮隨著微聲道出的字句、聖油輕柔的塗抹而完成，恬靜而溫馨……我塗在她身上的軟油絕不單是帶來醫治的油……油不僅是醫治的象徵，也是掙扎的象徵……我把油塗在母親身上的舉動，難道是助她迎戰人生最後的一場仗？……我漸次明白到我給她抹上的油，標誌著一場偉大的戰爭必須展開……事實上，在死亡的時刻，油正是一個深奧的象徵……我為母親施行病人的聖禮後不久，她就陷入了漫長的、延展著的痛苦。[49]

然而，筆者在忠於原著的撰述之餘，意識到那段文字呈現的宗派差異，或許會引起基督徒讀者潛在的不安，於是用字盡量平實，以不強調、不誤導、不鼓吹、不排斥的手法，翻譯與「聖油」相關的敍述。這種淡化的手法，可視為一種較輕微的歸化策略。操縱詩學，

---

[49] 盧雲著；莊柔玉譯，《念》，頁 33-37。

以配合「去天主教色彩」的意識形態，可說是盧雲中譯的一個詩學特色；礙於篇幅，本文只能略舉一二例子為證。

4.7 「給基督徒啓迪」的詩學操縱

詩學包含的元素很多，其中一項是文學的主題。盧雲著作等身，在芸芸著作中找甚麼、不找甚麼來翻譯，也是詩學操縱的一種。雖然不同機構陸續翻譯及出版盧雲的作品，譯作的覆蓋範圍甚廣；但卻有一段時期（1982-1987）的作品至今還沒有譯本（見附錄三），而這段時期跟盧雲徘徊在「哈佛」和拉丁美洲的年月剛好重疊。盧雲的人生歷程可分為五個時期：⑴個人成長期（1932-1963）；⑵聖母院及荷蘭時期（1964-1970）；⑶「耶魯」及箴力斯修院時期（1971-1981）；⑷「哈佛」及拉丁美洲時期（1982-1985）；⑸方舟團體歸家時期（1986-1996）。[50]在 1982 至 1985 年間，盧雲穿梭於拉丁美洲和哈佛大學神學院，一方面不滿足於大學的安逸生活，另一方面又承受不了拉丁美洲舉目即見的貧困、壓迫、強權統治和經濟剝削。因此，盧雲這段時期的作品滲入了社會批判、解放神學等元素。[51]這段時期的翻譯真空所反映的，與其說是譯者在文學主題上的操縱，倒不如說是編者，或更精確的說，是第二類的贊助者（即出版機構）在詩學上的操縱。這方面的操縱似乎跟「去天主教的色彩」的意識形態並不相干——天主教和基督教出版社對這時期的作品都不感興趣，兩者均集中出版盧雲個人靈命操練為題的著作。

---

[50] Deirdre LaNoue, *The Spiritual Legacy of Henri Nouwen*, 12-56.

[51] 杜念甘，〈盧雲的生命片段和思緒〉，頁 9-11。

可以推斷，譯作的真空其實跟「給基督徒啟迪」的意識形態有所衝突；原因是社會公義、解放神學的主題對華人教會來說，不是一個熱衷探究的課題。除非重寫者採用歸化的策略，使之成為華人基督教會感興趣的主題。

就這方面來說，由於牽涉作品的選取問題，譯者並沒有甚麼重寫的空間；因為選擇甚麼作品來翻譯屬出版社編輯方向的問題。基道出版社曾把一部盧雲的選集 *The Road to Peace: Writings on Peace and Justice*（1998）翻成中文：《和平路上》。這部選集輯錄了盧雲有關公義與和平的撰述，文章的寫作期並不局限於「哈佛」及拉丁美洲時期。翻譯及出版這部選集既可填補 1982 至 1985 間中譯缺乏遺留的空隙，又可讓讀者較全面地從盧雲一生的思想歷程觀照其對社會公義、解放神學的見解，使有關主題變得更富適切性。

就文學題材的相關性這一點來說，撰寫評著可操縱的空間遠較翻譯大；評者沒有忠於原文的包袱，可就有關主題作出靈活的重寫。溫偉耀的著作《無能者的大能》，正好通過詩學的操縱，填補盧雲「哈佛」及拉丁美洲時期的作品翻譯的真空。為了使「社會公義與屬靈操練」這個主題更切合華人基督教會的需要，溫偉耀在拉丁美洲的社會場景上，嫁接了華人教會甚感興趣的兩大課題：其一是「六四」的政治問題；其二是道家的人生智慧。這顯然是把文學主題歸化的重寫手法。從社會公義神學的角度出發，盧雲怎樣看六四？

> 我第二個問題是：「假若你 1989 年『六四』時在北京，你會跟人民一起出來遊行和要求國家改革嗎？」盧雲的回答很

> 直接了當：會！因為這是站在被壓者和真理的一方，他一貫是肯定會作的。不過他補充說，他的行動立場基本原則仍然是「非暴力」（正如北京學生們採取的立場），在任何情況下都不會使用暴力，亦不還手。[52]

在中國文化的場景，盧雲對伸張社會公義的靈修學透視，對華人基督徒群體有何啟迪？

> 從中國的思想文化的角度來看，盧雲的智慧較接近道家（尤其是老子）的人生哲學境界。道家思想的智慧，就在於看透了一般膚淺的人生見識，而能夠把捉到那些表面上似乎是失敗、但在深層意義卻其實是優勝的生命質素。總括地說有三方面：以虛涵實，以靜策動，以柔制剛。[53]

溫偉耀把原來少受關注的事情，跟譯入系統內道家思想那種「以虛涵實，以靜策動，以柔制剛」的哲學意涵嫁接起來，使盧雲的社會公義靈修學折射著中國文化的智慧。《無能者的大能》可說是歸化詩學的具體呈現。

在「給基督徒啟迪」的大前提下，「融通經驗、深入淺出」可謂另一種歸化的重寫手法。溫偉耀在《心靈愛語：當我陷入靈命低潮的時候》中，開宗明義闡述他的詩學策略：他嘗試在盧雲這部

---

[52] 溫偉耀，《無能者的大能》，頁101。

[53] 同上，頁103。

「深邃」的著作中，融入自己的生命，使之和他的經歷連結起來，「藉此幫助讀者們更能夠消化吸收這本深度作品的生命力」：

> 《心靈愛語》是盧雲最後一本的遺著，或許也是他作品之中最深的一本。
> 我們說的「深」，不是深奧的「深」，而是深邃的「深」。因為這本書是他在很深很深的痛苦經歷和很深很深的沉思之中孕育出來的……在每段原著中譯的「屬靈訓諭」（我改稱為「盧雲的沉思」）之前，我加上一段「心靈的呼喊」，讓讀者捉摸自己心靈的共鳴。在每段「盧雲的沉思」之後，我加上一段「容我再上路」，讓讀者透過親身的默想體驗，吸收和具體地實踐在自己的生活實況裏。[54]

原作 *Inner Voice of Love: A Journey through Anguish to Freedom* 是寫給英語世界的讀者，經詩學操縱後的《心靈愛語：當我陷入靈命低潮的時候》，成為盧雲與溫偉耀合寫、切合華人信徒需要的靈修作品，十分配合「給基督徒啟迪」的意識形態。

結語

在文學系統的演變過程中，重寫活動起著重要的推動作用。文學作品受推崇還是遭摒棄，被經典化還是不被經典化，重寫者扮演

---

[54] 溫偉耀，〈溫序〉，載《心靈愛語》，頁 3。

著舉足輕重的角色。[55]今天華人基督教會認識的 Henri J. M. Nouwen，是一群包括譯者在內的重寫者共同建構出來的「盧雲」。他不是紐文、諾文或諾溫；[56]他給人的印象是「一位親切而有卓見的長者，著作精簡易讀又充滿洞見」；[57]他成為華人基督徒的「屬靈導師」，或「認識多年的靈友」；[58]他被譽為「廿世紀靈修神學大師級的人物」，[59]「一生致力詮釋信仰的人性內涵，敢於面對內在的真我，從而探求適切現代大都會的靈程學和牧養神學」[60]——這一切一切，都是重寫者共同塑造的盧雲形象。本文借助勒菲弗爾的重寫理論，探索華人基督教會翻譯及重寫盧雲時涉及的意識形態及詩學的制約和操縱，集中探討了盧雲的重寫者在「不應介紹天主教的靈修學」這種意識形態制約下，如何對重寫的文本作出了「去天主教色彩」、「給基督徒啟迪」的詩學操縱，把盧雲的睿智化為華人基督教會的文化內涵，使盧雲的著作成為譯入系統革新與演進的一種動力。

---

[55] Lefevere, *Translation, Rewriting and the Manipulation of Literary Fame*, 2.

[56] 「盧雲」不是 Henri J. M. Nouwen 惟一的中文譯名，《走出孤獨》（1976）、《生命的頂尖》（1980）、《慰父書：懷念先母兼談生命》（1988）分別把 Nouwen 譯成紐文、諾文、諾溫。這種異化的音譯法逐漸給歸化的音義兼譯法淘汰。

[57] 杜念甘，〈盧雲的生命片段和思緒〉，頁 16。

[58] 李耀全，〈紮根於心靈深處的屬靈友誼：屬靈指導、導師與靈友〉，載《我們眼中的盧雲》，鄧紹光主編（香港：基道，2000），頁 83。

[59] 溫偉耀，《無能者的大能》，頁 15。

[60] 鄧紹光編，《我們眼中的盧雲》，封底摺頁。

5. 漢譯柴斯特頓《回到正統》的辯說修辭——談護教著作的翻譯藝術

提要

埃文一佐哈爾認為，在一個抽離歷史現實和社會背景的理想化狀態中，我們根本連何謂翻譯作品這個基本問題也不能回答，因為這個問題必須根據多元系統的運作情況而定。因此，翻譯其實並非一個本質和界限早已確定、一成不變的現象，而是一種隨文化系統內的各種關係而變化的活動。當那些以指導翻譯為目的之應用理論，正不斷受著像多元系統論、描述翻譯研究、操縱學說等理論的衝擊與洗刷，翻譯的實踐所面臨的會是怎樣的挑戰？假如翻譯的社會文學地位取決於它在多元系統內的位置，而翻譯的實踐也完全由此主導，譯者的角色和任務又是甚麼呢？本文以二十世紀初英語著名作家柴斯特頓一部護教經典的漢譯為例，從譯者第一身的翻譯觀念及經驗，探索在譯入系統的規範制約下，譯者可如何判別原著和譯本的位置，並遵從譯入系統的文學規範，重塑原著辯說藝術的精神。*

---

* 本文修訂自〈漢譯柴斯特頓《回到正統》的辯說修辭——談護教著作的翻譯藝術〉，《山道期刊》20 期（2007 年 12 月）：頁 67-85。承蒙香港浸信會神學院允許採用，特此鳴謝。

引言

這是一篇探索性的文章，從三個基本假設出發。其一，翻譯是有所依據的寫作。因此，翻譯作品的藝術性與其所據的原文有一定的關係。原文的觀賞價值愈高，譯者加入相應藝術手法的空間愈大。其二，譯作的面貌必須通過譯者呈現。因此，翻譯作品的藝術性必定牽涉譯者的個人因素，這包括譯者對原文的評賞、譯者本身的藝術觀點、翻譯理念與造詣等。其三，譯作的藝術價值必然受譯入系統的規範制約。因此，譯者必須遵從譯入系統的文學規範，以此作為重塑原文藝術色彩的基礎。基於第一個假設，本文選取一部基督教的護教經典 *Orthodoxy* ❶為例子，集中討論其備受稱許的辯說修辭。基於第二個假設，本文以這部經典的中譯本《回到正統》為例，從譯者第一身的翻譯觀念及經驗，探討此書辯說修辭的翻譯藝術。基於第三個假設，本文列舉大量的例子，就譯入系統相應的文學手法，探索重塑 *Orthodoxy* 辯說藝術的空間。

5.1 一個世紀的經典

若說 *Orthodoxy* 是西方基督教社會一個世紀以來著名的護教經典，相信不會惹來太大的爭議。這部著作並非像作者柴斯特頓（G. K. Chesterton）所說，是一部「鬆散的自傳」，❷相反地，它見證了

❶ G. K. Chesterton, *Orthodoxy, foreword by Philip Yancey* (Colorado Springs, Colorado: WaterBrook Press, 2004). 筆者的中譯《回到正統》擬於 2008 年由台北校園書房出版。

❷ Chesterton, *Orthodoxy*, 7.

一位非凡的智者複雜的屬靈探索旅程。❸它是一部富政治說服力和預言性、宗教資料豐實而又極度有趣的神學論著。❹ *Orthodoxy* 堪稱柴斯特頓著作系統的主幹，這部修辭學的力作自 1908 年問世以來刊印不絕，被視為二十世紀最佳作品之一。❺《出版人週刊》（*Publisher's Weekly*）甚至把它列為過去一千五百年間十大「必不可少的屬靈經典」。❻近代的傳奇作家及教會歷史學家沃德（Wilfred Ward）稱 *Orthodoxy* 為基督教思想發展重大的里程碑。❼當代基督教作家楊腓力（Philip Yancey）指出，若然流落荒島，除聖經以外他希望隨身攜帶的就是這本書。❽

這部在西方基督教界享負盛名的護教經典，在華人教會卻鮮被談及，一百年間並無譯本面世。相對來說，以柴斯特頓為屬靈啟蒙老師的魯益師（C. S. Lewis）的作品則深受華人教會歡迎，廣被翻譯；其中護教精神與 *Orthodoxy* 遙相呼應的 Mere Christianity 就有

---

❸ Ed Block, Jr., "G. K. Chesterton's Orthodoxy as Intellectual Autobiography," *Renascence: Essays on Values in Literature* 49:1 (Fall 1996): 41.

❹ Charles E. Fager, "The Humor and Eloquence of Chesterton," *The Christian Century* (21 May 1980): 583.

❺ Dale Ahlquist, *The Apostle of Common Sense* (San Francisco: Ignatius, 2003), 22.

❻ Chesterton, *Orthodoxy*, [back cover].

❼ Joseph Pearce, "G. K. Chesterton: Champion of Orthodoxy," *Lay Witness*, March 2001, <http://www.catholiceducation.org/articles/arts/al0085.html> (3 September, 2007).

❽ Philip Yancey, "G. K. Chesterton: Prophet of Mirth," in *Orthodoxy*, vii.

不只一個譯本。❾雖然箇中原因尚待研究，但我們不妨推測，*Orthodoxy* 艱澀的思維結構及迂迴的論說方式，或許對華語讀者構成一定的閱讀困難。鑑於 *Orthodoxy* 之所以在西方深受推崇，必然跟作品本身的思想內涵與論說魅力不可分割，筆者認為若要把這部西方的經典著作首度引入華人世界的文庫，最恰當的方式是採用「異化」的翻譯策略。❿這一來可讓原著的撰述方式得以充分呈現，使東西方的思想來個原汁原味的交流；二來可把原作的藝術元素注入譯入系統中，豐富基督教中文著作的文學形式庫（literary repertoire）；三來又可符合大部分慕名而來的讀者的期望，使他們得以接觸柴斯特頓這部論著的風格特色。

有了這個基本的定位，譯者的考慮就是如何在英語和漢語兩種語言不同的制約下，本著忠於原文的大前提，融入原著的情感觸覺、重建文本的肌理脈絡、重塑作者的文字風格、重現原作的思辨精神等。原著有一個明顯的特色，就是作者採用了豐富多元的修辭技巧，把讀者帶進一個氣象萬千、豁然開朗的思想世界。多種多樣修辭手法的交錯運用，使此書充滿密集的張力、驚人的說服力，以及沛然的生命力。譯者若要翻出這部論著的神韻，絕不能忽略當中

---

❾ 參魯益師著；廖湧祥譯，《如此基督教》（台南：東南亞神學院協會台灣分會，1974）；魯益士著；余也魯譯，《返璞歸真：我為什麼回歸基督教》（香港：海天，1995）。

❿ 異化是相對歸化的翻譯策略，目的是把讀者移近原著的世界。就以文字風格為例，*Orthodoxy* 的段落異常冗長，又常用冒號及分號，這種特色在中文著作並不常見。譯者寧可保留這種分段和標點的特色，也不遷就中文讀者的閱讀習慣，就是採取了異化的翻譯策略。

涉及的辯說修辭。為了方便闡述，本文以書內呈現的論說家形象為切入點，從與其緊扣的辯說修辭，探索翻譯這部著作的藝術問題。

5.2 通情達理的作者

Orthodoxy 的活力，離不開作者的感染力。認識柴斯特頓的風格形象，有助我們有機地、全方位地、多層次地翻譯此書的文本。書中呈現的柴斯特頓是一個合情合理的辯論家，對外來的挑釁常存開放的態度：

> 對一個太樂於寫書來回應最輕微挑釁的人作出這樣的提議，似乎有點兒輕率。⓫

他一方面十分注重邏輯理性，以鋒利的措辭，絕不留情面地抨擊違反真理的事情：

> 離開這個話題前，順帶談談一個古怪的謬論，其大概意思是：唯物宿命論是較富於憐憫、較傾向主張廢除殘酷的刑罰或任何方式的懲罰。這種說法其實大錯特錯，與事實絕不相符。⓬

另一方面又非常積極樂觀，字裏行間洋溢著一種對現今世界的熱

⓫ Chesterton, *Orthodoxy*, 1.

⓬ *Ibid.*, 27-28.

愛：

> 我接納宇宙萬物，不是基於一種樂天精神，而是出於一種近似愛國主義的精神：一種基本的忠誠。世界不是布賴頓的一個公寓房間；環境惡劣便隨時遷走。世界是家庭的一幢堡壘，塔樓的旗幟正迎風飄揚；環境愈是惡劣，我們愈是要留下來。因此，問題不在於這世界是否糟糕得不值得愛，也不在於是否因為不用愛這世界而感到高興。問題在於：你若真正愛一樣東西，美麗是你愛它的原因，糟糕是你更愛它的原因。⓭

偶見帶自嘲氣味的感性筆觸：

> 本書詳述了我在追尋明顯不過的東西時笨拙得很的經歷。那太荒唐可笑了，我比誰都深切體會。讀者不管是誰都不能指控我愚弄他們，因為我才是整個故事的大笨蛋；愚蠢地位無人能及。⓮

此書可說是以理性鋪展、輔以少許個人感受的一部不太像自傳的屬靈自傳。柴斯特頓打開想像力大門，藉跌宕的節奏、非凡的智慧、幽默的諷刺，反覆陳述他個人相信基督教的理由。譯者的翻譯策

⓭ *Ibid.*, 95.

⓮ *Ibid.*, 5.

略，當然不能偏離作者整體的形象與寫作風格。

5.3 雄辯滔滔的論者

論氣勢磅礴，*Orthodoxy* 無疑是一部巨著。作者常用重複（repetition）的手法，營造一種整齊勻稱的散文節奏。例如談到瘋子真正的問題，柴斯特頓就藉著同中有異的鏗鏘韻律，把討論的焦點擴散至現今宗教的問題：

> Perhaps the nearest we can get to expressing it is to say this: that his mind moves in a perfect but narrow circle. A small circle is quite as infinite as a large circle; but, though it is quite as infinite, **it is not so large**. In the same way the insane explanation is quite as complete as the sane one, but **it is not so large**. A bullet is quite as round as the world, but **it is not the world**. There is such a thing as a narrow universality; there is such a thing as a small and cramped eternity; you may see it in many modern religions.⓯
>
> 也許，最接近的表達方式是這樣：瘋子的思想是在一個完整但狹小的範圍內活動。一個小圈子完全可像大圈子般無限；雖然完全可以同樣的無限，但**它畢竟不是很大**。同一道理，不正常的解釋完全可以跟正常的解釋同樣完整，但**它畢竟不是很大**。一顆子彈完全可以跟世界同樣渾圓，但**它**

⓯ *Ibid.*, 18-19. 引文中的粗體為筆者所加，以示強調。

畢竟不是世界。世上有種東西叫做狹隘的普遍性；世上有種東西叫細小而擠狹的永恆；這可見於許多現今的宗教。

為了加強辯說的勁度和吸引力，柴斯特頓好用設問（rhetorical question）塑造層進（climax）的效果：

No one doubts that an ordinary man can get on with this world: but we demand not strength enough to get on with it, but strength enough to get it on. **Can he** hate it enough to change it, and yet love it enough to think it worth changing? **Can he** look up at its colossal good without once feeling acquiescence? **Can he** look up at its colossal evil without once feeling despair? **Can he**, in short, be at once not only a pessimist and an optimist, but a fanatical pessimist and a fanatical optimist? **Is he** enough of a pagan to die for the world, and enough of a Christian to die to it? In this combination, I maintain, it is the rational optimist who fails, the irrational optimist who succeeds. He is ready to smash the whole universe for the sake of itself.[16]

無疑，一個普通人確能與這個世界融洽相處，但我們要求的，不是趕上世界步伐的力量，而是足以推動世界前進的勁頭。**他是否**厭惡這個世界，認為必須進行改革，而同時又熱愛這個世界，認為改革是值得的？抬頭看見世上其大無比

---

[16] *Ibid.*, 103.

> 的美善，**他是否**從不感到理所當然？看見世上其大無比的邪惡，**他是否**從不感到心灰意冷？簡言之，**他是否**除了既悲觀又樂觀外，更是一個狂熱的悲觀主義者兼狂熱的樂觀主義者？**他是否**當得上一個為世界而死的無宗教信仰者，又或一個向世界死去的基督徒？就這一點而言，我認為理性的樂觀主義者只會面臨失敗，惟獨不理性的樂觀主義者才能取得成功；後者隨時為世界本身的好處粉碎宇宙萬物的一切。

在層層遞進的追問下，柴斯特頓剖開思維的層次，最後揭開題旨，使讀者豁然意解。由於並不牽涉中英兩種語言本身的差異，上述的辯說修辭並不構成翻譯的困難。然而，有些修辭是難以或無從翻譯的。也許由於柴斯特頓本身是新聞工作者，新聞寫作中蔚成時尚的頭韻（alliteration）在 *Orthodoxy* 中俯拾皆是。譯者考慮到音義兼譯的困難，為免因韻害義，在頭韻的地方往往只譯其義，而在全書的翻譯中較多採用中文寫作較普遍的押韻方式，以帶出平衡節奏、加深印象、對比渲染的語音效果：

> He has always had one foot in earth and the other in fairyland.⓱
> 他經常一腳踏地上，一腳踏仙**鄉**。

> […] with lips of thunder and acts of lurid decision […]⓲

⓱ *Ibid.*, 31.

⓲ *Ibid.*, 222.

〔……〕雙唇吼出轟隆的雷鳴，行動帶著火紅的決定〔……〕

[…] this mild rationalist modesty does not cleanse the soul with fire and make it clear like crystal […]⑲
這種溫和而理性的謙遜不能藉火焰淨化人的心靈，又或使靈魂如水晶般澄瑩〔……〕

[…] saying of our Gospels, which declare that the Son of God came not with peace but with a sundering sword.⑳
福音書指出神的兒子來不是叫地上享太平，乃是叫地上動刀兵。

With their paralysing hints of all conclusions coming out wrong they do not tear the book of the Recording Angel; they only make it a little harder to keep the books of Marshall & Snelgrove.㉑
他們認為一切結論均屬錯誤，這種叫事物喪失作用的想法並沒有撕破天使執掌的天國檔案；只叫人類較難貯存馬歇爾及斯內爾格羅夫百貨公司的書刊。

---

⑲ *Ibid.*, 138.
⑳ *Ibid.*, 200.
㉑ *Ibid.*, 212.

> If you have discovered that the idea of damnation represents a healthy idea of danger, why can you not simply take the idea of danger and leave the idea of damnation?[22]
> 假如你發現罰入地獄的教義代表一種揭示危險的健康思想，何不簡單地只接受危險的揭示而摒棄地獄的教義？

補償（compensation）的手法，也用於處理語調的問題。譯者借助漢語獨有的語氣助詞，傳達原著生動傳神的對話：

> Or suppose it were the second case of madness, that of a man who claims the crown, your impulse would be to answer, "All right! Perhaps you know that you are the King of England; but why do you care? Make one magnificent effort and you will be a human being and look down on all the kings of the earth." Or it might be the third case, of the madman who called himself Christ. If we said what we felt, we should say, "So you are the Creator and Redeemer of the world: but what a small world it must be! What a little heaven you must inhabit, with angels no bigger than butterflies! How sad it must be to be God; and an inadequate God! Is there really no life fuller and no love more marvellous than yours; and is it really in your small and painful pity that all flesh must put its faith? How much happier you

---

[22] *Ibid*., 215.

would be, how much more of you there would be, if the hammer of a higher God could smash your small cosmos, scattering the stars like spangles, and leave you in the open, free like other men to look up as well as down!"㉓

或者，碰到的是上文提及的第二種瘋狂，即有人自稱是皇帝，你或許會衝口而出：「好哇！也許你知道自己是英國的君王；但那又如何？只須來個壯舉，你就變回人，可瞧不起世上所有的國王。」又或者，你遇到上文提及的第三種瘋狂，即有人自稱是基督。隨心而發的說法是：「你就是創造者和救世主麼？唉，這個世界真是小得可憐啊！你的天堂好小哦！跟你同住的天使像蝴蝶般小呢！做神一定是很慘的事，好一個寒酸的神！真的沒有比你的更豐富的生命麼！難道一切有血氣的都要仰賴你微小而吃力的憐憫嗎？想想吧，要是有個比你更高超的神搥碎你的小宇宙，使星子的閃片四散，讓你置身在一片空曠中，像其他人一樣能隨意地瞧上瞧下，你豈不比現在快樂得多、自在得多！」

語氣助詞的運用，有助增加書內口語體的感染力，也突出了柴斯特頓口若懸河的演說家形象。

5.4 普通常識的使徒

阿爾奎斯特（Dale Ahlquist）稱柴斯特頓為「普通常識的使徒」

㉓ *Ibid.*, 20.

（the apostle of common sense），認為「他甚麼事情都說說，又說得比誰都好」。㉔這說法無疑道出了柴斯特頓博學多聞的一面。*Orthodoxy* 是一扇智慧之窗，敞開了文學、文化、歷史、哲學、宗教、語言學的視野。拜柴斯特頓旁徵博引所賜，此書是一個包羅萬象的天地，不僅引述（allusion）的片斷層出不窮，而且各式各樣的真理推陳出新。當中有飛躍的詩歌片斷：

> Mr. **W. B. Yeats**, in his exquisite and piercing elfin poetry, describes the elves as lawless; they plunge in innocent anarchy on the unbridled horses of the air --
>
> Ride on the crest of the dishevelled tide,
> And dance upon the mountains like a flame.㉕
>
> **葉芝**先生在他精湛而富洞察力的仙域詩歌中，以不受法紀約束來形容住在仙域的小精靈；他們乘坐天上脫韁的駿馬衝進無邪的混沌中：
>
> 乘著潮水蓬鬆的浪峰，
> 在群山中飛舞如烈焰。

有精彩的小說情節：

> If any eager freethinker now hails philosophic freedom as the dawn, he is only like the man in **Mark Twain** who came out

㉔ Ahlquist, *The Apostle of Common Sense*, 12.

㉕ Chesterton, *Orthodoxy*, 76.

> wrapped in blankets to see the sun rise and was just in time to see it set.[26]
>
> 今天，假如有自由思想家熱切地為哲學自由的黎明喝彩，他只不過有如**馬克吐溫**小說中那個裹著氈子跑出來看日出的人，結果是僅僅能趕及看日落。

有經典的哲學名句：

> This is an attack not upon the faith, but upon the mind; you cannot think if there are no things to think about. You cannot think if you are not separate from the subject of thought. **Descartes** said, "I think; therefore I am." The philosophic evolutionist reverses and negatives the epigram. He says, "I am not; therefore I cannot think."[27]
>
> 進化論攻擊的，不是信仰，而是頭腦；沒有可供思考的東西，人就不能思考。若不是跟要思考的對象分割開來，人就不能思考。**笛卡爾**說：「我思，故我在。」愛談哲學的進化論者不單否定了這精闢的雋語，而且把它倒過來說：「我不在，故我不能思。」

有熟稔的民間智慧：

---

[26] *Ibid*., 47.

[27] *Ibid*., 43.

There is a phrase of facile liberality uttered again and again at ethical societies and parliaments of religion: **"the religions of the earth differ in rites and forms, but they are the same in what they teach."** It is false; it is the opposite of the fact. The religions of the earth do not greatly differ in rites and forms; they do greatly differ in what they teach.[28]
在倫理組織或宗教聚會中，不斷有人重複說著以下一句表面上思想開明的話：**「世界上各種宗教的禮儀和形式不盡相同，但教導的東西基本一樣。」**這是錯誤的；這與事實剛好相反。世界上各種宗教的禮儀和形式分別不大，但教導的東西截然不同。

有暗指的聖經比喻：

I know that the most modern manufacture has been really occupied in trying to produce **an abnormally large needle**. I know that the most recent biologists have been chiefly anxious to discover **a very small camel**. But if we diminish the camel to his smallest, or open the eye of the needle to its largest -- if, in short, we assume the words of Christ to have meant the very least that they could mean, His words must at the very least mean this -- that rich men are not very likely to be morally

---

[28] *Ibid.*, 194.

trustworthy.[29]

我知道最現代的製造業正籌謀怎樣生產**異常巨大的針**。我又知道最近期的生物學家正汲汲於發現**極其細小的駱駝**。假如我們把駱駝縮到最小，又或把針孔擴至最大——簡言之，假如我們假定耶穌基督說的那番話的確字如其義，那麼，那番話至少告訴我們：富人在道德上大概不怎麼可靠。

譯者的策略當然盡量保留林林總總的知識或文化專有項（culture-specific items），除非涉及語言的不可譯性（linguistic untranslatability）：

Scientific phrases are used like scientific wheels and piston-rods to make swifter and smoother yet the path of the comfortable. Long words go rattling by us like long railway trains. We know they are carrying thousands who are too tired or too indolent to walk and think for themselves. It is a good exercise to try for once in a way to express any opinion one holds in words of one syllable. **If you say** "The social utility of the indeterminate sentence is recognized by all criminologists as a part of our sociological evolution towards a more humane and scientific view of punishment," you can go on talking like that for hours with hardly a movement of the gray matter inside your skull. **But if you begin** "I wish Jones to go to gaol and Brown to say

[29] *Ibid.*, 176.

when Jones shall come out," you will discover, with a thrill of horror, that you are obliged to think. The long words are not the hard words, it is the short words that are hard. There is much more metaphysical subtlety in **the word** "damn" than in the word "degeneration."㉚

科學化的句子就像科學的機輪和活塞般，使耽於舒適者的思路更便捷無阻。多音節的長字有如長長的列車般轟隆轟隆地擦身而過，我們曉得它載著成千上萬個太疲倦或太懶於自行走路和思想的人。我們不妨破例以單音節字去表達不同的意見，間或這樣做不失為一個好練習。**如果以英語說**："The social utility of the indeterminate sentence is recognized by all criminologists as a part of our sociological evolution towards a more humane and scientific view of punishment," 你可以滔滔不絕而無須稍稍移動顱骨裏的灰白質。但**如果以英語說**："I wish Jones to go to gaol and Brown to say when Jones shall come out," 你會驚惶地發現，**這句全由單音節字構成的句子**使你不得不加以思考。長字不是艱澀的字，短字才叫人難於消化。**英語** "damn" **這個單音節字**遠較 "degeneration" **這個五音節字**深奧微妙。

面對這種情況，譯者寧取保留原語、補充語意的手法，也不選擇換例或刪除法，以免有損原著的肌理脈絡。

㉚ *Ibid.*, 187-188.

5.5 弔詭真理的使者

似是而非的雋語（paradox）是柴斯特頓擅長的辭格。勞爾（Quentin Lauer）指出，柴斯特頓本人充分意識到這種辭格用得太多或會淪為一種浮誇的技倆，但他仍堅持不斷採用，因為這最能折射他對無處不在的奧祕、對貌似矛盾的存在的一種超乎尋常的感應。[31] *Orthodoxy* 的柴斯特頓的確是「悖論專家」（prince of paradox），[32]弔詭的真理在書中此起彼落，既有精闢的觀點：

> Pragmatism is a matter of human needs; and one of the first of human needs is to be something more than a pragmatist.[33]
> 實用主義關注的是人類的需要；而人類首要的需要之一，就是不要局限在實用主義的框框內。

也有綿延的解說：

> Hence it became evident that if a man would make his world **large**, he must be always making himself **small**. Even the haughty visions, the tall cities, and the toppling pinnacles are the

---

[31] Quentin Lauer, S. J., *G. K. Chesterton: Philosopher without Portfolio* (New York: Fordham University Press, 1988), 32.

[32] "Chesterton, G. K.," *The Columbia Encyclopedia*, 6th ed. (New York: Columbia University Press, 2001-2005), <http://www.bartleby.com/65/ch/Chestert.html> (3 September, 2007).

[33] Chesterton, *Orthodoxy*, 46.

creations of humility. Giants that tread down forests like grass are the creations of humility. Towers that vanish upwards above the loneliest star are the creations of humility. For towers are not tall unless we look up at them; and giants are not giants unless they are larger than we. All this gigantesque imagination, which is, perhaps, the mightiest of the pleasures of man, is at bottom entirely humble. It is impossible without humility to enjoy anything -- even pride.[34]

因此，人若要叫自己的世界**偉大**，必須常常叫自己**渺小**，這是明顯不過的事情。即使是氣派不凡的景觀、巍然屹立的城市、傾斜欲倒的石塔，全是謙卑的傑作。踏草似的踩碎森林的巨人，是謙卑的傑作。高聳入雲、鳥瞰孤星的建築物，是謙卑的傑作。原因是，高樓不見得巍峨，除非我們抬頭仰望；巨人不顯得巨大，除非形相比我們龐大。這些巨人般偉大的想像，也許就是人類最巨大的樂趣所在；凡此種種，基本上完全是謙恭之作。沒有謙卑之心，人根本不能享受甚麼，連自豪感也不例外。

悖論的辭格，往往通過雙重聚焦（bifocal vision）、二元對立（binary opposition）的思維方式，藉事物本質相反相成的統一來展現。與這種手法並駕齊驅的，就是對照（antithesis）的辭格。拿來對照的既可以是抽象的理念：

---

[34] *Ibid.*, 37-38.

> Scoffers of old time were **too proud** to be convinced; but these are **too humble** to be convinced.[35]
> 古時愛嘲諷的人是很難說服的，因為他們**太自以為是**；刻下這些人也是很難說服的，因為他們**太自以為卑**。

也可以是具體的象徵：

> The opposition exists at every point; but perhaps the shortest statement of it is that the Buddhist saint always **has his eyes shut**, while the Christian saint always **has them very wide open**. The Buddhist saint has a sleek and harmonious body, but his eyes are heavy and sealed with sleep. The mediaeval saint's body is **wasted to its crazy bones**, but his eyes are frightfully alive.[36]
> 兩者不相容的地方無處不在；最簡短的說法是佛教聖僧的眼睛**深深緊閉**，而基督教聖徒的眼睛則**大大張開**。佛教的聖僧雖然擁有**線條優美、協調勻稱**的身形，但一雙沉重的瞳仁卻給睡眠密封著。中世紀的聖徒雖然**外形枯槁、骨瘦如柴**，但一對發亮的眼珠烱烱有神，叫人驚詫。

如果說似是而非的雋語有助剖開貌似矛盾的真理，引導讀者進行反

---

[35] *Ibid.*, 39.
[36] *Ibid.*, 198.

常的思考；那麼，對照的辭格則有助陳列事物細微的區別，帶領讀者探索深層的理解。*Orthodoxy* 精警之處，離不開書中肩摩轂擊的弔詭真理。成則警句，敗則進退失據，譯者當然不能掉以輕心，力圖翻出弔詭的微妙精深。

5.6 散播歡樂的先知

彼得斯（Thomas C. Peters）指出，柴斯特頓認為較高層次的靈性，體現在一種拋開嚴肅的態度、投奔上帝的喜樂之境界，因為神是喜樂和笑聲的源頭。[37]楊腓力稱柴斯特頓為「歡笑的先知」（prophet of mirth），認為他「充分闡揚了基督教信仰；論機智、幽默感和純粹的智力，絕不亞於任何一個晚近的人。」[38] *Orthodoxy* 帶給讀者的，不僅僅是不盡的知識、不變的真理，而且還有不絕的歡笑。通過幽默的筆觸與恢宏的想像力，柴斯特頓帶給讀者無限的歡愉；其中有自嘲式的幽默：

> I did try to found a **heresy** of my own; and when I had put the last touches to it, I discovered that it was **orthodoxy**.[39]
> 我的確試過建立自己的一套**異端邪說**；卻在最後修訂的階段，發現那原來就是**正統信仰**。

---

[37] Thomas C. Peters, *The Christian Imagination: G. K. Chesterton on the Arts* (San Francisco: Ignatius, 2000), 125.

[38] Yancey, "G. K. Chesterton," xx.

[39] Chesterton, *Orthodoxy*, 6.

有具視覺效果的幽默：

> Greek heroes do not grin: but gargoyles do -- because they are Christian.[40]
>
> 希臘的英雄不會咧嘴而笑：滴水嘴怪獸才會——因為後者是基督徒。

有語帶雙關的幽默：

> So Christian morals have always said to the man, not that he would lose his soul, but that he must take care that he didn't. In Christian morals, in short, it is wicked to call a man **"damned"**: but it is strictly religious and philosophic to call him **damnable**.[41]
>
> 因此，基督教的倫理常提醒人：當心的不在於人將會失掉靈魂，而在於人必須確保靈魂不會失掉。簡言之，根據基督教的倫理，對一個人說「**真該死！**」是邪惡的；但對他說「**找死嗎？**」絕對蘊含宗教和哲學意涵。

有戲謔歷史的幽默：

---

[40] *Ibid.*, 151.
[41] *Ibid.*, 206.

> For example, Mr. Blatchford attacks Christianity because he is mad on one Christian virtue: the merely mystical and almost irrational virtue of charity. He has a strange idea that he will make it easier to forgive sins by saying that there are no sins to forgive. **Mr. Blatchford is not only an early Christian, he is the only early Christian who ought really to have been eaten by lions.**[42]
>
> 舉例說，布拉奇福德先生抨擊基督教，是因為一種叫他發瘋的基督教美德：上帝對人類那種純屬神祕而近乎不理性的大愛。他有一個奇怪的想法：他會採取一個較容易的方法，藉著宣稱「無罪要赦」來赦罪。**布拉奇福德先生不但是早期的基督徒，而且是惟一應該給獅子吃掉的早期基督徒。**

此外，柴斯特頓龐沛的想像力，也是讀者歡笑的泉源。這可見於意象新穎的明喻（simile）：

> The oriental deity is like a giant who should have lost his leg or hand and be always seeking to find it; but the Christian power is like some giant who in a strange generosity should cut off his right hand, so that it might of its own accord shake hands with him.[43]

---

42 *Ibid.*, 36.

43 *Ibid.*, 200.

東方的神明有如一個失掉了手或腳的巨人，無時無刻不在尋找自己的肢體；基督教的大能者則像一個異常慷慨的巨人，把身上的右手砍斷，好使它能主動跟自己握手。

或精妙細緻的隱喻（metaphor）：

Melancholy should be an innocent interlude, a tender and fugitive frame of mind; praise should be the permanent pulsation of the soul. Pessimism is at best an emotional half-holiday; joy is the uproarious labour by which all things live.[44]
憂鬱應該是無傷大雅的插曲，是纖纖心靈剎那的飄泊；而靈魂應該永遠顫動著不息的讚美。悲觀充其量也只是情緒的半天休假；喜樂則是喧囂的、萬物賴以存活的勞動果實。

或出奇不意的擬人法（personification）：

The essence of all pantheism, evolutionism, and modern cosmic religion is really in this proposition: that Nature is our mother. Unfortunately, if you regard Nature as a mother, you discover that she is a stepmother.[45]
一切泛神論、進化論及現代以宇宙為本的宗教都抱有一個命

---

[44] *Ibid*., 242.
[45] *Ibid*., 166-167.

> 題：大自然是我們的母親。不幸的是，假如你視大自然為母親，就會發現她其實是後母。

或天馬行空的誇張辭格（hyperbole）：

> You could not even make a fairy tale from the experiences of a man who, when he was swallowed by a whale, might find himself at the top of the Eiffel Tower, or when he was turned into a frog might begin to behave like a flamingo.[46]
> 一個人給鯨魚吞掉後發現自己身處埃菲爾鐵塔之頂，又或變成一隻青蛙後行為彷似紅鸛；你甚至不能把這個經歷寫成童話故事。

柴斯特頓憑著驚人的創造力，以多種多樣的辭格，寓機智於幽默的諷刺，寄異趣於雄奇的想像，使讀者會心微笑或咯咯大笑之餘，不忘就人的存在進行透徹的反思。明喻、隱喻、擬人、誇張穿梭於文本之中，建構了一個發人深省的意象世界；譯文若只翻出表層的辭格，忽略深層的意涵，就談不上甚麼翻譯的藝術了。

結語

Orthodoxy 精湛之處，就是當許許多多的著作都只是圍繞著一個意念打轉時，它卻把許許多多的意念都放到一本著作裏，使讀者

[46] *Ibid.*, 184.

有幸走進享譽二十世紀最精妙頭腦的信仰之旅中。[47]假如對現代人來說，藝術是「人類和文化活命的化身，是社會現實和理想在物質、經濟、文化層面的表達，是在各個時期各個地方人類共有的深層思想、感情、需要、恐懼、希望的綜合觀照」，[48]那麼，*Orthodoxy* 堪稱一部現代世界的藝術傑作，因為全書通過綿密的生活弔詭，揭開現實世界眾多一般人尚未發現的道理，又或一體兩面的道理不被察覺的一端，使讀者赫然進入一個陽光普照的國度，在智慧和歡笑中重新認識近在身邊的各種真理，就像柴斯特頓發現英國發現基督教一樣，感到既驚訝又熟稔，「既有陌生城市的迷人感觸，又有原居城市的舒適自豪」。[49]難怪早在這本書面世時，已有書評指出它是防治精神錯亂的靈丹妙藥（antidote to insanity）。[50]面對這部英語世界的基督教護教經典，譯者只能憑藉對原著的評析，以相應的修辭手法，靈活地重塑文本川流不息的辯說技巧，使柴斯特頓層層疊疊的論點得以充分展現在漢語世界中。至於譯本能否成功地重現原文的藝術色彩，又或在譯入系統中引起平行的反響，恐怕並不是這篇文章所能論述的事情了。

---

[47] Cf. *Alliance Life*, quoted in Chesterton, *Orthodoxy*, [back flap].

[48] "Art: A World History," in *Art: A World History* (New York: DK Publishing, 1998), 6-7.

[49] Chesterton, *Orthodoxy*, 3.

[50] Rolfe Arnold Scott-James, "R. A. Scott-James: Mr. Chesterton's Masterpiece," *The Daily News*, 25 September 1908, in *G. K. Chesterton: The Critical Judgments, Part I: 1900-1937*, ed. D. J. Conlon (Antwerp: Antwerp Studies in English Literature, 1976), 161.

下卷

後結構主義思潮下的翻譯觀照

6. 翻出文字的性靈
——論基督教靈修著作的翻譯

提要

本雅明 1923 年提出「後起的生命」的說法，給德希達、德曼等解構思想家不少啓發。翻譯是原文的來生，來生使前生迸發光芒，通過「異花受精」、「異種繁殖」，原作的生命得以綻放異彩、長生不老。這種用生命的意象來談論翻譯的言說方式，恰是一種對視譯者如純器具者的諷刺。靈性，如麥格夫所說，來自信仰和生活創意而動態的聚合，由一種要真實地、盡心地、有效地、徹底地活出基督教信仰的渴望融鑄而成；靈修著作，靈性之作也，意即透現著生命精神韻致的作品。本文從本雅明的概念出發，以一部瑞典語靈修經典的英譯本的漢譯為例，指出愈有生命力的文字、愈具感召力的信息，其原文愈富綿延性；這樣的文字愈需要有生命力的譯者，注入人氣與靈氣，再創造文本的氣性、氣態、氣韻、氣魄，達致「見字不是字，見義不是義」那種義生文外、祕響旁通的境界。*

* 本文修訂自〈翻出文字的性靈——論基督教靈修著作的翻譯〉，《中國神學研究院期刊》42 期（2007 年 1 月）：頁 153-178。

6.1 翻譯的本質

翻譯是怎樣的一回事？常說翻譯是一道橋樑，既可橫貫東西，又可博通古今。表面看來，這種說法對翻譯推崇備至；翻譯彷彿是人類溝通功不可沒的盛事，壯觀程度，不亞於前人眼中的文學著作：「蓋文章，經國之大業，不朽之盛事。年壽有時而盡，榮樂止乎其身，二者必至之常期，未若文章之無窮。」❶但細加思索，「橋樑」一詞，不免帶來工具的聯想。所謂工具，不是指鋸刨犁鋤等進行生產勞動時所使用的器具，就是比喻用以達到目的之事物。❷換句話說，工具是次要的，是輔助性的，是功能性的。中國人之所以重視器具，是因為「工欲善其事，必先利其器」——器具是達到目的之必要手段，而絕不是因為器具本身有任何內在的價值。

把翻譯純看作橋樑，或等同器具，就是把翻譯看成沒有獨立生命的死物，即是一種好比電腦科技一般的技術、一個促進人類溝通的應用程式。這種想法隱含了一個假設，就是作品是有生命的，作者是有思想的；而譯作是原作的附庸，是傳遞生命的工具，譯者不應亦不容在譯作中滲入個人思想，其角色只是應用技術去傳遞原作生命的機械人。

這個假設背後，還有更深一層的假設：人是能夠操控自己，消除其個人的變數（背景、素養、識見、語言能力、寫作經驗等）而變成一件

---

❶ 曹丕，《典論及其他三種》，孫馮翼輯，王雲五主編（上海：商務印書館，1936），頁 1-2。

❷ 中國社會科學院語言研究所詞典編輯室編，《現代漢語詞典：修訂本》（北京：商務印書館，1997），頁 432。

不折不扣的利器的。愈能操控自己、泯滅個人特質的，就是愈成功而稱職的譯者。最佳的譯者相信是翻譯的小宇宙中最佳的軟件，只要把作品放入軟件的應用程式中，就確保能有效地生產質素穩定的譯作。持守這種信念的人，理應大力推動機械翻譯的發展；只有循這個方向，產品才不會因人這件翻譯工具所含的不穩定因素而令系統操作的健全穩妥受到侵損。

6.2 譯者的意識

作者有心（思想）是人所共知；譯者無意（意識），卻從沒有人宣之於口。有趣的是，從來沒有人聲稱譯者是一部翻譯機器，但不少人卻暗地裏對譯者抱有機械人的期望，甚至視之為理所當然的事情，不曾為意當中隱含著本質上的矛盾。這也許解釋了為甚麼一些文筆優秀又或思想獨到的作家不屑從事翻譯的工作，正如大家閨秀不恥嫁為奴婢，大將軍不甘統領蝦兵蟹將一樣。翻譯的大氣候如果不容許譯者有「個人的生命」，只有視生命氣息如糞土的人才會投身翻譯的工作。

歷史上好些創意盎然的大作家，從不以譯者自居，但他們的著作兼收並蓄，不時透現模倣或重寫的痕迹。只要執筆人不掛上翻譯的標籤，不鑲上翻譯的框架，就可佇立讀者跟前，綻放生命的光芒；而在「名門正宗」的翻譯作品中，譯者就得消失遁走，不得遺下半點兒生命的足印。試問有「心」有「意」的人又怎會對翻譯這種沒心沒意的活動提起勁兒呢？作者「有心思」，譯者若未譯先死，翻譯也就變得「無意思」。

固然，在不同類型的文章中，作者的位置不盡相同，不能一概而論。科技文章的作者，跟文學作品的作者，心思固然有別，但那僅是程度之別而已。沒有「意識」的文字根本並不存在，又或不被視作存在。有意思的文字，一定帶有意識，原作如是，譯作亦然。奇怪的是，大家習以為常地認為，譯者不可能有自己的意識，譯者只有一種意識是合法的，就是「要重現作者原來的意識」的意識。作者已死的今天，有誰曉得作者的原意？譯者若不加入自己的詮釋，又怎能了解作者的意識？要求譯者不得有意識的聲音，好像是對大家說：譯者必須先行死去，才能譯出忠於原文的作品。這個貌似玄妙、實則矛盾的說法，卻深得前文提及的翻譯工具論者的支持。死了的人，靠甚麼來翻譯整篇作品呢？不錯，就是靠操作翻譯軟件的機械人！

6.3 後起的生命

基督教有不少偉大的靈修作品，內容直指人心。作者細緻的筆觸、真切的情懷、剔透的感悟，帶著無盡的心思，一部翻譯機器也許連接收信息都產生故障，遑論解構、重組及發放信息。靈修著作，靈性之作也。靈性，正如麥格夫（Alister E. McGrath）所說，「來自信仰和生活創意而動態的聚合（creative and dynamic synthesis），由一種要真實地、盡心地、有效地、徹底地活出基督教信仰的渴望融鑄而成」。❸靈修著作，也就是那些透現著生命的精神韻致的作品。愈有生命力的文字、愈具感召力的信息，其原文愈富綿延性。生生

❸ Alister E. McGrath, *Christian Spirituality: An Introduction* (Oxford: Blackwell, 1999), 9.

不息，綿綿不絕——盡在生命。若「以生命傳生命」是基督教傳福音的金科玉律，那麼，譯者已死之軀，又怎能傳送生命？只有「以生命譯生命」——以譯者的生命翻出作者的生命——才能再現生命。

以生命的延續觀來看翻譯作品，譯作就是本雅明（Walter Benjamin）所謂的原文後起的生命（afterlife），或稱來生。通過翻譯，原文的生命得以延續；通過翻譯，被遺忘了的作品才會復活過來。葉維廉以「異花受精」、「異種繁殖」❹這兩個生命意象來闡釋翻譯的概念，便是要指出翻譯這種能打開一個文化的視野、擴展一個民族的感受網的活動，是生生不息的。歷來基督教的靈修作品廣被翻譯，深受愛戴，因為它們打開了通向上帝之門，叫身處不同時空的讀者得以把不同的思維和感悟方式兼收並蓄。沒有生命氣息的譯作，不僅不能延續原文的生命，甚至會扼殺滅絕了潛藏其內的各種可能性。後起的生命，應該像投胎重生的靈魂一般，令人覺得是一種「再創造」，否則，翻譯就是余光中所說的直譯、硬譯、死譯，「充其量只能成為剝製的標本：一根羽毛也不少，可惜是一隻死鳥，徒有形貌，沒有飛翔」。❺靈修經典又怎能在一副壞死的殘骸內好好存活下來？

---

❹ 葉維廉，〈破「信達雅」：翻譯後起的生命〉，《中外文學》23 卷 4 期（1994 年 9 月）：頁 82。

❺ 余光中，〈翻譯和創作〉，載《翻譯論集》，劉靖之主編（香港：三聯，1981），頁 121。

6.4 譯作的境界

那麼，譯者該如何模造或再創造後起的生命？中國的學說一向講求境界，境界之說，遍及文學、宗教、哲學、學術、藝術等層面。這裏不妨借用宋代青原惟信禪師的三種境界：「見山是山，見水是水」、「見山不是山，見水不是水」、「見山只是山，見水只是水」❻，來談說翻譯之道。翻譯靈修經典第一關，是「見字是字，見義是義」；第二關是「見字不是字，見義不是義」；第三關是「見字只是字，見義只是義」。

把「信、達、雅」視為金科玉律的譯者，其實是以信為先，寧信而失美，甚至因守信而成醜。他們也許正在第一關的路口踱步，徘徊在見字譯義的凡夫境界。追求「動態對等」的譯者，也許已越過第二關的關卡，進入超越字義表層結構的入聖境界；因為他們試圖打破「達、雅」與「信」二元對立的困局，從讀者接受的角度把「達、雅」看成「信」的必要條件，視前者為後者不可分割的一部分，因而巧妙地化解了「達、雅」與「信」的衝突。對翻譯無所依待、對原文無甚執持、任由譯本「義生文外」、「祕響旁通」❼的譯者，或者正飄浮在第三關的上空，遊走於不滯於字義的出聖回凡境界。

第一關的譯作，在忠於原文的大前提下，原作譯作界限分明，

---

❻ 普濟，《五燈會元》，卷 17，載《欽定四庫全書》，第 1053 冊（上海：上海古籍，1987），頁 44。

❼ 劉勰，《文心雕龍・隱秀第四十》，載《欽定四庫全書》，第 1478 冊（上海：上海古籍，1987），頁 55。

原作是主，譯作是次；這類見字譯義的作品，容易流於詰屈聱牙，因而與讀者緣份較為淺薄，作品早晚會氣盡而枯。第二關的譯作，強調與讀者的溝通，原作譯作雖然界限清晰，但兩者同樣重要；這類超越表層字義的譯作，流暢可讀，較易盪起讀者的共鳴，作品每每經再三傳頌而綻放生氣。第三關的作品，既譯非譯，非譯亦譯，原作譯作界限模糊；這類不滯於字義的譯作，雖然能激發讀者無窮的想像力，但由於原文譯文的關係飄忽，容易招來偏離原文的指摘，因而較難取得讀者廣泛的認同。在靈修著作的場景中，譯作要翻出原文的真義、釋放原作的性靈，也許至少要達致「見字不是字，見義不是義」的境界。

6.5 文字的性靈

譯作是原作後起的生命。奧遜（Charles Olson）把一首詩看成一個高度的「氣的建構」，認為詩歌每一分鐘每一點都同時是「氣的放射」；❽靈修的著作並無二致。靈氣逼人的靈修作品，每分每點都放射著它的氣性、氣態、氣韻、氣魄。譯者面對靈修巨著，好比王國維所說的詩人面對宇宙人生一樣，必須入乎其內，才能出乎其外，「入乎其內，故能寫之；出乎其外，故能觀之。入乎其內，故有生氣；出乎其外，故有高致」。❾下文將以 *Vägmärkan* 這個複雜

---

❽ 葉維廉，〈「出位之思」：媒體及超媒體的美學〉，載《比較詩學》（台北：東大，1983），頁 215。奧遜「氣的運行」的詩觀是他與克爾里（Robert Creeley）討論而成，原文見 Charles Olson, *Selected Essays* (New York: New Directions, 1966)。

❾ 王國維，《校注人間詞話》，徐調孚校注（上海：開明，1948），頁 39。

多元的結構為例，從後起生命、翻譯境界的角度探索翻譯靈修著作的進路與空間。

Vägmärkan 是前聯合國秘書長韓瑪紹（Dag Hammarskjöld）瑞典語的作品，於 1964 年面世。英譯本定名為 *Markings*，於同年出版，由英國大詩人奧登（W. H. Auden）與瑞典籍的舍貝里（Leif Sjöberg）合譯。由於奧登不諳瑞典語，所以譯本是先由舍貝里一句一語的翻出原文意思，再由奧登以極優美的文筆翻成英語。雖然 *Vägmärkan* 的誕生在歐美引起哄動，但在漢語世界卻鮮見迴響，蘇恩佩的節譯本《痕》⑩在 1987 年才正式出版；全譯本《痕／迹》則到了 2000 年才與讀者見面。

作品是各種元素有機的總和。要譯出作品的生命，首先要好好解讀作品。對讀者來說，閱讀過程就是記憶整合的過程。同樣是讀者的譯者，在詮釋作品的過程中，若要重建文本的整體意義，必須藉著「記憶的聚合」（memorial synthesis），以文本的宏觀的結構意義（macro-structural meanings），統攝一字一句微觀的結構差異（micro-structural differences），作品才會呈現有機性及連貫性。進一步來說，要確定文本的宏觀結構意義，譯者得找出文字表層結構外所包含的各種語境和文本以外的元素，例如作者的詩學觀、文本的歷史與社

⑩ 《痕》收錄於《蘇恩佩文集》（香港：突破，1987）。據該文集的主編李淑潔所說，蘇恩佩自 1969 年起就在台灣《校園》雜誌發表譯稿，定名為《痕》，其後因生病、工作繁忙及版權等問題，在 1982 年離世前只譯出原著約三分之一的篇幅。參李淑潔，〈關於《痕》〉，載《蘇恩佩文集》，第 1 冊（香港：突破，1987），頁 630-631。

會文化背景等。⓫要翻出 *Vägmärkan* 的生命，譯者先要確立這部著作整體的形象、筆調與意蘊，然後作出相應的翻譯策略。本文拿英譯本 Markings 和中譯本《痕／迹》來加以比較，重點不是就譯本的優劣作出評審，⓬而是藉著譯者在翻譯過程中的考慮和策略，探討翻譯靈修著作宜注意的事情。

6.5.1 風格與形象

英譯本的譯者奧登認為，*Vägmärkan* 不純粹是文學作品，而是一部專業活動家把行動與默觀巧妙結合起來的歷史文獻：

> 這本書原本不是叫讀者把它純粹看成文學作品的。它本身也是十分重要的歷史文獻，記錄了一個專業的活動家，試圖在生命中把行動與默觀巧妙結合起來的努力——而我想不起第二個這樣的人。大多數著名的神祕主義者都是不同默觀陣營的成員：他們或許會不時給世俗或屬靈的領袖提意見，卻從不認為自己的職責或功能是提供意見或參與世界事務的。⓭

⓫ Cok van der Voort, "Narratology and Translation Studies," in *Translation Studies: The State of the Art*, ed. Kitty M. van Leuven-Zwart (Amsterdam: Rodopi, 1991), 66-67.

⓬ 若就譯本的得失成敗作出評論，一般來說，評者不會談論自己翻譯的作品，以免受主觀所蔽，有所偏頗。若就譯本的目的、考慮及策略問題而討論自己翻譯的作品，歷來大有人在；這種做法可提供具體的一手資料，讓研究者對譯本牽涉的各種文本或文本以外的問題有較多向的認識。

⓭ 奧登著，莊柔玉譯，〈英譯本序言〉，載《痕／迹》，韓瑪紹著，莊柔玉譯（香港：基道，2000），第 1 部，頁 61。《痕／迹》一書共分三部，每部的頁數獨立計算。為免混淆，筆者在頁數前標出部數，以茲區別。

《痕》的譯者蘇恩佩認為 *Vägmärkan* 是韓瑪紹「屬靈的自傳」，「反映他對生、對死、對愛情、對苦的思索，反映他靈命的生長、掙扎與成熟，更反映他對所謂『十字架道路』的委身」。⓮不過，這本書卻不是一部普通的自傳，正如蘇恩佩所說：

> 這書的出現哄動了整個世界——在歐美尤甚。它初版不久，美國《時代雜誌》便用專欄來介紹它。假如《時代雜誌》的專欄報導可以代表世界輿論焦點的話，我們便可以稍為瞭解這本書所引起的哄動。正如一位美國已退休的聖公會會督皮保第（Bishop M. E. Peabody）說的：「每個人都擁有一本韓瑪紹的『Markings』了。不過很少人讀過它。讀過的人也沒幾個看懂了它」。⓯

Vägmärkan 既是十分重要的歷史文獻，又是一部舉世知名的札記／自傳，譯者得翻出原著的氣度，才算稱職；而原著的氣度，正正在於作者的氣概，因為札記的吸引力，無疑是來自撰寫者／敘述人（narrator）的魅力。所以，要再現 *Vägmärkan* 的生命，譯者必須讓作者沉鬱高潔、內歛正直的形象得以重生。

提及獨身，韓瑪紹用字含蓄晦澀；譯者亦步亦趨，重現其沉潛憂鬱的氣韻：

⓮ 蘇恩佩，〈靈魂的白皮書〉，載《蘇恩佩文集》，第 1 冊（香港：突破，1987），頁 640。

⓯ 同上，頁 638-639。

Incapable of being blinded by desire,

Feeling I have no right to intrude upon another,

Afraid of exposing my own nakedness,

Demanding complete accord as a condition for a life together:

How could things have gone otherwise?⓰

既不容讓欲望使自己盲目，

又感到自己無權侵擾別人的生命，

更害怕坦〔袒〕露自身的赤裸，

還要求完全的融洽，作為共同生活的條件：

事情還可以有別的發展嗎？⓱

論到成就，韓瑪紹不汲汲於功名，把榮耀歸於上帝；譯者以同樣抽離自省的文字，重塑其高尚的氣節：

Shame mixed with gratitude: shame over all my bouts of vanity, envy, and self-complacency -- gratitude for all to which my bare intention, though certainly not my achievement, may possibly have entitled me.

God sometimes allows us to take the credit -- for His work. Or withdraws from it into his solitude. He watches our capers on

⓰ Dag Hammarskjöld, *Markings*, trans. from the Swedish by Leif Sjöberg and W. H. Auden, foreword by W. H. Auden (New York: Ballatine, 1983), 72.

⓱ 韓瑪紹著；莊柔玉譯，《痕／迹》，第 2 部，頁 92-93。

> the stage with an ironic smile -- so long as we do not tamper with the scales of justice.[18]
>
> 羞愧與感激交雜：為著種種虛榮、善妒、自滿，我感到羞愧難當；為著種種僅僅是動機（絕不是成就）就已給予我的權利，心中不勝感激。
>
> 有時候，神容許我們領取為祂工作的功勞；有時則要我們黯然退下，進入祂孤寂的國度。只要我們沒有胡亂撥弄公義的天平，神會帶著諷刺的微笑，觀看我們在舞台上一幕又一幕的鬧劇。[19]

談及人性，韓瑪紹絕不妥協，立論精闢；譯者不得不以冷峻精準的文字，折射其孤高不凡的氣派：

> You cannot play with the animal in you without becoming wholly animal, play with falsehood without forfeiting your right to truth, play with cruelty without losing your sensitivity of mind. He who wants to keep his garden tidy doesn't reserve a plot for weeds.[20]
>
> 要跟內心的獸性嬉戲，你不得不變成徹頭徹尾的野獸；要弄虛作假，你不得不摒棄對真理的認知權利；要與殘酷交手，

---

[18] Hammarskjöld, *Markings*, 90.

[19] 韓瑪紹著；莊柔玉譯，《痕／迹》，第 2 部，頁 116。

[20] Hammarskjöld, *Markings*, 9.

> 你不得不扔掉心靈的敏銳感應。要保持園子整潔的人，不會留下少許空地，容讓雜草蓬生。㉑

文本是記憶的聚合，《痕／迹》所呈現的韓瑪紹形象，若與蘇恩佩研究得出來的「真正的」韓瑪紹遙相呼應，作品的生命也就更形立體：

> 跟他接觸過的人都不會忘記他那寬闊的前額以及額上顯著的皺紋。他眼神透露了他深思。他的一雙瞳人〔孔〕彷彿另一個世界，沒有人成功的深〔探〕測它的奧祕。他挺直、秀氣的鼻樑顯示他的高貴。他講話的語調、措辭的選擇，走路的姿勢都那麼自然的、毫無誇張的流露他的紳士風度——可以說「每一寸都是紳士。」㉒

6.5.2 語言與筆調

氣的結構，由文字建造；結構的活力，來自語言文字的魅力。身為外交大使的韓瑪紹既是文人，又是學者，自幼飽讀詩書，對哲學文學尤其有很深的造詣，1954 年膺選為瑞典研究院的院士。㉓ *Markings* 一書不是普通的札記，既移植了外語如拉丁文、法文、西班牙文的片言隻語，又嫁接（graft）了哲學文學宗教的哲思雋

㉑ 韓瑪紹著；莊柔玉譯，《痕／迹》，第 2 部，頁 13。

㉒ 蘇恩佩，〈靈魂的白皮書〉，頁 636-637。

㉓ 同上，頁 637。

語。作者敏感的心靈和細膩的筆觸，亦叫這本書放射著「音樂的美」與「繪畫的美」。㉔要譯出 *Vägmärkan* 的境界，譯者不得不進入作者的「匠心」，重塑「獨運」的語言。

6.5.2.1 外語移植

為了映照韓瑪紹聯合國秘書長的身分，中譯本《痕╱迹》保留了英譯本 *Markings* 的外來語，但基於不諳別國語言的中文讀者並不習慣外來語栽入漢語文字結構的情況，譯者採用註釋的方式，拾遺補闕：

> My devise -- if any:
> *Numen semper adest*
> In that case: if uneasy -- why?㉕
> 我設計的——如果有的話：
> *Numen semper adest.**
> 在這種情形下：假如感到不安——原因何在？
> * 這句拉丁文的意思是：神明常在。㉖

6.5.2.2 語段嫁接

韓瑪紹偶然會來個思想大融通，以下就是他把基督教三位一體

㉔ 聞一多〈詩的格律〉談及詩歌三美：「音樂的美」（音節）、「繪畫的美」（詞藻）和「建築的美」（節的匀稱和句的均齊），韓瑪紹的詩似乎較著重前兩者。參聞一多，〈詩的格律〉，北平《晨報·詩鐫》，第 7 號，1926 年 5 月 13 日，第 29-31 版。

㉕ Hammarskjöld, *Markings*, 120.

㉖ 韓瑪紹著；莊柔玉譯，《痕╱迹》，第 2 部，頁 152。

的真道與儒學一些重要觀念嫁接起來的例子，譯者嘗試用「明心見性」、「天下為公」等中國人熟悉的術語來開墾境界互涉的場域：

> " -- looking straight into one's own heart --
> (as we can do in the mirror-image of the Father)
> -- watching with affection the way people grow --
> (as in imitation of the Son)
> -- coming to rest in perfect equity"
> (as in the fellowship of the Holy Ghost)
>
> Like the ultimate experience, our ethical experience is the same for all. Even the Way of the Confucian world is a "Trinity."[27]
>
> 「——直照本心，明心見性——
> （如參照聖父形象的反省）
> ——察看眾生，以情觀照——
> （如效法聖子的行為）
> ——天下為公，棲息其中」
> （如與聖靈的契合）
>
> 我們的道德經驗好比終極的經驗，是人類共通的。儒家的道不也是「三而一」的真理嗎？[28]

6.5.2.3 音樂的美

---

[27] Hammarskjöld, *Markings*, 36.

[28] 韓瑪紹著；莊柔玉譯，《痕／迹》，第 2 部，頁 146。

韓瑪紹在札記中不時以詩的方式寫作，又或把一些別人的詩句段植入札記中。翻譯詩句，譯者往往在「模擬形式」（mimetic form）與「類似形式」（analogical form）之間作出取捨；前者複製原詩的形式，後者同化原詩的結構。[29]

下舉的兩行小詩是採用了抑揚格四音步的節奏，押韻工整，語調直接坦率，譯者以頓代步，用同樣淺白的語言，模倣每詩行四步協韻的節奏：

The fuss you make is far too much;

I really have no need of such.

(BIRGER SJÖBERG)[30]

你小題大做的事情何其多；

我真的不想它們來煩擾我。

——比耶・舍貝里（Birger Sjöberg）[31]

漢語一字一音的特色，較英語容易做到視覺上建築的美，原文

---

[29] 根據霍姆斯（James S. Holmes）的界分，採取「類似形式」的翻譯策略就是在本國的文學傳統中，找出一種能達到等同原文功能的相類形式，而採用「模擬形式」則是通過模倣原文的形式，把作品翻譯出來。参 James S. Holmes, ed., *The Nature of Translation: Essays on the Theory and Practice of Literary Translation* (The Hague: Mouton, 1970), 95-96。兩種形式的功能、作用，参莊柔玉，〈從對等到差異——解構詩歌翻譯的界限〉，《中外文學》31 卷 11 期（2003 年 4 月）：頁 230。

[30] Hammarskjöld, *Markings*, 61.

[31] 韓瑪紹著；莊柔玉譯，《痕／迹》，第 2 部，頁 79。

四句，句子層層遞進，譯者為了配合漢語修辭的特點，採用勻稱的結構，排列出看上去較原文更整齊的句陣：

With the love of Him who knows all,
With the patience of Him whose now is eternal,
With the righteousness of Him who has never
failed,
With the humility of Him who has suffered all
the possibilities of betrayal.[32]
懷抱祂的愛心——祂曉得一切，
持守祂的忍耐——永恆的忍耐，
秉承祂的公義——祂從不失信，
學效祂的謙卑——祂屢被出賣。[33]

鏗鏘的詩句，使文字在書頁上翩翩起舞，映照作者舞弄文墨的雅興。韓瑪紹無論是引用別人的詩，或自行創作，都流露了他的一份閒情：

韓瑪紹在他生命的最後三年開始寫詩，這叫我感到欣喜萬分，因為依我看來，他終於享有多年來祈求的平靜心境。一個人如果能全神貫注地數算音節，要末他還沒有尋求靈性的

[32] Hammarskjöld, *Markings*, 115.

[33] 韓瑪紹著；莊柔玉譯，《痕／迹》，第 2 部，頁 146。

> 突破，要末他已越過了嚴峻的考驗。[34]

這份閒逸的心情，在他的俳句詩充分體現出來。韓瑪紹在札記中明言：「十七音節／打開了門閘／通向回憶，通向意義」。[35]譯者翻譯俳句體時加入了這樣的註釋：

> 以下部分，原文用俳句寫成。俳句又名十七音詩，是日本詩體之一，一般以三句共十七音節組成一首短詩。根據奧登的註釋，俳句每行的音節沒有特別規定，但三詩行音節的總數一定是十七。奧登的譯本正是循著這個原則：每行的音節數目跟原文未必相同，但三行的音節數目必然是十七。譯者大致也參照奧登的做法，不過自添一項要求，就是第三詩行必須是四個音節，以配合漢語詩體的特色，試圖營造一種諧協的節奏，使詩節與詩節之間產生一種內在的聯繫。[36]

譯者若不全神貫注地數算音節，相信很難翻出韓瑪紹的逸致：

> The trees pant. Silence.
> An irresolute raindrop furrows
> The dark pane.[37]

---

[34] 奧登著，莊柔玉譯，〈英譯本序言〉，第1部，頁60。

[35] 韓瑪紹著；莊柔玉譯，《痕／迹》，第2部，頁190。

[36] 同上。

[37] Hammarskjöld, *Markings*, 153.

樹木喘息。靜寂中。
躊躇的雨犁出
黑窗浪迹。㊳

A cone of light in the fog.
A winter moth dancing
Round the lamp post.㊴
圓錐光柱，濃霧中。
燈杆旁一冬蛾
飛舞不休。㊵

6.5.2.4 繪畫的美

感覺有時，意象無限。艾略特（T. S. Eliot）所言的「客觀對應物」（objective correlative），就是一種以有限映照無限的美學手法。正如他所說，特定的事物、情景或事件的組合（意象），可以喚起某些特定的情緒；外在的事情會隨感官經驗消散，內在的情緒卻會因意象的出現而驟然泛起。㊶以下三個例子中，譯者嘗試以畫筆重繪原文空靈高逸的景致。

純粹寫景，清洌深湛：

㊳ 韓瑪紹著；莊柔玉譯，《痕／迹》，第 2 部，頁 191。

㊴ Hammarskjöld, *Markings*, 154.

㊵ 韓瑪紹著；莊柔玉譯，《痕／迹》，第 2 部，頁 191。

㊶ 參 T. S. Eliot, “Hamlet and His Problems,” in *The Sacred Wood: Essays on Poetry and Criticism* (London: Methuen, 1920), 95-103。

Light without a visible source, the pale gold of a new day. Low bushes, their soft silk-gray leaves silvered with dew. All over the hills, the cool red of the cat's-foot in flower. A blue horizon. Emerging from the ravine where a brook runs under a canopy of leaves, I walk out onto a wide open slope. Drops, sprinkled by swaying branches, glitter on my hands, cool my forehead, and evaporate in the gentle morning breeze.[42]
光——看不清來源。抹上淡金色的新的一天。矮樹叢柔軟的灰綠葉子，鍍上了銀露串串。山的四周也植滿了歐亞活血丹的冷紅。一望無垠的湛藍。一道清溪，流過樹影婆娑的峽谷。我繞過峽谷，走上一道遼闊的山坡。樹枝搖曳，灑下水珠點點，在我的手上來回閃動，給我的額頭帶來陣陣清涼，在清晨的微風中默默消散。[43]

融情於景，幽邃曠寂：

Weary birds, large weary birds, perched upon a tremendous cliff that rises out of dark waters, await the fall of night. Weary birds turn their heads towards the blaze in the west. The glow turns to blood, the blood is mixed with soot. We look out across the waters towards the west and upward into the soaring arch of the

[42] Hammarskjöld, *Markings*, 63.

[43] 韓瑪紹著；莊柔玉譯，《痕／迹》，第 2 部，頁 81-82。

sunset. Stillness -- Our lives are one with that of this huge far-off world, as it makes its entry into the night. -- Our few words, spoken or unspoken (My words? His words?), die away: now it is too dark for us to find the way back.[44]

倦鳥，一群疲倦的大鳥，棲息在險峻的懸崖上，靜候黑夜的降臨，崖下是陰暗的海浪。倦透的鳥兒回頭凝望西方的烈燄。火燄的光輝化成一片血紅，一片攙進了炭黑色的血紅。我們的視線越過海面，朝向西方，仰望日落高聳的拱門。寂靜無聲——偌大而遙遠的世界隱沒在黑夜的懷抱中，我們的生命與這個恢宏的世界契合起來。——剛才零碎的話，宣之於口或是藏在心底的，（我的？他的？）在昏暗的天色中逐漸消退：現在天太黑沈了，不能找回頭路了。[45]

以景喻事，淒美瑰麗：

The sacrament of the arctic summer night: an odor of ice and bursting buds -- the rust-brown gleam of bare tree trunks, the glitter of fresh resinous leaves -- the lap of water in the open channels, the warbling of the willow wren -- the deathly gleam of ice blocks in the slanting rays of the sun -- the rhododendrons breaking in a purple wave up the mooring beach -- here and

---

[44] Hammarskjöld, *Markings*, 62.

[45] 韓瑪紹著；莊柔玉譯，《痕／迹》，第 2 部，頁 81。

there in the sere scrub, white dots of Pinguicula, like drops of cool sunlit water. Victory -- ㊻

在嚴寒地帶夏日晚上的聖禮：冰雪與嫩芽混在一起的氣味——殘留在禿樹幹赤褐色的微光，映照著綠油油新葉的閃爍——開放水道中的一窪水，和應著垂柳上鷦鷯的顫音——夕陽殘照下，泛起冰塊死寂的浮光——杜鵑花的紫浪，席捲沼澤的淺灘——乾枯的矮松四周，盡是捕蟲菫菜的白點，恰如點點滴滴在陽光猛照下澄湛的寒水。勝利——㊼

6.5.3 思想與意蘊

Vägmärkan 的生命力，亦滲溢在其字裏行間的智慧與洞見中。根據奧登的分析：「兩個想法佔據了他的思想。其一，他相信人除非能夠學習忘卻自我，充當神的器皿，否則必不能恰如其分地承擔今生的召命。其二，他知道他個人被召要走的是朝向十字架的苦路，即是要面對人生的痛苦、世間的羞辱、肉體生命的犧牲。」㊽在那些想法的籠罩下，韓瑪紹寫人神關係深入細緻、情理並茂。譯者必須運用同樣意象新穎、情理交融而充滿邏輯張力的筆觸，才能使韓瑪紹那對神的忠誠與信靠再生於漢語的世界。以下的五個例子，折射了譯者再現原文境界的嘗試。

6.5.3.1 寫神的存在

㊻ Hammarskjöld, *Markings*, 66.

㊼ 韓瑪紹著；莊柔玉譯，《痕／迹》，第 2 部，頁 85。

㊽ 同上，第 1 部，頁 55。

God does not die on the day when we cease to believe in a personal deity, but we die on the day when our lives cease to be illumined by the steady radiance, renewed daily, of a wonder, the source of which is beyond all reason.[49]
我們不再相信有位格的神祇的那天，神並沒有因此死去。可是，一旦我們的生命不再接受那道穩定的光輝照明，我們就在那天死去。那道光輝天天更新，帶來驚歎，它的來源更是超乎理由的。[50]

6.5.3.2 寫神的眞實

On the bookshelf of life, God is a useful work of reference, always at hand but seldom consulted. In the whitewashed hour of birth, He is a jubilation and a refreshing wind, too immediate for memory to catch. But when we are compelled to look ourselves in the face -- then he rises above us in terrifying reality, beyond all argument and "feeling," stronger than all self-defensive forgetfulness.[51]
在人生的書架上，神是一部有用的參考書，時刻在手邊，卻甚少被查閱。在生命誕生這個塵垢滌盡的時刻，祂是歡欣的

---

[49] Hammarskjöld, *Markings*, 46.
[50] 韓瑪紹著；莊柔玉譯，《痕／迹》，第 2 部，頁 59。
[51] Hammarskjöld, *Markings*, 10.

源頭，又是送爽的涼風，只是來得太急，回憶未及捕足〔捉〕。然而，當我們逼於無奈正視自己的時候，祂就在我們面前升起（真實的情景叫人膽顫心驚），超過一切辯論、「感覺」；勝過一切自衛式的失憶。[52]

6.5.3.3 寫神的偉大

Thou takest the pen -- and the lines dance. Thou takest the flute -- and the notes shimmer. Thou takest the brush -- and the colors sing. So all things have meaning and beauty in that space beyond time where Thou art. How, then, can I hold back anything from Thee.[53]

祢提起筆——詩行凌空飛舞；祢拿起笛——音符閃爍耀目；祢執起畫掃——油彩繞樑飄盪。唉，在祢存在的那個超越時間的空間裏，萬物各得其所，美態盎然。我又怎能有所保留而不獻上一切？[54]

6.5.3.4 談人神關係中神的寬恕

Forgiveness is the answer to the child's dream of a miracle by

---

[52] 韓瑪紹著；莊柔玉譯，《痕／迹》，第 2 部，頁 14。

[53] Hammarskjöld, *Markings*, 100.

[54] 韓瑪紹著；莊柔玉譯，《痕／迹》，第 2 部，頁 128。

which what is broken is made whole again, what is soiled is again made clean. The dream explains why we need to be forgiven, and why we must forgive. In the presence of God, nothing stands between Him and us -- we are forgiven. But we cannot feel His presence if anything is allowed to stand between ourselves and others.[55]
孩提的異夢：破鏡重圓，覆水回收；寬恕就是那根神仙棒。這個夢解釋了我們為甚麼必須被寬恕，又為甚麼要寬恕人。神臨在時，在我們與神之間沒有屏障——我們已被寬恕。但我們如果容讓自己與其他人之間存有障礙物，就不能感受到祂的臨在了。[56]

6.5.3.5 談人神關係中人的悔疚

The feeling of shame over the previous day when consciousness again emerges from the ocean of the night. How dreadful must the contrast have been between the daily life and the living waters to make the verdict one of high treason. It is not the repeated mistakes, the long succession of petty betrayals -- though, God knows, they would give cause enough for anxiety and self-contempt -- but the huge elementary mistake, the

[55] Hammarskjöld, *Markings*, 105.
[56] 韓瑪紹著；莊柔玉譯，《痕／迹》，第 2 部，頁 135。

betrayal of that within me which is greater than I -- in a complacent adjustment to alien demands.[57]

黑夜的海洋再度泛起醒覺的波濤時，又再羞愧難當，醒悟昨天之不諫。啊！我竟作出了嚴重背叛的裁決，那麼我日常的生活與生命的活水，必定是強烈的對比！那不是重複的錯誤，不是多次的輕微出賣——雖然（神知道）這些已足以叫人焦慮不安和自我鄙視——而是重大的基本錯誤，那就是當自己洋洋自得地迎合外來的要求時，出賣了在內心比「我」還要偉大的祂。[58]

義生文外，祕響旁通。「韓瑪紹敏於自省，敏於觀照生命，敏於思索宇宙的奧祕和人神關係。」[59]譯者的任務，也許就是牽引讀者走進韓瑪紹的內心深處，觸碰那份降服自我、默觀世象、上達穹蒼的情懷。

6.6 靈氣與人氣

翻譯若等同簡單的文字轉換（transfer），工作大可以機器代勞。正在發展的機械翻譯，正邁向以電腦取代人腦的方向，憑藉高科技的先進技術，嘗試從語言學的法則開拓非人化的自動翻譯系統。假如把字義翻出來就能完成翻譯的任務，翻譯的工作也就來得

[57] Hammarskjöld, *Markings*, 36.

[58] 韓瑪紹著；莊柔玉譯，《痕／迹》，第 2 部，頁 49-50。

[59] 黃國彬，〈序莊柔玉漢譯韓瑪紹的《痕／迹》〉，載《痕／迹》，第 1 部，頁 10。

輕省便捷，就如說話只取其表面字義而不用顧及潛台詞，閱讀不用理會作品的文化脈絡，談判不用先摸清對方的底細底線，演講不用注意觀眾的反應反響等。電腦不能取代人腦的地方，也許就是翻譯的活力魅力生命力所在之處。字義如果是文章的關節，譯者的人氣則能舒筋活絡，令文本迸發生機。

有生命的東西，蘊含著一定程度的不可確定性（undecidability）或不穩定性（instability）。既是作者又是讀者的譯者，在翻譯的過程中難免滲入閱讀的詮釋。把翻譯作品視為翻譯生命，看似掌握了作品的生殺大權，其實很容易招來劊子手的責難。譯者之所謂忠於原文，也許就是常存警惕的心，忠於各種從觀察、分析、推論、研究得出的結論，藉著聖靈的光照，把靈修著作——創意而動態的靈性聚合——以另一種語言呈現讀者眼前，好使作品直接進入人的生命中，透過聖靈的感召，帶來心靈的碰撞、衝擊、震盪，使生命得到更新、提昇、轉化。不一樣的作者，創造出不一樣的作品，人所共知；不一樣的譯者，再創造出不一樣的譯本，則有待相信。

7. 從對等到差異
——解構詩歌翻譯的界限

提要

隨著解構理論的崛起，翻譯的研究出現了很多可能性。翻譯作品不一定是邊緣的文學；譯者不再是工匠或文學批評家的附庸。「詩不可譯」的觀念，源自一種以原文為主、譯文為次的思維方式。譯評家往往以原文為基礎，通過原詩譯詩的對照研究，判斷譯作的翻譯水平與文學價值，使譯詩者永遠立於必敗之地；不同譯作之間的分別只在於哪一首譯詩失誤較少。詩歌翻譯若能超越這種主次關係，以翻譯目的為首要考慮，就能展現不可能的可能。本文嘗試綜合詩歌翻譯及研究之目的，檢視翻譯詩歌涉及的五種可能性：重現訊息、文學評賞、文學創作、文化研究、語言解構。這五種取向反映了詩歌的譯者或研究者從對等步向差異的求索過程——從對作者的忠順，走向對原文的悖逆；從對源語的考究，走向對譯語的解構；從對語言學的應用，走向對文學、文化、語言哲學的探索。*

---

* 本文修訂自〈從對等到差異——解構詩歌翻譯的界限〉，《中外文學》31 卷 11 期（2003 年 4 月）：頁 215-239。承蒙台灣中外文學月刊社允許採用，特此鳴謝。

詩是以最濃縮的形式，盛載最豐富訊息的一種文學體裁。詩歌的節奏揉合了一種語言的音韻和格律，詩歌的意象蘊涵了一種語言的文化素養和遺產，要以最有限的形式來展示最無限的內容，其難度不言而喻。要把一種語言的詩用另一種語言翻譯出來，翻譯的過程必然有所損失。譯者無論把原詩直接移植還是移花接木，都只會吃力不討好；因為不是把詩歌的元素分解重組，就能把詩歌的體系重新整合。因此，詩歌翻譯被視為不可能的任務。伏爾泰（Voltaire）相信：「詩歌是不可能翻譯的；你能否把音樂翻出來？」弗羅斯特（Robert Frost）甚至認為：「詩是翻譯中失掉的東西。」❶

不過，除非我們完全否定詩歌翻譯的價值和意義，否則總得要尋找出路。本著這種精神，譯詩便是展現「不可能的可能」的過程。❷舉個例說，詩人雪萊（Percy Bysshe Shelley）雖然相信詩歌翻譯是不可能的任務，但仍從希臘文、拉丁文、西班文和意大利文翻出不同的詩歌譯本，即是一方面強調譯詩乃艱鉅而徒勞無益的事情，另一方面又致力從事這項艱鉅而徒勞無益的工作。❸這種積極務實的態度，也見於一些當代的評論家。默溫（W. S. Merwin）認為：

---

❶ 這兩句常被引述的名言，見 Roger Chriss, "Quotes About Translation," in *The Language Realm*, <http://home.earthlink.net/~rbchriss/Library/Quotes.html> (9 January 2002)。

❷ 樹才，〈譯詩：不可能的可能——關於詩歌翻譯的幾點思考〉，《翻譯思考錄》，許鈞主編（武漢：湖北教育出版社，1998），頁 394。

❸ David Connolly, "Poetry Translation," in *Routledge Encyclopedia of Translation Studies*, ed. Mona Baker (London: Routledge, 1998), 176.

「我依然相信，雖然我不懂怎樣翻譯，但又有誰懂？這是不可能卻又必要的步驟，沒有完美的處理手法，但盡可能為每一首詩找辦法」。❹

「詩不可譯，但仍要譯」的想法背後，其實是一種以原詩為主、譯詩為次的思維方式。譯評家關注的是譯作失去了多少，而不是它令原詩生色了多少。譯詩評論往往以原文為基礎，通過原詩譯詩的對照研究，探討譯詩相符或不符原詩的地方，從而判斷譯作的翻譯水平與文學價值。這種規範性的研究進路，使譯詩者永遠立於必敗之地：因為翻譯取向若是為了重現原詩的格律、意象、詩意、境界等，譯作一定遜於原作；不同譯作之間的分別只在於哪一首譯詩失誤較少。譯詩者只能置身於相當狹窄的活動空間中。

那麼，是否除了採用以原文為主的模式外，詩歌翻譯就沒有其他的可能性呢？隨著二十世紀七、八十年代西方翻譯理論的興起，翻譯的研究出現了很多可能性。翻譯作品不再被視為邊緣的文學；翻譯研究也不再等同於邊緣的學科；❺譯者也不再被看作工匠或文學批評家的附庸。除了翻譯學躍升為一門獨立的學科外，翻譯在文化或文學系統的角色也從對原文的依附中釋放出來。原文和譯文關係的反思與重整成為翻譯理論的研究焦點之一。原詩的位置不一定是主，譯詩的位置不一定是次；於是，詩歌的翻譯和研究出現了許多可能性。詩歌的譯者和譯評者可以重新定位，按其翻譯和研究的

---

❹ Daniel Weissbort, ed., *Translating Poetry: The Double Labyrinth* (London: Macmillan, 1989), 139.

❺ Susan Bassnett and André Lefevere, eds., *Translation, History and Culture* (London: Pinter, 1990), 12.

目的而展開不同的翻譯或研究工作。不同的翻譯或研究目的，自必然帶來不同的研究成果，❻本文嘗試綜合詩歌翻譯及研究的目的，檢視詩歌翻譯的空間及其涉及的五種可能性。

7.1 第一種可能性：重現訊息

假如從事詩歌翻譯或詩歌翻譯研究的主要目的是重現蘊藏在文字中的訊息；那麼譯者的任務就是把原文的意義準確無誤地翻譯出來，甚至犧牲形式上的優美也在所不惜；而研究者的任務，則是通過原詩和譯詩的比較研究，論證譯文的準確度。這裏引伸出兩個問題。其一，一個文本所蘊含的訊息是客觀存在的事實嗎？它豈不是開放的、有待詮釋才能變成有意義的實體嗎？第一種可能性之所以存在，正是由於一些詩歌譯者或研究者相信，客觀存在著凌駕於詮釋的絕對訊息。這個信念是否可取，並非本文討論的範圍；但由此衍生出來的翻譯策略，卻值得我們探討。其二，詩歌翻譯不是以美學或藝術考慮為主的嗎？為甚麼像論說文章一樣以追求意義上的對等為大前提？以意義的展現為先、以形式的探索為後的作品，還可界定為詩歌嗎？值得注意的是，這種對詩歌的假設，並不是放諸四海皆準的，而是視乎文體的界分準則。我們不妨從《聖經》中〈詩

---

❻ 正如弗美爾（Hans J. Vermeer）所說，忠於原文只是一種可能的、合理的翻譯目的或任務。翻譯總有某種目的，所以要用某種方法，來配合清楚界定的目標。忽視翻譯的目的，會導致嚴重的後果；有了目的或任務，至少可以解決宏觀的翻譯策略問題。參 Hans J. Vermeer, “Skopos and Commission in Translational Action,” in *Readings in Translation Theory*, ed. Andrew Chesterman (Helsinki: Finn Lectura, 1989), 185。

篇〉的翻譯，探索第一種詩歌翻譯或研究的可能性。

《聖經》是上帝的話，被基督教奉為獨一無二的經籍，崇高的地位神聖不可侵犯。由於《聖經》的文字是認識上帝直接的渠道，譯者、讀者甚至《聖經》的詮釋群體（interpretive communities）每每以重現訊息為翻譯或研究的目的。就以〈詩篇〉二十三篇為例，雖然中文聖經在過去的一個世紀有數個白話文全譯本問世，但譯文卻大同小異。《國語和合譯本》（或稱《和合本》）（1919）和它的修訂本《新標點和合本》（1988）出版時間相差六十九年，但分別只在於：一、原來的標題給刪去；二、在標點符號運用和句子排列方式上稍作改動。至於詩歌的內容，則隻字不改：

第二十三篇

耶和華為牧者

1. 大衛的詩。耶和華是我的牧者·我必不至缺乏。
2. 他使我躺臥在青草地上、領我在可安歇的水邊。
3. 他使我的靈魂甦醒、為自己的名引導我走義路。
4. 我雖然行過死蔭的幽谷、也不怕遭害·因為你與我同在·你的杖、你的竿、都安慰我。
5. 在我敵人面前、你為我擺設筵席·你用油膏了我的頭、使我的福杯滿溢。
6. 我一生一世必有恩惠慈愛隨著我·我且要住在耶和華的殿中、直到永遠。[7]

---

[7] 《聖經：和合本（神版）》（香港：香港聖經公會，1999），頁673。

23

大衛的詩。

1　耶和華是我的牧者，

我必不至缺乏。

2　他使我躺臥在青草地上，

領我在可安歇的水邊。

3　他使我的靈魂甦醒，

為自己的名引導我走義路。

4　我雖然行過死蔭的幽谷，

也不怕遭害，

因為你與我同在；

你的杖，你的竿，都安慰我。

5　在我敵人面前，你為我擺設筵席；

你用油膏了我的頭，使我的福杯滿溢。

6　我一生一世必有恩惠慈愛隨著我；

我且要住在耶和華的殿中，直到永遠。❽

上述兩個譯本都是以英文聖經的《修訂本》（1885）為藍本的。根據希伯來文、希臘文聖經翻成的《呂振中譯本》（1970），在遣詞造句、意象的運用上，與《和合本》大同小異：

---

❽　《聖經：英皇欽定本／新標點和合本》（香港：香港聖經公會，1992），頁853。

第二十三篇

大衛的詩。

一　永恆主是牧養我的；我沒有缺乏。

二　他使我躺在青草地上：

　　他領著我到靜水之處，

三　使我的精神甦醒。

　　為了他自己之名的緣故

　　他引導我走對的轍跡。

四　就使我行於漆黑之低谷中，

　　我也不怕遭害；

　　因為是你和我同在；

　　你的棍你的杖、都安慰我。

五　我敵人面前你為我擺設筵席；

　　你用油滋潤我的頭；

　　我的杯滿滿、直溢出來。

六　儘我一生的日子

　　必有福祉和堅愛隨著我；

　　我必長久

　　住在永恆主的殿中。❾

以高調姿態挑戰《和合本》權威的《聖經新譯本》，竟然在意

❾ 呂振中譯，《聖經：舊新約聖經》（香港：香港聖經公會代印，1993），頁984-985。

象和詩句的表達上，與《和合本》十分相近，除了多加了一個標題外，遣詞造句跟《和合本》如出一轍：

第二十三篇

耶和華是好牧人

大衛的詩。

1 耶和華是我的牧人，我必不會缺乏。

2 他使我躺臥在青草地上，
領我到安靜的水邊。

3 他使我的靈魂甦醒；
為了自己的名，他引導我走義路。

4 我雖然行過死蔭的山谷，也不怕遭受傷害，
因為你與我同在；
你的杖你的竿都安慰我。

5 在我敵人面前，你為我擺設筵席；
你用油膏了我的頭
使我的杯滿溢。

6 我一生的日子，必有恩惠慈愛緊隨著我；
我也要住在耶和華的殿中，直到永遠。❿

參照英文聖經《現代英文譯本》（*Today's English Version*）（1976）、強調以動態對等為翻譯原則的《現代中文譯本》

---

❿ 《聖經新譯本》（香港：天道書樓，1993），頁 710-711。

（1979），可說是眾多正統譯本中最敢於把原文意象刪除、以意譯的方式處理文化意象的版本，例如把「使靈魂甦醒」譯為「賜給我新力量」；把「為自己的名義」譯成「按照著應許」；把「油膏頭」譯成「待我如上賓」。這些改動，都是其他譯本所沒有的：

23

上主是我的牧者

1　上主是我的牧者；
　　我甚麼都不缺乏。
2　他讓我歇息在青草地上，
　　領我到安靜的溪水邊。
3　他賜給我新力量。
　　他照著應許引導我走正直的路。
4　縱使我走過死蔭的幽谷，我也不怕災害；
　　因為有主你跟我同在。
　　你用牧杖引導我，
　　用牧竿保護我。
5　當著我的敵人，你為我擺設盛筵；
　　你待我如上賓，斟滿我的杯。
6　我一生將享受你的恩惠和不變的愛；
　　我要永遠住在你的殿宇中。⓫

⓫ 《聖經：現代英文譯本／現代中文譯本》（香港：聯合聖經公會，1994），頁 891-892。

雖然這樣，《現代中文譯本》在詩歌形式的處理上跟其他譯本一樣，都是無押韻的新詩。反觀二十世紀的白話文譯本，包括天主教的《思高譯本》和基督教的意譯本《當代聖經》在內，沒有一個譯本嘗試創作嶄新的詩歌形式，如中國的古體詩或西方的格律詩，來展現〈詩篇〉隱而未顯的生命。我們或可這樣推斷，在第一種可能性中，原文遠較譯文重要，譯詩形式的探索不僅屬於次要的，甚至被視為有損原文訊息的傳達，所以不受譯者或研究者重視。研究這類詩歌的譯作，猶如研究原文一樣，焦點是藉譯本認識原文；譯本也就是扮演著重現原文訊息的功能角色。

7.2 第二種可能性：文學評賞

假如翻譯詩歌的目的是為了帶出文學評賞的角度，那麼，譯者的任務就是追求文學功能上的對等，而研究者的任務則是從原詩和譯詩的比較分析中找出譯作的文學價值。這種譯詩取向，可見於以下四首拜倫（George Gordon Byron）詩歌的漢譯：⑫

So We'll Go No More A-Roving

So we'll go no more a–roving

So late into the night,

⑫ 拜倫這首詩歌還有其他譯本，本文只選取韓迪厚提供的四個譯本，以配合有關文學評賞的討論。這四個譯本分別收錄在梁文星譯的〈拜崙詩鈔〉、林以亮譯的〈拜崙〉、施穎洲的〈世界名詩選譯〉及余光中的〈英詩譯註〉。參韓迪厚，〈一詩四譯之商榷〉，載《翻譯縱橫談》，香港中文大學校外進修部編輯（香港：香港辰衝圖書，1969），頁 112。

Though the heart be still as loving,
And the moon be still as bright.

For the sword outwears its sheath,
And the soul wears out the breast,
And the heart must pause to breathe,
And Love itself have rest.
Though the night was made for loving,
And the day returns too soon,
Yet we'll go no more a–roving
By the light of the moon.⓭

那麼我們就不要再去搖船

那麼我們就不要再去搖船
　　在這樣深深的夜裏，
雖然心的愛戀仍像是從前，
　　月色也與從前無異。

因為利劍已經磨損了劍鞘，
　　靈魂也磨損了身體；
心靈必須停止呼吸與搏跳，
　　愛情自己也得休息。

⓭ George Gordon *Byron, Byron's Poetry*, ed. Frank D. McConnell (New York: Norton, 1978), 22.

雖然黑夜不過是為了欣歡
　　白天就要將它趕去，
可是我們卻不願再去搖船
　　在靜如水的月光裏。

（梁文星譯 1940）

那麼我們再也不要去遊蕩

那麼我們再也不要去遊蕩
　　一直到深深的夜裏，
雖然心中的愛總還是一樣，
　　月亮的光也與前無異。
因為劍匣不再能盛利器，
　　心胸也容納不了靈魂，
心臟一定要停一下子才能透氣，
　　需要休息的是愛情本身。

雖然愛情應該留在晚上，
　　而且轉眼就回來的是白天，
可是我們再也不去遊蕩
　　在這大好月色的夜間。

（林以亮譯 1953）

那麼，我們就不再去遊玩

那麼，我們就不再去遊玩

　　到那麼深深的夜裏，
縱然心兒還是一樣愛戀，
　　月光也還一樣明麗。

因為寶劍已經磨穿劍鞘，
　　靈魂也已磨折心境，
心兒也應該停止呼吸了，
　　愛情本身也需要安寧。

縱然良夜當前正好愛戀，
　　白晝回來又太匆匆，
可是我們已不再去遊玩，
　　在那月明的光輝中。

（施穎洲譯 1955）

夜 別

讓我們不要再繼續徘徊
　　到如此深沉的夜晚，
雖然兩顆心仍如此相愛；
　　而月色仍如此光燦。

寶劍會磨穿了它的長鞘，
　　靈魂會磨透了胸膛，
兩顆心必需停下來喘息，
　　愛情本身也需要休養。

雖然夜晚是最宜於戀愛，

　　而白晝歸來得匆匆，

讓我們不要再繼續徘徊，

　　在如此明月的光中。

（余光中譯 1960）

這四首詩歌雖然在選詞用韻上各具心思，但翻譯的策略可說是如出一轍的，都是採用自由詩體，盡量重塑原詩的意象、音律與韻式。當然，不同譯者也會基於自己的詮釋和美學感應，加入原詩所無的想像。例如，梁文星的譯本就把 "a-roving" 譯成「搖船」，與別不同（或許純屬誤譯），又在最末詩行加入「水」的意象；余光中對詩題的處理十分大膽，乾脆以「夜別」二字來畫龍點睛，又把末行譯成「在如此明月的光中」，隱含自己的名字。有趣的是，四首詩寫於 1940-1960 年間，翻譯的取向都是以文學評賞為依歸，譯本的格調可謂大同小異。除此之外，談論這四首譯詩的韓迪厚，也是以文學評賞的角度出發。韓迪厚以原詩為本，對四個譯本逐處檢視，探求譯詩能否展現原詩的神髓，並作出了以下的評價：

> 四首譯詩中梁譯最早，那時譯者的年齡比拜倫寫詩時更輕，應該最能體會作者的心情。首先我們應當提到的當然是譯者看錯了題……完全是無心之失。⓮

⓮ 韓迪厚，〈一詩四譯之商榷〉，頁 105。

林譯的長處與短處恰好一樣：便是過份在格調上求全。譯者潛心研究西洋詩多年，譯此詩時正在壯年，宜乎有這樣的現象。⓯

施譯力求工整，緊跟原文，亦步亦趨；可惜幾個「不再」與「已經」使全詩脫軌，把原詩弄得面目全非。⓰

余譯在文法上最正確，註解也很精闢。題目譯為「夜別」，雖非直譯，卻抓住了作者的原意。⓱

由此可見，在詩歌翻譯的第二種可能性中，原詩還是佔據著主導地位。譯者以重現原文的文學價值為己任；研究者通過文學或比較文學研究指出譯詩的優勝劣敗。這種詩歌翻譯與研究的進路，可說是譯評界最常見的一種取向。歷來談論詩歌翻譯，不少文章是環繞著文學評賞這個範圍的：譯作的質素是否符合文學的規範？譯詩跟翻譯其他文學體裁有何不同？譯詩本身的藝術價值如何？譯者應否是詩人？譯詩標準如何釐定？應否用無韻詩翻譯格律詩或以古詩譯新詩？詩歌翻譯有何步驟及如何實踐？原詩與譯詩在格律、意象上有何分歧？在這種詩歌翻譯的可能性中，詩歌翻譯可謂文學研究或文學評論的一個分支。

⓯ 同上，頁 106。

⓰ 同上，頁 108。

⓱ 同上，頁 109。

7.3 第三種可能性：文學創作

翻譯詩歌，也可以是引入新的創作模式的一種途徑。余光中談到翻譯和創作的關係時指出：「我必須再說一遍：翻譯，也是一種創作，一種『有限的創作』。譯者不必兼為作家，但是心中不能不瞭然於創作的某些原理，手中也不能沒有一枝作家的筆。」⑱許淵沖在〈譯詩六論〉中提出六種靈活變通的翻譯方法：「譯者一也（identification）」、「譯者藝也（re-creation）」、「譯者異也（innovation）」、「譯者依也（imitation）」、「譯者怡也（recreation）」、「譯者易也（rendition）」，認為譯者可在翻譯的實踐中檢視翻譯創作的可能性。⑲

兩位譯者強調的，其實都是翻譯不離創作的事實。但他們並不認為翻譯等同創作，對譯者來說，翻譯和創作之間，仍以翻譯為主，創作為次。所以翻譯是「有限的創作」，或藉創作來實踐翻譯。袁可嘉以下的譯詩，正實踐了一種他稱為「有所本創造」的翻譯原則：「有人強調翻譯——特別是譯詩——是一種再創造，這話有它的道理，但它畢竟是有所本的『創造』，是以對原作的全面亦步亦趨為最高準則的。」⑳

---

⑱ 余光中，〈翻譯和創作〉，載《翻譯論集》，劉靖之主編（香港：三聯，1981），頁 133。

⑲ 許淵沖，〈譯詩六論〉，載《文學翻譯談》（台北：書林，1998），頁 275-316。

⑳ 袁可嘉，〈譯詩點滴談〉（「當代翻譯研討會」宣讀論文，香港大學舉辦，1987 年 12 月 17-21 日），頁 10。

The Scholars

Bald heads forgetful of their sins,	a
Old, learned, respectable bald heads	b
Edit and annotate the lines	a
That young men, tossing on their beds,	b
Rhymed out in love's despair	c
To flatter beauty's ignorant ear.	c
All shuffle there; all cough in ink;	d
All wear the carpet with their shoes;	e
All think what other people think;	d
All know the man their neighbour knows.	e
Lord, what would they say	f
Did their Catullus walk that way?[21]	f

原詩是四音步（tetrameter）的節奏。葉芝（W. B. Yeats）通過略為沉重、緩慢的節奏來影射那些毫無創意的老學究枯槁乏力的生命。此外，詩歌也有一定的韻式：ababcc dedeff，其中第一詩節的第一、三行及第五、六行，以及第二詩節的第二、四行押近似韻（approximate rhyme）。[22]也許葉芝不想死守格律的規範，除了選擇較

---

[21] W. B. Yeats, *The Collected Poems of W. B. Yeats*, ed. Richard J. Finneran (New York: Collier, 1989), 140-141.

[22] 近似韻又稱為不完全韻（imperfect rhyme）、大概韻（near rhyme）、半諧韻（half rhyme）、斜韻（slant rhyme）等，意指部分符合押韻條件的韻，例如

靈活的跳躍律（sprung rhythm）外，㉓又在韻式上稍為破格，以免自己顯得像他諷刺的學者一樣墨守成規。

袁可嘉的譯詩確能做到他提倡的最高準則：「對原作的全面亦步亦趨」。譯詩同樣是兩詩節每節六行、四音步、㉔ ababcc dedeff 韻式，㉕除第一詩節第五、六行押了完全韻（perfect rhyme），跟原詩稍有出入外，押近似韻地方也緊貼原詩，甚至用註釋來保留「伽圖」這個獨特的文化意象。

學　者

禿腦瓜／忘卻了／自己的／罪孽，　a
博學／可敬的／老腦瓜，／禿又光，　b
編輯呀，／注釋呀／青年人／詩集，　a
他們／夜不寐，／愛中／絕望，　b

只有元音相同而其後的輔音不同，又或元音不同而其後的輔音相同。參高東山，《英詩格律與賞析》（香港：商務印書館，1990），頁 24。

㉓ 這首詩的輕重音安排較靈活，並非一般的揚抑格或抑揚格模式，本文把它界定為跳躍韻。

㉔ 一般來說，詩句的跳躍韻在漢詩無法翻譯，但音步卻可以模倣，藉頓或音組來表達。音組的定義，參屠岸，〈譯後記〉，載《十四行詩集》，修訂本，（上海：上海譯文出版社，1981），頁 174。

㉕ 詩評家也許會認為袁可嘉押韻並不像原詩般工整，因為他沒有完全換韻。驟眼看來，第一詩節的第二、四行的「光」（guang）與「望」（wang）、第五、六行的「唱」（chang）與「囊」（nang），以及第二詩節第五、六行的「講」（jiang）與「樣」（yang），同屬 ang 的韻系。其實，袁可嘉對押韻有相當嚴格的要求，三組韻押的是元音兼介音，分別是 uang、ang、iang，同中有異，可算作三種韻。詩的韻式仍屬相當工整。

寫下來／好把／詩句／吟唱，　　c
去奉承／美人／無知的／耳囊。　　c

全都／蹣跚走，／對墨水／咳嗽，　　d
全都／用鞋子／把地毯／磨損；　　e
全都／想著／別人的／念頭，　　d
全都／認得／鄰居的／熟人。　　e
老天爺，／他們／有甚麼／好講，　　f
難道／伽圖[1]／走路／也這樣？　　f

1 伽圖（Gaius Valerius Catullus）是公元前一世紀羅馬抒情詩人。

（袁可嘉譯 1992）[26]

袁可嘉本身是著名的詩人，他的譯作無疑引入了英文詩的創作模式，使翻譯揉合了創作而帶來本土文學的新景象。無論詩歌的譯者是否認為翻譯是引進新創作模式的手段，這種亦步亦趨的翻譯實踐其實已豐富了譯語國家的「文學形式庫」。我們大可把葉芝的詩譯成以下的模樣：

[26] 這個譯作收錄於張曼儀主編，《現代英美詩一百首》（香港：商務印書館，1992），頁 11。《駛向拜占庭》這部翻譯作品自選集也收錄了〈學者〉。袁可嘉作了一些文字上的改動，例如「好把詩句吟唱」改為「把詩句吟吟唱唱」，「全都想著別人的念頭」改為「全想著人轉過的念頭」，又把伽圖的註釋由「羅馬抒情詩人」改為「羅馬愛國志士」等。參葉芝等著；袁可嘉譯，《駛向拜占庭》（北京：中國工人，1995），頁 137。不過，後者的翻譯策略並無改變，仍是以亦步亦趨的方式模倣原詩的形式。

學究

禿頭／老叟／把罪忘
博大／精深／人景仰
編輯／註釋／愛詩行
年青／伙子／輾在床
絕戀／怨調／苦吟唱
無知／美人／心蕩漾
蹣跚／咳嗽／全相像
磨蝕／地毯／同標榜
思緒／感觸／亦相彷
相知／相遇／無別相
天啊／他們／有啥講
李白／詩蹤／也這樣?

用中國古詩常用的七言句，以二、二、三斷句法配合三音步節奏貫穿全詩，兼且一韻到底（押 ang 韻），甚至把原詩的文化意象「伽圖」改為「李白」——打油詩畢竟也是譯詩的一種存在方式。相對於袁可嘉「異化」的翻譯策略，這首打油詩採用了「歸化」的翻譯方法。後者雖然在內容上跟原詩甚為相近，但它既不能移植簇新的文學創作模式，也不能帶來文學形式的探索，甚至完全偏離了原詩的旋律，局部棄用獨特的文化意象；因此，在翻譯的目的和功能上，皆與袁譯迴異。在詩歌翻譯第三種可能性中，傳達原文的意義並不是至為重要的。譯者的任務，不是以「類似形式」同化原詩的結構，像〈學究〉一詩；而是通過「模擬形式」㉗複製原詩的形式，從而引進新的創作模式。研究者的任務，是從譯詩的藝術價值探索文學移植的得失。由於譯詩的優劣直接呈示了文學形式是否合用，因此，跟第一和第二種可能性不同，譯文較原文顯得重要。

7.4 第四種可能性：文化研究

詩歌的翻譯和研究還可從文學走進文化的領域。就以莎士比亞（William Shakespeare）第十八首十四行詩（sonnet）為例，這首詩目前至少有十九個譯本，㉘不同的譯者抱有不同的翻譯目的，其中梁宗岱和屠岸的譯文，就像袁可嘉譯 "Scholars" 一樣，以亦步亦趨地模倣原詩的格律為翻譯原則——把英國十四行體（又稱莎士比亞體）三個四行詩節（quatrain）加上一組對偶句（couplet），以及五音步加上 abab cdcd efef gg 的韻式等，移植到漢語的詩歌體系中。㉙

㉗ 根據霍姆斯的界分，採取「類似形式」的翻譯策略就是在本國的文學傳統中找出一種能達到等同原文功能的相類形式，而採用「模擬形式」則是通過模倣原文的形式把作品翻譯出來。參 James S. Holmes, ed., *The Nature of Translation: Essays on the Theory and Practice of Literary Translation* (The Hague: Mouton, 1970), 95-96。

㉘ 據陳耀基研究，除了黃杲炘錄出的十六種譯文外，還有黃龍及辜正坤的譯文。參陳耀基，〈欲盡繆斯意，惟求呂谷才——以舊詩中譯英詩管窺〉，《翻譯學報》5 期（2001 年 4 月）：頁 62。如果把他自己的譯文也算在內，目前最少有十九種譯本。

㉙ 在中國現代的文學場景中，十四行詩不是完全陌生的詩體。聞一多、朱湘、馮至等早已把十四行體引入中國文壇，並加以歸化。例如，馮至於 1942 年出版了《十四行集》，聞一多、朱湘、卞之琳等分別把白朗寧（Elizabeth Barrett Browning）、莎士比亞及奥登的十四行體翻成漢語。參 Mary M. Y.

Sonnet

Shall I compare thee to a Summer's day?
Thou art more lovely and more temperate:
Rough winds do shake the darling buds of May,
And Summer's lease hath all too short a date:
Sometime too hot the eye of heaven shines,
And often is his gold complexion dimmed;
And every fair from fair sometime declines,
By chance or nature's changing course untrimmed:
But thy eternal Summer shall not fade
Nor lose possession of that fair thou owest;
Nor shall Death brag thou wanderest in his shade,
When in eternal lines to time thou growest:
So long as men can breathe, or eyes can see,
So long lives this, and this gives life to thee.[30]

我怎麼／能夠／把你來／比作／夏天？ a
你不獨／比它／可愛／也比它／溫婉： b
狂風／把五月／寵愛的／嫩蕊／作踐， a

Fung, "Strategies in Poetic Translating" (paper presented at Conference on Translation Today organized by Hong Kong Institute for Promotion of Chinese Culture, Hong Kong, 17-21 December 1987), 28。

[30] William Shakespeare, *The Sonnets*, ed. G. Blakemore Evans (Cambridge: Cambridge University Press, 1996), 41.

夏天／出賃的／期限／又未免／太短，　b
天上的／眼睛／有時／照得／太酷烈，　c
它那／炳耀的／金顏／又常遭／掩蔽：　d
被機緣／或無常的／天道／所摧折，　c
沒有／芳艷／不終于／凋殘／或銷毀。　d
但是／你的／長夏／永遠／不會／凋落，　e
也不會／損失／你這／皎潔的／紅芳，　f
或死神／誇口／你在／他影裏／漂泊，　e
當你在／不朽的／詩裏／與時／同長。　f
只要／一天／有人類，／或人／有眼睛。　g
這詩／將長存，／並且／賜給你／生命。[31]　g

能不能／讓我來／把你／比擬作／夏日？　a
你可是／更加／溫和，／更加／可愛：　b
狂風／會吹落／五月裏／開的／好花兒，　a
夏季的／生命／又未免／結束得／太快，　b
有時候／蒼天的／巨眼／照得／太灼熱，　c
他那／金彩的／臉色／也會／被遮暗；　d
每一樣／美呀，／總會／離開美／而凋落，　c
被時機／或者／自然的／代謝／所摧殘；　d
但是你／永久的／夏天／決不會／凋枯，　e

---

[31] 莎士比亞著；梁宗岱譯，《莎士比亞十四行詩》（台北：純文學出版社，1992），頁 18。

你永遠／不會／失去／你美的／儀態； f
死神／誇不著／你在他／影子裏／躑躅， e
你將在／不朽的／詩中／與時間／同在； f
只要／人類／在呼吸，／眼睛／看得見， g
我這詩／就活著，／使你的／生命／綿延。[32] g

與這種十四行詩體媲美的譯本，是兩個以古文譯古文、以古詩譯古詩的譯文：

敢教夏日，與君鬥芳比美？ a
夏日比君、遠遜柔婉嬌媚。 a
狂飆肆虐，摧折五月佳蕾， a
好景不常、夏容轉瞬憔悴。 a
穹蒼明眸，閃爍何其炎炎， b
時亦不免，掩晦天公金顏。 b
千嬌百媚，終有一日失妍， b
物換星移，天道戕殘無情。 c
君之長夏，流芳卻不凋零， c

---

[32] 莎士比亞著；屠岸譯，《十四行詩集》，修訂本（上海：上海譯文出版社，1981），頁 18。屠岸這首譯作有數個版本。不同版本的差異不大，屠岸在選詞用字上作了少許改動。本文選用 1981 年這個較多譯評家談論的版本，其他版本見莎士比亞著；屠岸譯，《莎士比亞十四行詩集》（上海：上海譯文出版社，1988）；莎士比亞著；屠岸譯，《莎士比亞十四行詩一百首》（北京：中國對外翻譯出版公司，1992）。

君之紅顏，亦將永葆青春。　　d
魔影難侵，死神枉自誇矜，　　d
君何不朽？只緣詩中有君。　　d
人若能長久，有目能長睹，
此詩亦長在，令君垂千秋。㉝

夏日嫵媚與卿比？卿實遠勝嬌且妍！　　a
夏蕾難抵急風簸，九夏匆匆教人憐。　　a
天眸炎炎光熾猛，金顏耀耀恆常難。　　b
時逝無情紅顏謝，最是婉孌最易殘。　　b
卿之夏日寧有盡？明媚鮮艷永不衰。　　c
毋庸驚畏死神犯，恆留詩章與時垂。　　c
人若未亡目未眇，詩存卿在兩不危。㉞　　c

黃龍的翻譯標準是：「以文言翻譯文言，保持語言風格的一致性。」㉟陳耀基的翻譯信念是：「歸根結底，舊詩與西洋詩的分別源於審美情趣的迥異，向西洋詩取法不應該限於詩本身，要拓展舊詩的領域，更應該向西方的審美情趣、審美思維借鑒。如果真的有愈來愈多的詩人譯者日夕潛心於以舊詩翻譯西洋詩，筆接中西，心

㉝ 黃龍，《翻譯藝術教程》（南京：南京大學出版社，1988），頁 120-121。

㉞ 陳耀基，〈欲盡繆斯意，惟求昌谷才——以舊詩中譯英詩管窺〉，頁 65。

㉟ 黃龍這段引文的第一個「文言」，指漢語中相對白話而言的古體文，第二個「文言」則泛指各種語言中非當代的語言。參黃龍，《翻譯藝術教程》，頁 113。

連今古，假以時日，舊詩會有一番新氣象也未知。」㊱這兩個例子顯示，應否保留原詩的文學形式根本不是譯者的顧慮：黃龍的譯詩雖然是十四行，但末尾的對偶句竟然不押韻；陳耀基的譯本只得七行，儘管每行由兩絕句組成，但與原詩十四行的建築有很大的分別。他們通過對英漢兩種語言特徵的剖析，自行定下譯文的表達形式。儘管譯詩的外貌跟原詩有極大的差異，他們並不覺得有違翻譯的精神。黃龍譯詩的目的，可界定為對英漢兩種語言特徵的探索；陳耀基想達致的，表面上是以舊詩譯西洋詩的境界，更深一層來說則是中西兩種文化的會通與轉化。

以文化研究角度出發的詩評家，側重的既不是譯詩在傳遞原文訊息上的準確度，也不是譯作的文學價值，亦不是文學移植的得失；研究的焦點是通過原詩譯詩的差異，探究譯者面對的制約或規範。回到十四行詩的例子，梁譯和屠譯分別是四、五十年代的作品，黃譯和陳譯則是八十年代以後的譯作。顯然，後者在翻譯手法上較靈活、自由，敢於另闢翻譯詩歌的格局。這個翻譯現象所反映的絕對不僅是個別譯者的才情或翻譯觀點，而是整個文學翻譯氣候的嬗變。研究者不妨從十九個現存譯文的比較研究，藉「描述翻譯研究」㊲的方法，找出不同時期不同譯者所面對的文學、翻譯或文化規範。㊳在這種可能性中，原文和譯文同是突顯時代變遷、文化

㊱ 陳耀基，〈欲盡繆斯意，惟求昌谷才——以舊詩中譯英詩管窺〉，頁 68。

㊲ 有關描述性翻譯研究的理念、論據、在翻譯研究的位置、翻譯策略及研究方法等，參 Gideon Toury, *Descriptive Translation Studies and Beyond* (Amsterdam: John Benjamins, 1995)。

㊳ 黃杲炘在《從柔巴依到坎特伯雷：英語詩漢譯研究》一書中列出了十六種莎

差異、觀念演變等的原始素材，因而享有同樣重要的地位。

7.5 第五種可能性：語言解構

翻譯是否一定要受原文約束的呢？對譯文讀者來說，沒有翻譯，原詩根本不存在，[39]只有譯本，才能賦予原詩生命。在較廣闊的層面來看，何謂原詩？它豈不又是時代的產物，無論在意念或形式上，豈非都是前人作品的綜合體，是歷代語言的派生物？換句話說，原詩本身都是一種翻譯，翻譯著他人的思想、社會的規範、時代的脈搏、語言的邏輯。至於原詩所傳遞的意念，並無絕對性或確定性，隨著不同的譯詩釋放出來，生生不息，斷續循環。抱持這種翻譯觀的譯者，譯詩的目的當然跟上述四種可能性的譯者大相逕庭。翻譯不過是語言的遊戲，在翻譯的過程中，譯者透過差異讓意義衍生出來。用布朗紹（Maurice Blanchot）的說法：「翻譯是純粹的差異遊戲：翻譯總得涉及差異，也掩飾差異，同時又偶爾顯露差

士比亞第十八首十四行詩的譯文，其中有著名翻譯家如朱湘、梁實秋、屠岸等的譯本，也有較鮮為人知的譯本。黃的分析可界定為以價值判斷出發的規範性研究方法。他雖然察覺到大陸和台灣採用的詩體有些分別，卻沒有就這個現象作進一步的研究，只就十六個譯文的異同作出了如下的總結：「總的說來，譯過莎翁全部十四行詩的譯者所譯，並且又多次進行認真修訂的譯文較好較成熟」，又認為戴鎦齡的譯詩標準較莎學權威梁實秋高。參黃杲炘，《從柔巴依到坎特伯雷：英語詩漢譯研究》（武漢：湖北教育出版社，1999），頁 292-296。對描述性翻譯研究者來說，這類評價不免流於主觀和片面。他們有興趣的是這首詩為甚麼有多個譯本，不同譯本的同異反映了甚麼跨時空或跨文化現象等問題。

[39] Edwin Gentzler, *Contemporary Translation Theories* (London: Routledge, 1993), 145.

異，甚至經常突出差異。這樣，翻譯本身就是這差異的活命化身。」[40]

在英詩漢譯的文本中，聲稱抱有上述翻譯目的之作品十分罕見。[41]我們不妨再舉葉芝的“Scholars”為例。拙譯〈學究〉這首打油詩能否當作「正式」的翻譯甚成疑問，因為所採用的體裁本身已屬次文化的產物，不能登「正統」詩歌的大堂。但對提倡解構（deconstruction）的譯者來說，所謂正統與非正統文學是相當人為的界分。為甚麼嚴肅的詩歌韻式不宜一韻到底？為甚麼音步或音組要有一定的變化才能符合美學的原則？為甚麼模倣甚至是複製原詩的形式是翻譯重要的課題？如果換了形式，詩就變得面目全非，那〈學究〉呈示著的是甚麼樣的內容，它跟原詩存在著怎麼樣的關係？〈學究〉這個譯本跟原詩的差異，豈非更能突顯諷刺詩的本質？——因為它在諷刺學者之餘，也在諷刺表達諷刺的工具；因為它的存在正挑戰著傳統詩歌的美學概念，質疑著詩歌形式的權威性和合理性。再進一步來說，譯詩顛覆著的，除了是原詩的文學形式外，還有詩的語言本身；而在顛覆的過程中，不僅是原詩的意義得到解放，連語言本身也陷入解構的張力中。可見解構翻譯不但觸發了停不了的問題，還啟動了停不了的發問過程。解構翻譯者不獨不懼怕原詩與譯詩的差異，而且擁抱、甚至刻意製造兩者的差異，來達致解構語言的翻譯目的。

---

[40] Lawrence Venuti, “Introduction,” *Rethinking Translation: Discourse, Subjectivity, Ideology*, ed. Lawrence Venuti (London: Routledge, 1992), 13.

[41] 這種翻譯觀在漢語系統中屬於相當邊緣的見解。因此，即使有譯作想實踐這樣的翻譯理念，也較難取得主流文化的認同，因而較難在主流刊物中發表。

同樣地，研究詩歌翻譯的目的若是語言的解構，研究者的任務或許就是從原詩譯詩的差異尋找意義的再生。翻譯是一種閱讀、一個詮釋、一場誤會、一次輪迴……譯作與原詩之間構成了一個關係網。譯作愈多，關係網絡愈大，愈能把意義的複雜性、多元性、矛盾性、無定向性等解放出來。再以第十八首莎翁的十四行詩為例，解構研究者的焦點絕不會是哪一個譯本最貼近原文的神髓、最富有文學的氣息、最充滿探索的精神、最能揭示文化的制約。研究者通過對同一個譯本的多重閱讀，以及對多個譯本的差異解讀，把詩歌蘊含的意義釋放出來。研究者尋求的不是原詩絕對的詮釋，而是通過解讀與研究的過程，讓語言自我解構，讓意念輪迴再生。所謂原文譯文的主次問題不再重要，因為原詩和譯詩的界限並不存在。也許，當中文聖經的學者致力在比較分析《和合本》、《聖經新譯本》、《現代中文譯本》、《呂振中譯本》的經文的可信性時，解構研究者卻把焦點放在李常受《恢復本》[42]這個基督教的邊緣譯本上，從其冗長的註釋及個別的神學見解，發掘聖經文字的浮動性、歧異性、可塑性……讓原文進入「漫遊」（wandering）、「飄移」（errance），甚至是「永遠流放」（permanent exile）的「運動」（movement）中。[43]

上述五種詩歌翻譯與翻譯研究的可能性，可從下表見其梗概：

---

[42] 在基督教群體中，李常受的《新約聖經：恢復本》被視為「不太正規的譯本」。參羅民威、江少貞，〈「呼喊派」與《新約聖經恢復本》〉，《時代論壇》750期，2002年1月13日，第1版。

[43] Paul de Man, “Conclusions: Walter Benjamin’s ‘The Task of the Translator’,” in *The Resistance to Theory* (Minneapolis: University of Minnesota Press, 1986), 92.

詩歌翻譯之取向	1	2	3	4	5
翻譯/研究目的	重現訊息	文學評賞	文學創作	文化研究	語言解構
譯者任務	追求意義上的對等	追求功能上的對等	引入新的創作模式	探索兩種語言及文化的特徵	釋放語言的意義
研究者任務	從原詩譯詩比較研究論證譯文的準確度	從原詩譯詩的比較分析找出譯作的文學價值	從譯詩的藝術價值指出文學移植的得失	從原詩譯詩的差異看譯者背後的規範	從原詩譯詩的差異解構語言的本質
原文/譯文地位	原文遠較譯文重要	原文較譯文重要	譯文比原文重要	原文譯文同樣重要	原文譯文的界限消失
研究方法	原文研究、規範性翻譯研究	文學或比較文學研究	文學形式探索	描述性翻譯研究	解構分析

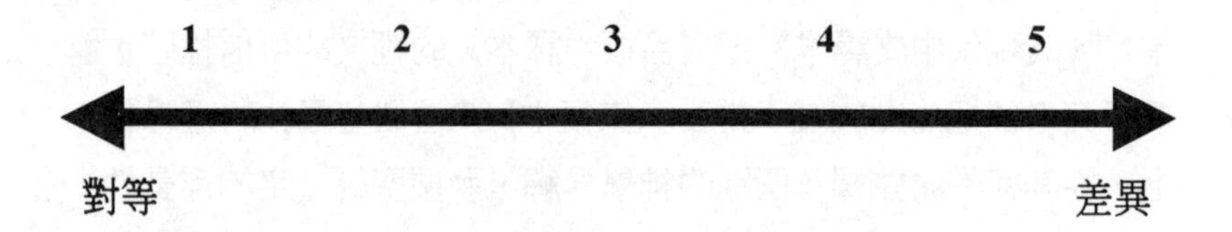

這五種可能性，正反映了詩歌的譯者或研究者在尋求原文與譯文的對等與差異上的分歧。第一種可能性是求其「同」；第五種可能性則是取其「異」，其他的則處於兩者之間。從第一種可能性步向第五種，也就是從對等邁向差異的求索過程——從對原文的依附，走向對原文的悖逆；從對源語的考究、走向對譯語的解構；從對語言學的應用，走向對文學、文化、語言哲學的探索。譯者／研究者盡可按其翻譯／研究的目的，在求同取異之間作出自己的選擇，共同開拓詩歌翻譯／研究的各種可能性。

8. 觀念與現象
——從晚近譯本探視聖經漢譯的原文概念

提要

譯文源於原文，原文順理成章是主要、先在的；譯文則是次要、後存的；譯文的存活不能脫離原文，譯文的價值須由原文賦予。重原文、輕譯文的觀念，在聖經翻譯上尤為牢固。問題在於，所謂原文聖經，並不是一個原始或獨一無二的藍本；不同的源文版本又隨新發現的文獻、語言學的研究或經文鑑別學的發展推陳出新。源文既不是原文，就不能等同神的話語，享有絕對的權威。聖經的譯本從源文而來。假如愈貼近神的聖言的源文版本愈受尊崇，最富權威的中文聖經理論上應該是翻自最受聖經學者推崇的源文版本：《和合本》備受高舉的現象卻呈現了譯本反客為主、顛覆原文的痕迹。究竟是信徒群體不為意原文／源文的分野，甚至漠視原文的存在，還是認為譯本可獨立於原文、甚至偏離原文而自我發展？本文擬從晚近基督教中文聖經的翻譯現象，探視聖經漢譯涉及的原文概念。*

---

* 本文修訂自〈觀念與現象——從晚近譯本探視聖經漢譯的原文概念〉，《「自西徂東」——馬禮遜牧師來華二百週年紀念論文集》（香港：基督教文藝出版社，2008），該論文集預計於 2008 年下半年出版，承蒙會議主辦單位允許採用，特此鳴謝。

8.1 原文的先在地位

談翻譯，不得不談原文；沒有翻譯所據的原文，翻譯就跟創作無異，譯本就沒有了譯本之所以為譯本的獨特性——即一種依附另一文本而存在的特性。在一般狹義的層面上來說，這個說法不會惹來多大的爭議。所謂狹義，是針對以文字為基礎在特定時空下產生的文本來界說。一個呈現在特定時空具體的文本，如果跟另一個呈現在特定時空具體的文本具有一定程度的相似性，而兩者的存在又有先後之分，則後者無論有否聲稱是依據前者，已有翻譯之象；❶後者若自稱是依據前者，則有翻譯之名。

譯文既然源於原文，原文順理成章是主要、先在的；譯文是次要、後存的；譯文的存活不能脫離原文，譯文的價值須由原文賦予。這些想法，可追溯到德希達（Jacques Derrida）指出從「在場形而上學」（the metaphysics of presence）而來的二元對立思維方式。用這種思維方式剖視原文的概念，原文譯文的界限愈見分明：原文是屬於主體、內在、本體、真理、真實、本質等層次的事物；相對來說，譯文就屬於客體、外在、形式、神話、表現、偶發等層次的東西。原文代表西方邏輯上與「根本」、「本質」、「原理」、「中心」等相關的理念，屬於一種圓滿、內含的自我存在狀態；相對來說，譯文是非本質、次等、派生、不完全的狀態。❷被視為原生、超越

---

❶ 這裏不說翻譯之實，因為不排除思想有相似的可能性，而相似不一定是從模倣而來。

❷ 參奚密，〈解結構之道——德希達與莊子比較研究〉，載《現象學與文學批評》，鄭樹森編（台北：東大圖書公司，1984），頁 203-204。

的原文，一向備受高舉；被看成衍生、附庸的譯文，不免受到貶抑。

重原文、輕譯文的觀念，在聖經翻譯上尤為牢固。除了上文提及的二分律導致原文優於譯文的觀念根深蒂固外，聖經的本質亦為原文添加了毋庸挑戰的宗教權威，叫譯文的地位更見低微。對奉聖經為至高無上宗教典籍的教派而言——姑勿論是基督教、天主教、東正教——新舊約聖經即是「神的話語」。神的話語當然神聖不可侵犯，不得扭曲分毫。聖經譯本的出現，就是為了準確無誤地傳達神的話語；稍有差池，後果堪虞。這種對原文極度尊崇的想法，在英文聖經《欽定本》（*Authorized Version*，1611）（又稱《英皇詹姆士譯本》，*King James Version*）的序言可見一斑：負責撰寫譯本的譯者充其量只是聖言的傳聲筒（mouthpiece），而譯本採用的英語也只是傳遞聖道的媒介（medium）。❸這種想法背後，正是一種聖經譯本必須絕對「忠於原文」的信念：譯本不忠於原文，就失去了其存在的價值；不忠於原文的譯本不能容於教會，信徒也恥於接受。

8.2 原文有別於源文

聖經是神的聖言。更確切的說法，聖經是「用人的語言寫成的神的聖道」（God's word in man's language）。❹對信徒來說，忠於原文

---

❸ Eugene Chen Eoyang, "The Myths of Theory," in *The Transparent Eye: Reflections on Translation, Chinese Literature, and Comparative Poetics* (Honolulu: University of Hawaii Press, 1993), 25.

❹ 參 Eugene A. Nida, *God's Word in Man's Language* (New York: Harper & Bros., 1952)。

的翻譯原則完全符合信仰精神，因為忠於原文就等於忠於神的話。問題在於，如果原文的定義，如前文所說，是一個呈現在特定時空具體的文本，那麼，聖經的原文根本並不存在；聖經各書原來的經卷早已散失，存留至今的全是抄本的抄本的抄本。舊約文本的傳抄歷史，可追溯至公元前 300 年，至少可分為四個不同階段，包括文本多樣化時期（約公元前 300－公元 100 年）、文本定型時期（約公元 100－500 年）、馬所拉時期（約公元 500－1000 年）、印行版本時期（十五世紀至今）。❺由聖經書卷成書至十五世紀現代印刷術面世約二千年間，聖經的出版全賴人手抄寫而成，各個現存的抄本之間又存在著大小的差異；小的如字詞串法之不同，大的如文字段落之增減。因此，所謂原文聖經，並不是一個原始文本（urtext），或一個獨一無二的藍本（prototype），而是從各種現存手抄本重構出來、被鑑定為最能復原最早經卷面貌的文本。

換句話說，原文聖經其實指從各式各樣抄本證據編彙出來的「原文聖經版本」。就新約而言，抄本證據包括大約 5000 份或部分或完整的希臘文抄本、2000 份希臘文經課集、8000 份拉丁文抄本，以及 1000 份其他古代譯本的抄本。這些抄本包含大量的新約經文，抄寫時間在原稿面世後一個世紀之內。另有超過 50 份在新約書卷成書後三個世紀內謄抄的抄本，包括兩份基本上完整的新約抄本。此外，古代教父以希臘文、拉丁文或敘利亞文撰寫的作品，亦是新約文本的佐證，因為它們載錄了數以千計的新約聖經引

---

❺ 參漢語聖經協會，《聖經研究篇：經文與抄本》，國際聖經百科全書 9C（香港：漢語聖經協會，2003），頁 19-49。

句。[6]由此可見，原文聖經絕不是一個先在、圓滿、自足、統一的文本。聖經翻譯所依據的「原文」，不是二分律中那個「原生的」、「超越的」原文。所謂原文聖經，其實是衍生、後存、憑佐證編彙的文本。即是說，在聖經翻譯的實踐上，原文只是一個抽象的概念，具體的文本其實是依附原文這個概念而衍生的聖經版本。由於先在的原文（original text）並不存在，聖經譯者所依據的，其實是從考證而來的源文（source text）。

原文與源文的區分，對聖經翻譯的研究甚為重要。其一，這有助澄清原文聖經的概念：「原文聖經」不是一個先在圓滿的文本，而是一個後存衍生的版本。其二，這解釋了為何同樣聲稱忠於原文的聖經譯本，在文字上呈現很大的差異；因為源文不只一個，不同譯本依據的源文不盡相同。其三，這揭示了所謂聖經原文的權威並非絕對，須視乎源文是否可靠；因為忠於原文其實是忠於源文。其四，探討個別聖經譯本必須先研究其依據的源文；因為同為聖經譯本，卻往往不是根據同一個源文來翻譯。其五，聖經學者難以從不同譯本文字上的差異，通過逐字逐句的比較研究，歸納出翻譯策略的異同；因為譯本所據的源文不盡相同，不同的譯本不能視作源自同一原文底本。

8.3 原文權威的轉移

如上文所述，聖經原文的權威來自兩方面，其一是形而上學二元對立的思維方式，其二是聖經乃神的話語的信念。就第一方面來

---

[6] 同上，頁 67。

說，「源文不是原文」的認知，使「原文聖經」這個概念滲入了不穩定因素。「原文聖經」不再是一個固定不變、界限清晰的指涉符號：在每個聖經翻譯的事件或行為中，被視為原文聖經的源文並不相同，「原文聖經」這個「意符」於是隨源文的變動而具不同的「意指」，這無疑削弱了「原文聖經」這個符號所享有與「根本」、「本質」、「中心」等觀念相連繫的優越性。可以說，原文乃源文的事實在概念上動搖了原文聖經屬於主體、內在、本體、真理、真實、本質等想法的根基，源文相對於譯文雖然仍是先存的，但其原生或超越的特質卻受到質疑。

至於第二方面，聖經的原文之所以備受高舉，是因為「原文聖經」在概念上等同神的聖言。假如原文聖經指從眾多佐證編彙出來的「原文聖經版本」（即據以翻譯的源文版本），而這個版本又會隨新發現的文獻、語言學的研究或經文鑑別學的發展而有所改動，其絕對權威不免受到質疑。❼原文聖經之所以享有絕對權威，是基於上帝的聖言是永恆、超越、無謬誤、歷久不衰的信念；相對來說，聖經的源文版本卻是短暫、有限、有錯漏、有待修訂的。原文既不等同源文，附於原文的權威就不可能直接轉移到源文上。源文的權威因而有層次之分：愈貼近神的話語的版本理論上應享有較多權威。那些被視為偏離神的話語的版本，雖然同樣稱為聖經的源文，但不一定享有原文的權威。至於何謂貼近或偏離，則視乎各種與聖經相關的研究得出的結論。

---

❼ 例如在 1947 年發現的死海古卷，被鑑定為舊約文本最古老的抄本，對舊約經文鑑別學產生了很大的衝擊。

回到翻譯一個最基本的假設：譯文源於原文；譯本的特性從原文而來。假如較貼近神的聖言的源文版本應享有較多的權威，那麼譯自較貼近神的聖言的源文版本也應享有較多的權威。如果這個假設成立，最具權威的譯本理論上應是譯自最富權威的源文聖經。這個說法包含兩重意思：其一，直接翻自希伯來文舊約聖經和希臘文新約聖經的譯本應有較高的地位；因為少了起碼一重語言轉換的功夫；其二，翻自較受聖經研究學者推崇的源文的譯本應有較高的地位；因為多了一重學術權威的論證。在晚近中文聖經的畛域，源文主要是希伯來文、希臘文版本，以及英語版本。根據上述的假設，可推論出以下兩點：其一，源文若是同具學術權威，翻自希伯來文、希臘文源文版本應較英語源文版本優勝；其二，翻自較具學術權威的源文版本應有較高的地位。

8.4 譯本超越了源文

聖經漢譯的情況是否與上述假設相符呢？晚近基督教中文聖經有五個主流的全譯本，❽所據的源文各有不同。1919 年出版的《國語和合譯本》（簡稱《和合本》）的基礎文本是以英國人修訂的新舊約譯本所基於的文本（the text that underlies the revised English versions of the Old and New Testaments）為準，若有任何差異，均按 1611 年出版的

❽ 主流譯本是指一些納入正統中文聖經類別的譯本，因此不包括李常受的《恢復本》（1987）和張久宣的《聖經後典》（1987）。前者帶極濃厚個人神學色彩；後者以華人基督教會向來並不承認的「次經」為翻譯對象。

《欽定本》作出取捨。❾ 1970 年出版的《呂振中譯本》，新約初稿的底本是蘇德爾（Alexander Souter）編的《希臘文新約》（*Novum Testamentum Graece*，1910 年第一版），❿修訂稿則是聶斯黎（D. Eberhard Nestle）所編的《希臘文新約》（1941 年第十七版）；⓫舊約的底本則沒有註明。⓬ 1979 年出版的《當代聖經》則以英語版本《活潑真道》（*Living Bible*，1971）為藍本。⓭ 1979 年出版的《現代中文譯本》依據《現代英文譯本》（*Today's English Version*，1971 年第三版）為

---

❾ 參 1890 年歐美傳教士譯經大會的決議。至於具體來說指哪些源文，章程沒有列明。*Records of the Conference of the Protestant Missionaries of China, Held at Shanghai, May 7-20, 1890* (Shanghai: American Presbyterian Mission Press, 1890), XL.

❿ 呂振中沒說明他是根據哪個蘇德爾的版本，不過他提及新約的初稿是在 1940 年春天著手翻譯，到 1945 年脫稿，這時中國正值大戰，手邊沒有其他較完善的編本。由此可以推斷，呂振中依據的是第一版，因為第二版在 1947 年才面世。參〈序言〉，《呂振中新約新譯修稿》（香港：香港聖書公會，1952）。

⓫ 〈序言〉，《呂振中新約新譯修稿》，同上。

⓬ 呂振中沒有在譯本中交代他翻譯舊約的底本。學者一般認為他是參考希伯來文的源文版本，但究竟是哪個底本，則尚待研究。有說法指呂振中是依據希伯來源文版本例如《瑪所拉經文》、《撒瑪利亞》等古卷，以及《亞蘭文意譯本》、《拉丁文通俗本》、《七十士譯本》等。參蔡錦圖，〈中文聖經的流傳〉，載《道在神州——聖經在中國的翻譯與流傳》，海恩波（Marshall Broomhall）著，蔡錦圖譯（香港：國際聖經協會，2000），頁 260-261。但由於作者沒有標明資料的來源或根據，此說有待論證。

⓭ 《當代聖經》（香港：天道書樓，1979）的序言提到：「英文聖經意譯本『活潑真道』（*LIVING BIBLE*）給予這本意譯本有不少啟發，我們也參考了它的繙譯原則和表達方式。」聖經學者一般認為《當代聖經》是以《活潑真道》為藍本。

主，同時參考其他源文，舊約參考了基托爾（Rudolf Kittel）編的《希伯來文聖經》（*Biblia Hebraica*，1937 年第三版）；新約則參考聯合聖經公會的《希臘文新約》（*The Greek New Testament*，1975 年第三版）。[14] 1992 年面世的《聖經新譯本》的舊約是依據德國聖經公會出版的《希伯來文聖經》（*Biblia Hebraica Stuttgartensia*，1977），新約則依據聯合聖經公會出版的《希臘文新約》（*The Greek New Testament*，1968 年第二版）或聶斯黎等編的《希臘文新約》（*Novum Testamentum Graece*，1963 年第二十五版）。[15]就這五本晚近中文聖經而言，最受推崇、最富權威的譯本，首推《和合本》。[16]

五個譯本相較，最能印證上述假設的，自是《當代聖經》無疑。《當代聖經》的源文《活潑真道》既是英語版本，又是學術權威最弱的，較之於其他中文聖經的源文遜色；《當代聖經》也緊隨其源文，學術地位一直不高。另一方面，最挑戰上述假設的，相信是《和合本》。《和合本》的源文問題較為複雜，尤思德（Jost Oliver Zetzsche）的研究指出，1890 年歐美傳教士譯經大會的決議：「基礎文本是以英國人修訂的新舊約譯本所基於的文本為準的，若

---

[14] 參〈序言〉，《現代中文譯本》（香港：香港聖經公會，1979）。

[15] 《聖經新譯本》1992 年初版、1999 年第二版、2001 年跨世紀版的序言均沒提及所依據的源文版本，本文以目前專責出版《聖經新譯本》的環球聖經公會在其網頁提供的資料為準。參〈翻譯原則〉，《環球聖經公會》，<http://www.worldwidebible.net/Big5/NCV/rule.htm>（2006 年 6 月 11 日）。

[16] 權威包括宗教、歷史、語言和市場方面的權威。詳細的分析參莊柔玉，《基督教聖經中文譯本權威現象研究》（香港：國際聖經協會，2000），頁 26-33。

有任何差異，均按《欽定本》作出取捨」，⑰是一個迴避衝突的策略。這是由於 1881 年出版的《英國修訂譯本》（*English Revised Version*，舊約在 1885 年出版）依據的是新近校訂的經文，而不是 1611 年出版的《欽訂本》所根據的「公認經文」（textus receptus）。直至 1890 年，聖經公會還未接納或認可前者，仍然以後者作為資助或授權翻譯的官方基礎經文。上述決議一方面避免冒犯對出版計劃舉足輕重的聖經公會，另一方面又不致得失傾向選擇現代版本的希臘文和希伯來文經文的傳教士。然而，這個妥協的方案不免把經文鑒別的責任轉放在傳教士的身上，⑱而《和合本》的源文問題亦因而變得含糊不清。

《呂振中譯本》、《現代中文譯本》、《聖經新譯本》在序言提及或聲稱所依據或參考的源文，都是較受晚近聖經學者推崇的源

---

⑰ 參 *Records of the Conference of the Protestant Missionaries of China, Held at Shanghai, May 7-20, 1890* (Shanghai: American Presbyterian Mission Press, 1890), XL。另見 Jost Oliver Zetzsche, *The Bible in China: The History of the Union Version or the Culmination of Protestant Missionary Bible Translation in China* (Sankt Augustin: Monumenta Serica Institute, 1999), 200。中譯參尤思德著；蔡錦圖譯，《和合本與中文聖經翻譯》（香港：國際聖經協會，2003），頁 195。

⑱ Jost Oliver Zetzsche, "The Work of Lifetimes: Why the Union Version Took Nearly Three Decades to Complete," in *Bible in Modern China: The Literary and Intellectual Impact*, ed. Irene Eber, Sze-kar Wan and Knut Walf, in collaboration with Roman Malek (Sankt Agustin: Institut Monumenta Serica, 1999), 81. 中譯參尤思德著；蔡錦圖譯，〈一生之久的工作：《和合本》翻譯 30 載〉，載《聖經與近代中國》，伊愛蓮等著，蔡錦圖編譯（香港：漢語聖經協會，2003），頁 65-66。

文版本。雖然，嚴格來說，《和合本》的源文並不是一些文獻所指的《英國修訂譯本》，⑲但一定不是晚近最富學術權威的源文版本，⑳這與上文第三節所述「最具權威的譯本理論上應是譯自最富權威的源文聖經」的假設並不相符。正因為《和合本》不是依據最富學術權威的源文，建議要採用一個更貼近原文、準確無誤的中文聖經版本的聲音不時出現。容保羅以下的一番話，代表了一種挑戰

---

⑲ 有些文獻指出《和合本》是以《英國修訂譯本》（*English Revised Version*）為根據。例如，同是引述 1890 年歐美傳教士譯經大會的決議，趙維本與許牧世把「英國人修訂的新舊約譯本所根據的文本」理解為 1885 年出版的《修訂本》。參趙維本，《譯經溯源——現代五大中文聖經翻譯史》（香港：中國神學研究院，1993），頁 33；許牧世，《經與譯經》（香港：基督教文藝出版社，1983），頁 139。不過，許牧世在其他文章修訂了這個說法：「中文和合本的翻譯就是以一八八一年修訂本的原文為根據譯出的。」參許牧世，〈為甚麼要有新的聖經譯本？〉，載《書中之書的新貌：現代中文譯本聖經——修訂版出版紀念》，聯合聖經公會亞太區特別事工中心編（台北，1997），頁 6。此外，這種情況亦牽涉翻譯的問題，例如蔡錦圖把海恩波所言 "the text underlying the English Revised version" 簡譯成「《英文修訂譯本》」。參 Marshall Broomhall, *The Bible in China* (San Francisco: Center for Chinese Materials, 1977), 89；海恩波著；蔡錦圖譯，《道在神州——聖經在中國的翻譯與流傳》（香港：國際聖經協會，2000），頁 110。

⑳ 與《和合本》相較，其他三個版本都是參照較新較富權威的源文版本。隨著十九世紀考古學的進步，更古更完善的源文抄本陸續出現，《英國修訂譯本》所據的源文版本的缺點逐漸顯露。參許牧世，《經與譯經》（香港：基督教文藝出版社，1983），頁 125。此外，自《修訂本》出版後，聖經考據學及希伯來文、希臘文、拉丁文的經文鑑別學最新研究顯示，《英國修訂譯本》並不是完全準確的譯本。參 F. F. Bruce, *The English Bible: A History of Translations* (London: Lutterworth Press, 1961), 152。這亦間接反映了《英國修訂譯本》所據的源文不足之處。

《和合本》的源文權威較激烈的聲音：

> 和合譯本採用的底本主要限於其他英文譯本，也以希臘文新約作參考，而且那個時候科技仍很落後，限於手工技術，排版校對易出錯誤。
>
> 歸結來看，和合本大約有 4000 多處的不足，所以，我們要正確的認識它。要明白《和合本》不是聖經而是聖經譯本。
>
> 《新譯本》針對《和合本》的不足做了很多的修改。《新譯本》是以原文（希伯來文、亞蘭文、希臘文）聖經為依據，利用高科技，通過眾多華人聖經學者及牧者的長達 29 年的不懈努力譯製而成的。㉑

容保羅所謂「和合譯本採用的底本主要限於其他英文譯本」的說法，有待商榷，但《和合本》的源文不是晚近最富權威的版本，卻沒有多大爭議。儘管如此，《和合本》在華人基督教會中仍是一枝獨秀、廣被採用。這至少揭示了一個特殊的現象：譯本的「可接受性」（acceptability），跟源文本身的特質，特別是源文本身享有的權威，沒有絕對、必然的關係。先存的源文，不一定能主宰其譯文的命運。譯文不僅有自己獨特的生命，而且還有自己的命途。即是說，譯文自己是主體、本體，不一定依附源文才能存在，甚至可以

㉑ 〈環球聖經公會容保羅牧師暢談《聖經新譯本》及其推廣普及〉，《基督新報》，2005 年 4 月 29 日，<http://hk.gospelherald.com/template/news_view.htm?code=min&id=453>（2006 年 6 月 28 日）。

反過來決定源文在另一個文化中的接受程度。這種情況與本雅明的說法不謀而合：翻譯是原文的「來生」，㉒來生可使原來的生命得以綻放光彩，使「原作的生命之花在其譯作中得到了最新的也是最繁盛的開放，這種不斷的更新使原作青春長駐」。㉓用同一個比喻來說，二十一世紀的今天，《和合本》參考的《修訂本》所依據的源文版本或有所不足，然而在今天的華人基督徒群體中，其後起的生命《和合本》不僅延續了它的生命，而且開出繁茂的枝葉：

> 在過去的半個多世紀的年日，這本聖經〔《和合本》〕曾給中文教會帶來極大而深厚的賜福。這本譯文，簡潔易解，淡甘雋永，高尚莊嚴，深得聖徒之珍愛，且蒙聖靈同工與印證。㉔

來生的比喻並不排除原文／源文和譯文之間關係密切，來生今生之間總有著某種因果關係，只是來生的命途與今生不一定掛鈎。不過，由於來生與今生並不在同一時空中存在，來生的比喻好像說源文要死掉才會出現譯文，又或源文和譯文並不能共存而互相映

㉒ 原文和源文可以是同一個文本；亦可指兩樣不同的事物。在聖經翻譯來說，兩者必須加以區分。本雅明所說的原文，在一般情況下亦指源文。

㉓ Walter Benjamin, "The Task of the Translator," trans. Harry Zohn, in *Illuminations*, ed. Hannah Arend (New York: Schocken Books, 1968), 71. 中譯見本雅明著；張旭東譯，〈譯者的任務〉，載《西方翻譯理論精選》，陳德鴻、張南峰編（香港：香港城市大學出版社，2000），頁 201。

㉔ 于中旻，〈寄望於中文聖經新譯〉，載《譯經論叢》，劉翼凌編（巴貝里：福音文宣社，1979），頁 143。

照，這似乎不能概括描述所有源文譯文的關係。

在源文和譯文並存的情況下，譯文就像源文送到異鄉的孩子，孩子擁有父母（源文）的基因，其誕生與成長無疑受到父母的遺傳影響——例如源文自身的特色或限制會加諸譯文上；但在成長的過程中，孩子的長相身型性情氣質等都會產生變化，而且還會擁有跟父母並不一樣的性格內涵品味能力——譯文的文字內容風格氣韻不一定跟源文一樣。當孩子遠赴他鄉，活在異國的語言與文化下，他的生存與發展更不是父母所能主宰——源文來頭甚大的譯文不一定被另一種文化接受。在外國發展成功的孩子，會把父母優良的基因展現出來——優秀的譯文使人對源文刮目相看；但有優良基因的孩子不一定在異國的土壤上能好好發展——偉大著作的譯本或會被視為醜化源文而遭唾棄。即是說，譯本的誕生雖然拜源文所賜，但譯本在譯入文化（target culture）的生存狀況則不一定與源文掛鈎。儘管源文的特質在譯文中有跡可見，源文卻不能預定譯文在另一個文化的存活，因為譯本已脫離源文，擁有獨立的生命和歷史：

> 我們且看今日通用的《和合本》，它繼承所有早期的中文《聖經》譯本，集合一百年來譯經的精華、無數中西學者心血結晶，其中許多字詞是馬禮遜繙譯而來的，如天國、弟兄、福音、使徒、祈禱、義、恩、得救、罪等；我們不要忘記，這些中文字詞無論音譯、意譯，原是盛載中國文化、儒道佛三大家的思想的，今由傳教士借用繙譯，轉為盛載神的

> 啟示、福音真道的語言，字的意義、內涵有了轉化。[25]

對好些信徒來說，《和合本》不僅是一百年來譯經的精華，也是中西學者心血的結晶，並且盛載著神的啟示和福音真道的語言。

8.5 讀者心中的原文

來生的比喻，特別適用於對原文／源文不加注意的情形。不為意、不在意前生／原文的人，根本不會追溯原文／源文的痕迹，譯文的特質才是最重要的。這類讀者可以界定為原文／源文意識薄弱的閱讀群。他們關注的，不是譯文是否忠於原文，或源文是否具學術權威，或譯文有沒有依據更忠實的源文版本。譯本的由來、過去，對他們來說，根本不是考慮的事項；只有譯本的今生，才對他們產生意義：譯本就是他們心目中的原文。

把聖經譯本看成原文聖經，早在英文聖經的歷史中有跡可尋。1611 年的《英皇詹姆士譯本》曾是不少英語讀者心目中的原文聖經：

> 聖經的話就是聖經的話。差不多有四個世紀，對不少基督徒來說，神的話是從一個欽定本：《英皇詹姆士譯本》而來。雖然這部聖經的名稱註有「譯本」兩字，但他們只會把它視作原來的聖言，而不是版本、譯本或改編的經文。許多人對

---

[25] 倫志文，〈淺談繙譯與華人基督教文字事工〉，《今日華人教會》（1986 年 11 月號）：頁 16。

> 《英皇詹姆士譯本》充滿崇敬，任何基督教的修訂行動都是不能接受的；修訂它就等於修訂原文聖經。他們就爭辯、宗教裁決或尋找靈感的事情查考聖經的字義時，看到的只是「聖言」，而不是一個不完美的譯本上不穩定的對等字眼。㉖

回顧中文聖經的歷史，早在六十年代，已有研究聖經的學者指出中文聖經的修訂工作異常艱難，因為一般華人信徒往往把《和合本》等同中文聖經：

> 將聖經譯為中文何以會是如此困難的一個問題呢？有許多人覺得這根本就不成問題。他們認為聖經已有了一本很好的中文譯本〔《和合本》〕，而他們亦抱著十分恭敬的態度使用它，果真將它奉為一冊神聖的經典：他們認定這是上帝的話語，人是不能將它更改的。㉗

到了八十年代，情況不見改變，即使是從事修訂《和合本》工作的人，都要為改動《和合本》而辯護，因為有些信徒誤把《和合本》視作「原文聖經」：

㉖ Willis Barnstone, *The Poetics of Translation: History, Theory, Practice* (New Haven: Yale University Press, 1993), 213.

㉗ 賈保羅，〈中文聖經之修訂——前途如何?〉，載《聖經漢譯論文集》，賈保羅編（香港：輔僑，1965），頁 150。

> 有些弟兄姐妹認為聖經裏面的話是不可增、不可刪，甚至一點一劃也不可更改的，因此不僅聖經正文不可變動，連小標題也不可變動。這是一個很大的誤解。聖經是上帝默示的，是上帝的話，我們當然不能隨意更改。但現在我們說的是譯文。㉘

及至九十年代，仍有學者指出一般華人基督徒對原文意識不足的情況：

> 現在流行最廣的是 1919 年聖經公會出版的和合本。在一般基督徒的心目中，和合本是惟一的中文聖經，大家都叫它為「中文聖經」而不用和合本這名稱；一般基督徒都不知道那譯本就是和合本。㉙

假如某個譯本被奉為原文，其他譯本就難以定位了，最極端的情況就是把其他譯本視為「偽經邪說」：

> 少數在城市的傳道人，會使用一些新譯本經文作為傳福音和釋經時的參考。但絕大部分信徒仍主張採用和合本，甚至有些較極端的信徒，把非和合本聖經視為偽經邪說，要燒毀廢

㉘ 沈承恩，〈歡呼橫排本聖經全書出版〉，《天風》76 期（1989 年 4 月）：頁 4。

㉙ 吳繩武，《認識聖經》（香港：宗教教育中心，1993），頁 87。

掉。㉚

《和合本》就是上述讀者心目中的原文，因此不能容讓其他「冒牌」譯本加以褻瀆。

《英皇詹姆士譯本》和《和合本》都在某程度上證實了德曼（Paul de Man）提出那種翻譯把原文「經典化」及「凝固下來」（frozen）的說法。㉛可以說，兩個譯本均打破了原文譯文二元對立的界限，使譯本成為一個自給自足的主體，猶如原文一般備受推崇。那些以譯本為原文的讀者對譯文的前生／原文究竟是不為意，還是不在意呢？或者問，他們究竟是因為對原文意識不足，還是因為抱持著顛覆性的原文概念，以致可以如斯高舉一個譯本，甚至完全忽視原文的存在呢？

8.6 忠於原文的信念

對從事聖經翻譯的群體或組織來說，原文的意識不僅存在，而且是譯經計劃核心的思想，忠於原文一直是他們抱持的信念。㉜中文聖經的翻譯委員會或譯者從沒提及要改動、改寫甚或顛覆原文，他們雖然沒有在文獻中把原文和源文的概念加以區分，卻沒有忽略源文的可靠性。這可見於三方面。其一，在翻譯聖經的過程中，即

㉚ 《守望中華》編委會，《心繫神州——當代中國大陸教會概況》（香港：福音證主協會，1998），頁 74。

㉛ Paul de Man, “Conclusions: Walter Benjamin’s ‘The Task of the Translator’,” in *The Resistance to Theory* (Minneapolis: University of Minnesota Press, 1986), 82.

㉜ 這從晚近中文聖經不同譯本的序言可見一斑。

使底本是英文譯本，但翻出來的初稿往往由一群學者仔細審閱，以原文來校對。《現代中文譯本》的編審過程正是這樣，先由許牧世負責從《現代英文譯本》翻出初稿，然後再由一群聖經學者仔細對照原文加以審訂，因此初稿雖然只由某一譯本翻出，但最終的翻譯成果與直接由希伯來文、希臘文翻出初稿的譯本，並沒有太大的出入。㉝換言之，即使初稿的源文版本不是希伯來文、希臘文聖經，但整個翻譯程序和審訂過程都是參照被認為最接近「原文聖經」的源文版本，來確保譯本準確無誤。

其二，中文聖經的源文版本如果有欠權威，譯本就不為華人教會重視。《當代聖經》就是一個明顯的例子。1979 年出版的《當代聖經》全譯本，雖然是華人基督徒的團體譯本，但由於根據的英文聖經《活潑真道》是意譯本，在基督教圈子並不受到重視。㉞一些評論聖經翻譯史的專著並沒有視之為與《和合本》或《現代本》同級的平行譯本。這個譯本推出至今，也鮮有文章加以推介和評論。雖然負責出版和發行的漢語聖經協會大量印刷這個譯本，並在華人地區積極推行贈送聖經計劃，但《當代聖經》始終被視為中文聖經的簡易本，並不能享有一部嚴謹譯本的正統地位。㉟

其三，隨著對原文聖經觀念的更新，中文聖經的新譯本都是依

㉝ 參〈序言〉，《現代中文譯本》（香港：香港聖經公會，1979）；黃錫木，《新約研究透視》（香港：基道，1999），頁 309-310。

㉞ 《當代聖經》在基督教圈子不受重視，亦由於它強調的翻譯原則是普及化及淺易化，而譯者的資料又不為人知。

㉟ 參莊柔玉，〈經典化與穩定性——管窺中文聖經多元系統的演進〉，《中外文學》30 卷 7 期（2001 年 12 月）：頁 63-64。

據更可靠的源文版本，例如積極推廣《當代聖經》的漢語聖經協會展開一個全新的譯經計劃：《新漢語譯本》，[36]其舊約譯自德國聖經公會出版的《希伯來文聖經》（*Biblia Hebraica Stuttgartensia*，1983）；新約譯自德國聖經公會／聯合聖經公會出版的《希臘文新約》（*The Greek New Testament*，1993 年第四版），務求以「貼近生活的文字」，翻出一個「忠於原文的譯本」。[37]此外，不同譯本的修訂或校訂工作亦持續進行，例如聯合聖經公會的《現代中文譯本修訂版》已於 1995 年出版。[38] 2001 年成立、專責出版及推廣《新譯本》的環球聖經公會，曾計劃進行重新審閱工作，以備出版《新譯本》「升級版」。[39]《和合本》亦不遑多讓，繼 1988 年出版《新

---

[36] 漢語聖經協會前身「當代聖經出版社」於 1987 年 11 月成立。1992 年，當代聖經出版社總會與國際聖經協會合併成為獨立的新機構，正式名為「國際聖經協會」。2003 年，國際聖經協會在行政上脫離了美國的國際聖經協會，易名為「漢語聖經協會」。參〈簡史〉，《漢語聖經協會》，<http://www.chinesebible.org.hk/vision.asp>（2006 年 6 月 11 日）。

[37] 參〈原文版本〉，《漢語聖經協會》，<http://www.chinesebible.org.hk/new_b_1.asp#new_b001>（2006 年 6 月 11 日）。

[38] 舊約仍以基托爾氏編的《希伯來文聖經》第三版為根據，新約則以聯合聖經公會審訂的《希臘文新約》第四版為底本。參〈序言〉，《現代中文譯本修訂版》（香港：聯合聖經公會，1995）。

[39] 參〈新譯本介紹〉，《環球聖經公會》，<http://www.wwbible.org/ver_ch/index_whatsnew.asp?key=21>（2001 年 12 月 2 日）。目前環球聖經公會的網頁未見「升級版」最新報導，只提及「升級版採用 UBS4 或 NA27」作為新約的原文版本。〈翻譯原則〉，《環球聖經公會》，<http://www.worldwidebible.net/Big5/NCV/rule.htm>（2006 年 6 月 11 日）。

標點和合本》後，[40]在 2006 年推出《新約全書——和合本修訂版》，[41]持續進行以更忠於原文聖經為目標、較大規模的修訂工作。不同的聖經組織不約而同地通過不同的翻譯和修訂聖經計劃，藉著依據更可靠的源文版本，推出更貼近「原文聖經」的中文譯本。

由是觀之，對從事聖經翻譯的群體來說，雖然原文與源文的概念沒有嚴格區分開來，但忠於原文（神的話語）、依據（準確／可靠的）源文的意識普遍存在，跟前文闡述的那種信徒把《和合本》當作原文聖經的觀念大相逕庭。究竟是從事聖經翻譯的群體與一般信徒讀者屬於兩個世界的人：前者提倡忠於原文／源文，後者則漠視原文／源文，抱持顛覆性的原文概念，認為譯本最為重要；還是從事聖經翻譯的群體與一般信徒讀者的思想未能接軌，以致後者對原文／源文意識薄弱，誤把《和合本》當作原文聖經？就這個問題，第二種情況似乎較為合理，因為從事聖經翻譯的群體本身也是一般信徒讀者，假如兩者對聖經的觀念截然相反，或完全矛盾，極為分歧的觀點不可能從不刊於文獻。與其說高舉《和合本》的讀者抱持顛覆原文的思想，不如說他們對聖經翻譯的觀念有欠清晰。

---

[40] 《新標點和合本》的修訂幅度相當微小，主要是標點符號、人名地名等體例問題：「本書是『新標點和合本聖經』，仍是一九一九年出版的『和合本聖經』，內容沒有修改。」見〈出版說明〉，《新標點和合本》，修訂版（香港：聯合聖經公會，1988 年）。

[41] 《新約全書——和合本修訂版》依據聯合聖經公會 1993 年出版的希臘文聖經（第四版），並「參考各種譯本，仔細推敲、反覆琢磨，力求完善。」見〈前言〉，《新約全書——和合本修訂版》（香港：香港聖經公會，2006）。

8.7 原文、源文、譯本

就原文的概念來說，在二分律的思維方式下，原文相對於譯文來說是先在的、原生的主體。然而，由於聖經翻譯依據的原文不是一個圓滿自足的文本，而是多個衍生的、憑佐證編彙的源文文本，源文的原生及超越的性質惹來疑問。原文絕對的權威，演化成源文相對的權威；源文的可靠性取決於其對原文的緊貼程度；譯本的可信性亦取決於所依據的源文。因此，從概念的層面看，依據英語版本《修訂本》、被指出有多處錯謬、與原文聖經有所出入的《和合本》不應享有至高無上的權威。

就翻譯的現象而言，譯本的命途可以不受原文主宰。在譯入語的文化中，進入譯入語讀者群的是譯本，而不是原文。讀者首先接觸的是譯本，不是原文；讀者是透過譯本才認識原文。從這個層面看，譯本才是主體，原文反是客體，譯本的存活不一定受原文影響。雖然對從事中文聖經翻譯的群體或組織來說，忠於原文的信念一向根深蒂固，依據可靠的源文一直是他們的目標，但對使用聖經的群體來說，原文或源文的意識仍然薄弱，原文、源文、譯本的概念尚待釐清，於是出現了誤把譯本當作原文的特殊現象：擁有近九十年歷史和生命的《和合本》，在華人教會中備受推崇，甚至被部分信徒視作原文聖經。

二十一世紀的今天，隨著多項大型翻譯或修訂聖經計劃的展開，讀者對原文與源文的意識會日益增強；而全新的聖經中文譯本的推出，亦有助信徒認識聖經原文與源文的分野。當信徒群體對聖經原文、源文、譯本三者的意識全面提昇，對中文聖經的要求也會產生相應的變化，《和合本》的可接受性也許會面臨前所未有的挑戰。本文的研究顯示，《和合本》被奉為聖典的現象表面上有譯本反客為主、顛覆原文的跡象，但實際上信徒群體要麼不為意原文／源文的存在，要麼堅守著二分律下忠於原文的信念，而沒有抱持原文並不重要，又或譯本可獨立於原文、甚至偏離原文而自我發展等顛覆性的想法。歸根究底，本文闡述的原文為先、為主、為首、為本的概念，表面上與一些中文聖經翻譯的現象有所抵觸，實際上並無受到真正的衝擊。

9. 原文垂死，翻譯催生？
——目的論、食人論與電影名稱的翻譯

提要

「食人論」一詞載著濃厚的文化意涵，象徵了巴西學者抗衡歐洲文化、割斷模倣文化、建構自我身份的精神。這個術語可界定為一種後殖民及非歐洲中心主義的翻譯視角，強調的不是西方那種藉捕獵、肢解、毀傷、吞噬把原文佔有的意識；而是一種基於愛與尊重、通過血的滲透把另一軀體的優點吸收、通過吃食消化把原文釋放出來的行為。因此，翻譯可視為一種賜予力量、帶來滋潤、使原文得以存活的正面活動，與本雅明及德希達的觀點遙相呼應：他們同樣把翻譯視作確保作品存活的生命推進力。本文以 2002-2006 五年間在香港上演的英語片名的中譯為例，首先借助德國學者弗美爾的目的論，闡釋電影名稱翻譯中原文荏弱、原文本身的文化或語言元素在譯文中得不到複製、甚或遭受被棄置的現象。然後借用食人論的概念，剖析香港的電影譯名以簇新而富營養的姿態乍現市場的催生現象。*

* 本文修訂自〈原文垂死，翻譯催生？——目的論、食人論與電影名稱的翻譯〉，《當代》，231 期（2006 年 11 月）：頁 92-113。

引言

原文和譯文的關係並非翻譯活動中一成不變的事實，翻譯場景有所不同，原文的角色和位置亦有所變化。一套電影外銷到海外市場，由於打入不同地域的流行文化世界，面向著跟原語文化迥異的譯語文化，因此必然會面對文化制約與調適等問題。很多時候，囫圇吞棗的直譯手法，並不能達致跨文化的溝通，電影名稱的翻譯尤其如是。電影名稱是電影商品的一部分，有著一定的功能角色，電影的譯名不可能抽離於譯入文化的詩學規範或觀眾期望而獨立存在。因此，電影譯名的場域出現了一種特殊的翻譯現象：電影譯名跟原來名稱有極大的出入：要不譯文跟原文並不形似——譯文雖然或多或少映現原文的影子，但兩者頂多只能說是神髓相似；要不譯文或跟原文毫不相似——貌不合而神亦相離，兩者明顯地呈現著差異的特質。

有趣的是，這種偏離原文的翻譯手法，在一些譯入文化中已成為規範，並無受到翻譯界別中堅持要忠於原文的學派所質疑。這要麼反映了電影名稱的翻譯已被視為獨特或新興的文類，不在傳統翻譯理論的討論範圍；要麼顯示了電影名稱的翻譯已不被視作翻譯（例如視之為純創作），所以對其有乖常規的翻譯現象不予理會。假如把電影譯名視作譯入文化的原創作品，卻又不能說得過去，因為原文的確存在，甚至在商品中與譯文並列在一起，互相對照。然而，假如把電影譯名視作翻譯，又可以如何理解原文與譯文這種若即若離、忽近忽遠的關係？又或在電影名稱的翻譯中，當原文的宰制地位受到削弱時，譯者所遵從的是一套甚麼樣的規範？本文擬從

2002-2006 五年間在香港上演的英語片名的中譯為例，探索電影名稱的翻譯中原文與譯文的關係及其引伸的翻譯問題。

9.1 目的論

首先，我們不妨借助德國學者弗美爾的目的論（Skopos theory），闡釋電影名稱翻譯中原文荏弱的現象。弗美爾指出，翻譯是一種行動，而行動皆有目的，所以翻譯會受目的制約，譯文的價值取決於能否達到預設的目的。❶這跟「傳統」翻譯理論所提倡的「翻譯必須忠實於原文」的主張，大相逕庭。❷弗美爾的「目的論」假設原文一般是為原語文化——而不是為譯語文化——中的一個情景製作，因此原文是屬於原語世界的事物；譯者的作用就是進行跨文化的溝通。就算原文本身是為跨文化溝通而製作的，譯者的

---

❶ Hans J. Vermeer, "Skopos and Commission in Translational Action," in *Readings in Translation Theory*, ed. Andrew Chesterman (Helsinki: Oy Finn Lectura Ab, 1989), 173. 譯文見弗美爾著；黃燕堃譯，〈翻譯行動的目的與任務〉，載《西方翻譯理論精選》，陳德鴻、張南峰編（香港：香港城市大學出版社，2000），頁 67-83。

❷ 這裏提到的傳統翻譯理論，專指那些認為原文享有崇高地位、翻譯是原文衍生出來的複製品的理論。不過，正如巴斯內特（Susan Bassnett）和特里維迪（Harish Trivedi）所說，翻譯史的研究顯示，原文享有崇高地位是較近年代的現象，中世紀的作家和／或譯者並無這種幻覺；作家作為文本「擁有者」的觀念的抬頭，與印刷術的發明及讀書識字的普及有著一定的關係。參 Susan Bassnett and Harish Trivedi, "Introduction: of Colonies, Cannibals and Vernaculars," in *Post-colonial Translation: Theory and Practice*, ed. Susan Bassnett and Harish Trivedi (London: Routledge, 1999), 2。

作用依然不變，因為在多種情況下，原文作者並不懂得譯語文化及其語篇傳統。假如原文作者具備這些知識，他就會按照譯語文化的條件創作，而且會使用譯語，因為語言是文化的組成部分。❸因此，弗美爾認為，僅僅把原文「換碼」，把它「轉換」成另一種語言，根本不可能翻出適用的譯本。這是由於原文是面向原語文化的，總會受到原語文化的制約；譯文則是面向譯語文化的，也必然受到譯語文化的制約，所以最終應從譯語文化的角度衡量譯文的適用性。因此，在翻譯的行動上，翻譯之「目的」——而不是「忠實」——才是決定性的衡量標準。❹

弗美爾的目的論，正好闡釋了為甚麼在電影名稱的翻譯上，原文和譯文呈現了很大的差異。片名的譯者若不是以「忠於原文」為翻譯的目標，譯名當然不會跟原文呈對等關係。片名在譯語文化的功能或作用若非由原語作者界定，譯者當然毋須理會原作者的意圖，也不汲汲於模倣原語文化的表達方式。電影的譯名若要迎合譯語文化的市場需要，譯者當然按照譯語文化（而不是原語文化）的條件創作，使譯名完全溶入譯語文化的場景。片名的翻譯若然面向譯語文化，電影的譯名當然受到譯語文化的制約，滲透了譯語系統的文化色彩及語篇傳統。即是說，翻譯若從目的或功能出發，電影名稱在譯語文化中的功能跟原語文化的愈是迥異，電影譯名與原語片名所呈現的分歧就愈顯著。

香港英語片名的中譯顯示，翻譯與原文的差異程度，遠遠超出

---

❸ Vermeer, "Skopos and Commission in Translational Action," 175.

❹ Ibid., 175-176.

其他文類例如法律、商業、政府文件（甚至文學作品）所能接受的程度。原文正處於垂死的狀態。是垂死而不是「已死」，因為原文的概念猶在，原文仍是譯文的起點：雖然原文對譯文的制約相當有限，但原文在譯入系統中仍然存活，與譯名互相映照；雖然絕大多數的電影譯名都是偏離原來片名，但有部分仍是以忠於原文的方式進行翻譯的。然而，由於原文的存活空間狹隘，本文只能以「垂死」來標示其缺乏主宰性的生存狀況。所謂「垂死」，意謂原文本身的文化或語言元素不一定在譯文中得到複製，這些元素不僅不被重視，甚至會面臨被棄置的厄運。

9.2 食人論

在電影名稱翻譯中，假如目的論有助闡釋原文隱沒的現象，巴西學者提出的「食人論」（cannibalism）則可具體說明翻譯吸收原文然後脹大的情況。食人論乃巴西的後殖民翻譯運動的術語。食人論的說法可追溯至 1928 年安德拉德（Oswald de Andrade）提出的食人宣言，這個宣言取材自十六世紀巴西土著吃掉了一個葡萄牙主教的故事，聲稱只有把歐洲這個殖民者吞食才可使曾為殖民地的巴西跨步向前。❺自 1960 年代起，隨著阿羅多·坎波斯（Haroldo de Campos）和奧古斯托·坎波斯（Augusto de Campos）詩作的出版，食人論演變成巴西學者的術語，隱喻從殖民化與翻譯而來的體驗：殖民者及其語言給吞食，殖民者的生命力於是為吞食者帶來活力；整個過程必

---

❺ Bassnett and Trivedi, “Introduction: of Colonies, Cannibals and Vernaculars,” 4-5.

須切合土著的需要，以一種簇新而帶能量的形式進行。❻在翻譯的層面，原文和譯文的關係可理解為一種創造及再創造的關係，譯者（土著）吸收了（吞食）原文作者（殖民者）文本的元素，使用一種與原語（殖民者語言）不同而又屬於譯語文化（後殖民地）嶄新而帶能量的形式，製造出滋養的譯本，而原語文化（殖民者世界）亦藉此得到新的活力。❼

「食人論」的術語承載著濃厚的文化意涵，象徵了巴西學者一種抗衡歐洲文化、割斷模倣文化、建構自我身份的精神。❽因此，食人論可界定為一種後現代及「非歐洲中心主義」（non-Eurocentric）的翻譯視角。❾如果食人論對西方世界來說是一個駭人的隱喻，在中國人的社會也不見得容易接受。漢語「人食人」、「同類相食」等都是貶意詞，指涉野蠻、殘忍、暴戾的行為。翻譯的行為若等同食人的行為，翻譯的活動必然會受到排斥、打壓、扼殺，甚至剿滅。因此，本文借用食人論的概念時，必須指出食人論乃別具意涵的專有名稱，與任何鼓吹食人的主張無干；它是一個跟消化相關的

---

❻ Jeremy Munday, *Introducing Translation Studies: Theories and Applications* (London & New York: Routledge, 2001), 136.

❼ Ibid., 137.

❽ Edwin Gentzler, “What’s Different about Translation in the Americas?” in *CTIS Occasional Papers* (Manchester: Centre for Translation and Intercultural Studies, UMIST, 2001), 13.

❾ Else Ribeira Pires Vieira, “Liberating Calibans: Readings of Antropofagia and Haroldo de Campos’ Poetics of Transcreation,” in *Post-colonial Translation: Theory and Practice*, ed. Susan Bassnett and Harish Trivedi (London & New York: Routledge, 1999), 95-96.

隱喻，帶著正面的意涵——即那種通過吃食、消化把原文釋放出來、使原文重得力量的行為。正如根茨勒所說，食人論這個術語不應以西方那種把人捕獵、肢解、毀傷、吞噬的角度來理解，它強調的不是佔有原文；反之，食人論隱含一種尊重的意識，即一種基於愛、通過血的滲透把另一軀體的優點吸收的象徵行為：一種通過吃食、消化把原文釋放出來的行為。因此，翻譯可視為一種賜予力量、帶來滋潤、使原文得以存活的正面活動。❿根茨勒甚至指出，食人論的立場與本雅明及德希達相近，兩者都把翻譯視作確保作品存活的生命推進力（life force）。⓫

那為甚麼是食人而不是食肉的隱喻？假如原文與譯文是處於平等的關係，兩者要在融合的過程中血液滲透、互相潤澤，從而膨脹、壯大，那只有人吃人或同類相食才能比喻兩者同級的特性。況且，提倡這種說法的學者對「原文為主、譯文為次」、「原文至上、譯文卑微」的翻譯觀念不無顛覆意識，食人論這個貌似嚇人的名詞正好展示一種非傳統、非主流、非正統、非中心的姿態，更新我們對翻譯的本質、特性及其原文的關係的認知。食人論特別適用於闡述一些原文譯文主次關係倒置的翻譯現象。本文引用「食人論」的概念，正是要借助其獨特的現象，剖析在香港的電影名稱翻譯中原文荏弱萎靡而譯文則以簇新而富營養的姿態出現的特殊現象。以「翻譯催生」為題，既可指出譯文或會因應譯語文化本身的

---

❿ Gentzler, *Contemporary Translation Theories*, 2nd rev. ed. (Clevedon & Buffalo: Multilingual Matters, 2001), 196.

⓫ Ibid.

制約（即自身消化系統的運作條件），把原文消化甚至吞噬，使原文以不同的面貌在譯語文化中存活過來；又可揭示片名或會順應流行文化稍縱即逝、瞬息萬變的潮流，以「催生」的姿態如曇花般乍現市場。

9.3 功能至上，原文垂死

縱觀 2002-2006 年在香港上映的英語電影的譯名，[12]雖然其中牽涉多個不同的譯者、多種不同的考慮，但卻展示了一種頗為明顯的翻譯規範：一種功能至上的翻譯策略。所謂功能至上，意指電影名稱的譯者朝著兩大目標進發，其一是借助譯名推介電影特色，其二是設法吸引觀眾進入電影院。在這種翻譯規範下，原文再不能主宰譯文的再生模式。直譯原文的譯名為數不多，更重要的是，譯者之所以直譯原文，並不是為了恪守忠於原文的信念，而是因為直譯較能達致推介電影或吸引觀眾的功能，這歸根究底也是離不開功能至上的翻譯規範。可以說，對於一些強勢的電影例如《達文西密碼》（*The Da Vinci Code*，2006/5/18 [13]）、《斷背山》（*Brokeback Mountain*，2006/2/23）、《慕尼黑》（*Munich*，2006/1/28）、《芝加哥》

---

[12] 在香港上映的外語片包括英語、法語、日語、韓語、泰語、西班牙語等電影，為集中討論及方便比較，本文把研究範圍鎖定在英語片名的中譯上。

[13] 電影的上映日期參《香港電影網》，<http://www.hkfilms.com>（2006 年 10 月 5 日）。2002-2006 年間在香港上映的電影，本文均註明上映的年月日，以便就其日子的先後次序作細緻的區分。電影的譯名則以上映電影的官方名稱作準。

（*Chicago*，2003/2/13）等，直譯最能標示電影的賣點，符合觀眾的期望。⓮整體來說，直譯的例子只屬少數，過去五年的英語電影譯名絕大部分是採用意譯的手法，意譯的方向則視乎譯者擬塑造的功能效果而有所不同。

9.3.1 提示片種

在推介電影特色、將觀眾帶到戲院的大前提下，香港英語片名的中譯加入了很多原來片名沒有的提示，使電影的特色更形突出。第一種是片種的提示。一般的香港觀眾沒有事先搜集電影資料或細讀相關影評的習慣，電影譯名往往藉著突出片種來吸引合適的觀眾入場。以盜寶片為例，譯名就加入了原來名稱所無的偷盜字眼：《合盜偷天》（*After the Sunset*，2004/12/9）、《偷天奇謀》（*Confidence*，2003/8/21）。驚慄片常以「恐」、「嚇」字眼來標示：《長途嚇機》（*Red Eye*，2005/8/25）、《恐怖蠟像館》（*House of Wax*，2005/5/26）、《恐懼鬥室》（*Saw*，2005/1/20）、《貼身恐懼》（*Enough*，2002/10/10）。懸疑片會強調凶殺元素：《基本懸兇》（*Basic*，2003/5/15）、《白夜追兇》（*Insomnia*，2002/6/20）、《高斯福大宅謀殺案》（*Gosford Park*，2002/5/9）。靈異片往往是「鬼」或／及「魔」的字詞組合：《鬼迷剎瑪莉》（*Samara*，2005/4/7）、《鬼王再生》（*Freddy Vs. Jason*，2003/10/30）、《魔鬼屍餐 2》（*Jeepers Creepers 2*，2003/9/18）。愛情文藝片則滲入情愛的用字：《情流戀屋》（*The*

⓮ 固然，亦有破格的例子，《無可挽回》（Irreversible，2003/12/19）不能算作強勢電影，翻譯的策略卻是直譯，譯名的處理亦跟一般血腥暴力三級驚慄片迥異。因此，本文的分析主要是描述性的，從整體角度探視譯名的普遍特色，並不排除個別與規範不符的例子的存在。

Lake House，2006/9/7）、《愛莉思的情書》（*Iris*，2002/3/7）。喜劇往往借地道方言來營造搞笑氣氛：《頭號特務對親家》（*The In-Laws*，2003/8/7）、《選美俏臥底 2：姿整任務》（*Miss Congeniality 2: Armed and Fabulous*，2005/4/7）。如此種種譯名顯示，譯者要忠於的不是英語片名，而是可吸引觀眾入電影院的片種格局。

9.3.2 提示劇情

第二種是電影情節的提示。英語電影有時候只用簡單的人名或地名作為片名，香港的中譯卻擺脫原文的格局，改以情節作焦點／賣點。例如以詩人、劇作家米基・皮尼路（Miguel Pinero）⑮為名的電影 *Pinero* 就譯成《不羈詩生活》（2003/1/16）；以芝加哥一個地區為名的電影 *Wicker Park* 就譯成《愛尋迷》（2004/12/9）。此外，原來片名若含有香港觀眾感陌生的專有名稱，譯者要麼把它改頭換面，例如以 Motown 唱片公司點題的電影 *Standing in the Shadows of Motown* 就譯成《靈魂樂與怒》（2003/10/31），以強調流行曲這個主題；要麼在譯名中加入吸引的劇情提示，例如以 Black Hawk 戰機點題的電影 *Black Hawk Down* 就譯成《黑鷹 15 小時》（2002/1/17），把焦點放在美軍特種部隊由一小時的簡單任務演變成十五小時劇戰的情節。對於一些較為簡單或普通的片名，譯者則會加入富張力的劇情提示來吸引觀眾，例如把電影 *My Boss's Daughter*〔老闆的女兒〕譯成《今夜戀出事》（2003/12/4），藉此帶出愛情喜劇的危機感；把電影 *The Secondhand Lions*〔二手獅子〕譯作

---

⑮ 在香港上映的電影所涉及的人名、地名等專有名稱，均採用香港影評常見的譯名。

《愛上這個家》（2003/11/27），從而道出十四歲的男孩與兩個古怪的老人家相處的溫馨。這些片名顯示，譯者忠於的並不是原來的片名，而是較片名「整全」的電影情節，以及較情節「重要」的觀眾需要。

9.3.3 提示陣容

第三種是電影製作陣容（港稱「班底」）的提示。推介電影特色，不一定要循電影的片種或劇情入手，成功的電影「原班人馬」的再度合作，都可以是電影的噱頭。要號召那些叫好叫座的電影的「擁躉」〔支持者〕入場，翻譯的策略就是在片名上加入與前片的聯繫。以《男書女愛》（*Alex and Emma*，2004/2/5）為例，由於電影是《90 男歡女愛》（*When Harry Met Sally*，1989）的導演洛·雷納（Rob Reiner）另一部「情愛錯摸喜劇」，譯者同樣以「男※女愛」的表達方式來帶出兩者關係。同樣地，《玩轉男人心》（*Something's Gotta Give*，2004/2/12）這個譯名可謂跟《偷聽女人心》（*What Women Want*，2001/2/8）遙相呼應，標示著兩者皆是蘭茜·美亞絲（Nancy Meyers）執導的浪漫喜劇。導演是賣點，編劇亦然。《搞乜鬼愛情爛片王》（*Date Movie*，2006/3/16）的原文只是「約會電影」的意思，譯者為了提示這部電影是出自《搞乜鬼奪命雜作》（*Scary Movie*，2000/8/17）兩位編劇艾朗·西沙（Aaron Seltzer）與積遜·費特堡（Jason Friedberg）的手筆，採用了跟《搞乜鬼奪命雜作》如出一轍的意譯手法，刻意重複「搞乜鬼」三字來帶出兩者的聯繫。在電影名稱的翻譯上，有時候幕後班底會較電影內容重要，改編自莎士比亞著名劇作《十二夜》（*Twelfth Night*）的《球愛可人兒》（*She's the Man*，2006/6/22），翻譯策略並不是要突出《十二夜》現代足球版的魅力，而是要提示這部電影的編劇正是《律政可人兒》（*Legally Blonde*，2001/11/22）的嘉倫・麥古娜・露絲（Karen McCullah Lutz）和姬絲汀・史密斯（Kirsten Smith）。幕後的功臣是賣點，幕前的演員亦然。由「戇豆先生」（Mr. Bean）路雲雅堅遜（Rowan Atkinson）主演的電影，都有「戇」字作記號：《戇豆撞正女殺手》（*Keeping Mum*，2006/2/16）、《特務戇J》（*Johnny English*，2003/4/17）。可見，上述影片譯名要翻出的，不是原來的片名，而是前一套或一系列賣座電影的標記，翻譯的目的是要喚起觀眾的回憶。

9.3.4 模倣複製

除了加入原來片名所無的片種、劇情或陣容提示這些藉推介電影特色來吸引觀眾的手法外，香港英語片名譯者為求達到引人注目之目的，招數層出不窮。第一種是依附一些叫好叫座的電影的名稱，靠攀龍附鳳來博取好感。這種手法在香港並不罕見。奎格・佐敦（Gregor Jordan）執導的《雷霆喪兵》（*Buffalo Soldiers*，2004/3/18）堪稱過往五年間最為經典的例子，這部改篇自美國小說 Buffalo Soldiers、以黑色幽默的手法揭美軍瘡疤的惹笑電影，無論片種、劇情或班底都跟獲頒 1998 年奧斯卡金像獎最佳導演獎的《雷霆救兵》（*Saving Private Ryan*）毫無關係。然而，《雷霆喪兵》這個譯名卻極盡模倣之能事，令人誤以為兩者互有關連。此外，從 2003 到 2006 年，同時有多部以「奇兵」為譯名的電影湧現市場：《海底奇兵》（*Finding Nemo*，2003/7/17）、《撒哈拉奇兵》（*Sahara*，2005/7/7）、《荒失失奇兵》（*Madagascar*，2005/7/14）、《獸猛猛奇兵》（*The Wild*，2006/4/29）——單從這些電影的英語片名，是無法聯想到「奇兵」二字，但統統譯作「※※奇兵」或「※※※奇兵」。

有趣的是，這些電影之間並無特別關係，當中既有奧斯卡得獎動畫《反斗奇兵》（*Toy Story*，1995）的原創班底、彼思（Pixar）動畫製作室的《海底奇兵》，又有迪士尼公司的數碼動畫《獸猛猛奇兵》，亦有夢工場的電腦動畫《荒失失奇兵》，還有非動畫的驚險奪寶片《撒哈拉奇兵》。換言之，這個貌似有姻親關係的奇兵系列，其實只是刻意模倣的派生物，不斷複製著票房或口碑理想的片名。除了《撒哈拉奇兵》保留了 *Sahara* 這個原文重要的標記外，原文在這些譯名中幾乎了無痕迹。

9.3.5 推銷激情

為了增加觀眾入場看戲的意欲，譯者傾向使用情感極濃的文字翻譯英語片名，例子俯拾皆是。推銷「感性」的譯名有《情來・算盡愛》（*Proof*，2005/11/17）、《擊動深情》（*Cinderella Man*，2005/9/22）、《越世驚情》（*Birth*，2005/1/13）、《篇篇情意劫》（*Sylvia*，2004/6/24）。推銷「刺激」的譯名有《絕命改造》（*The Final Cut*，2004/11/25）、《極速狂逃》（*Highway Men*，2004/10/14）、《致命報酬》（*Paycheck*，2004/1/22）、《換命快遞》（*The Transporter*，2002/11/17）、《追命慌言》（*Mothman Prophecies*，2002/4/25）。推銷「豪情」的譯名有《軍天勇將：戰海豪情》（*Master and Commander: The Far Side of the World*，2004/2/12）、《火海豪情》（*Ladder 49*，2004/10/21）、《再戰豪情》（*Four Feathers*，2003/6/12）、《盜海豪情》（*Ocean's Eleven*，2002/2/7）。推銷「瘋狂」的譯名有《監獄瘋球》（*The Longest Yard*，2005/9/15）、《肢解狂魔》（*Wrong Turn*，2003/9/4）、《變相狂》（*One Hour Photo*，2002/11/28）、《太凶殺人狂》（*Jason X*，2002/9/12）、《癲才家族》（*The Royal Tenenbaums*，2002/4/25）。上述的

電影名稱顯示，譯名完全不受原來片名的約束，譯者在其中注進了大量刺激感官的元素，使譯名脫離原語文化，在譯語文化自成天地，互相呼應。

9.3.6 製造懸疑

為了誘發觀眾對電影的好奇心，譯者或是製造矛盾、懸疑，或是突出危機、殺機，用以刺激觀眾的觀賞意欲。把片名問題化的例子有《BJ 單身日記：愛你不愛你》（*Bridget Jones: The Edge of Reason*，2004/12/2）、《21 克——生命可以有多重？》（*21 Grams*，2004/2/26）、《何必偏偏玩謝我》（*Adaptation*，2003/5/29）。直接標示謎團的例子有《不瘦降之謎》（*Super Size Me*，2004/11/11）、《鐵案懸謎》（*The Life of David Gale*，2003/3/27）。突出危機的例子有《幻影危機》（*Sky Fighters*，2006/3/30）、《喪屍危機》（*House of the Dead*，2004/4/1）。道出殺機的例子有《智能殺機》（*Stealth*，2005/8/4）、《同行殺機》（*Collateral*，2004/8/5）、《懸河殺機》（*Mystic River*，2003/12/4）。不用「危機」、「殺機」字眼而以危險為題的例子有《謊島叛變》（*The Island*，2005/7/28）、《地心浩劫》（*The Core*，2003/4/3）。顯然，譯者朝著引人入勝的目標進發，務求引領觀眾走進人生的迷陣、險峻的地帶、生死的邊緣；跟原文是否對等只是微不足道的事情。譯名散發的創作力愈是龐沛，原文的面貌愈見萎靡。

諾德（Christiane Nord）指出名稱（titles）有六種功能。其中三種屬基本功能（essential functions），即區別功能（distinctive function）、標示功能（metatextual function）、交際功能（phatic function）；三種屬附加功能（optional functions），分別是參考功能（referential function）、表意

功能（expressive function）、呼籲功能（appellative function）。基本功能是一個有效的名稱必須具備的功能：區別功能使名稱跟其他片名區別開來；標示功能可標示名稱所屬的文類；交際功能使片名易於記認並吸引譯入文化的讀者／觀眾。附加功能是因應特別需要而設定的功能：名稱或會加入譯入文化專有的知識（參考功能）、價值觀（表意功能）、品味和興趣（呼籲功能）。一個名稱可同時具備六種功能，視乎傳意的目的或需要而定。基於文化的規範或傳統有別，名稱的附加功能的運用不盡相同。⓰本文的分析顯示，香港英語電影的中譯盡情發揮了諾德提出的附加功能，其中「提示片種」、「提示劇情」、「提示陣容」屬參考功能，為香港觀眾提供了原來片名所無的參考資料；「推銷激情」屬表意功能，滲入了原來片名所無的感官情緒；「模倣複製」、「製造懸疑」屬呼籲功能，自製了原來名稱所無的電影賣點，務求吸引各式各樣的觀眾入場看戲。譯名的附加功能愈多，與原來的片名的差距也就愈大。

9.4 緊貼潮流，翻譯催生

翻譯是存在於譯入文化的「事實」（facts）；⓱電影譯名是流行文化的「事實」，面向的是香港流行文化的電影世界。電影名稱若要在香港的電影市場爭取認同，就不能不迎合香港流行文化的創作規範。整體而言，外來的片名若不切合本地的口味，譯者往往作出

⓰ Christine Nord, "Text-Functions in Translation: Titles and Headings as a Case in Point," *Target* 7:2 (1995): 263-269.

⓱ Gideon Toury, *Descriptive Translation Studies and Beyond* (Amsterdam & Philadelphia: John Benjamins, 1995), 29.

改動，使其「歸化」入譯語文化的規範。基於文化的差異，經譯者咀嚼、消化、反芻出來的片名，跟原來名稱若有天壤之別，也不足為奇；因為正如上文食人論部分所說，在吞食原文的過程中，譯者會使用一種與原語不同而又屬於譯語文化嶄新而帶能量的形式，製造出滋養的譯本。在極多情況下，「原汁原味」的移植在流行文化的世界並不可行，只有「加工再造」的版本，才能供本地市場作大量消費。由2002到2006年，為了緊貼稍縱即逝的潮流而「催生」的電影譯名，正是香港流行文化在這段時空的創作規範及價值取向的寫照。

9.4.1 文字遊戲

香港的流行文化愛好文字小玩意，為了引人注意，展示創意，廣告的標語、電影、電視劇、流行歌詞的名稱都好用「食字」——借用地道熟語，改換其中一兩個字來傳遞另一種意思。在英語片名的翻譯中，食字的中譯多不勝數，遍及不同的片種，其中包括舞蹈電影《舞・出色》〔冇出色〕（*Take the Lead*，2006/4/27）、劇情電影《油激暗戰》〔游擊〕（*Syriana*，2006/3/30）、懸疑電影《害匙》〔亥時〕（*Skeleton Key*，2005/9/15）、驚慄電影《驚心洞嚇》〔驚心動魄〕（*Cave*，2005/9/1）、愛情電影《誘心人》〔有心人〕（*Closer*，2005/1/20）、盜寶電影《盜海豪情 12 瞞徒》〔12門徒〕（*Ocean's 12*，2004/12/16）、紀錄電影《不瘦降之謎》〔不鏽鋼〕（*Super Size Me*，2004/11/11）、靈異電影《三更來嚇》〔三更來客〕（*They*，2003/9/18）等。

另一種常見於電影譯名的文字玩意，就是雙關語的運用。食字是借題發揮，詞義與原來熟語並無關連；雙關語則語帶雙關，具雙重詞義，創作的難度也較食字為高，例子當然不及食字紛繁。較為突出的例子有《叛譯者》（*Interpreter*，2005/4/21），譯名帶出了在聯合國擔任傳譯員的女主角雙重的身份危機：叛譯者／叛逆者。《引人入性》（*Kinsey*，2005/3/3）一方面提示男主角艾佛·查理斯·金賽（Alfred Charles Kinsey）是美國性愛研究的先鋒學者，另一方面又自詡這是一部「引人入勝」的電影。《酒佬日記》（*Sideways*，2005/2/24）把「酒」和「情」兩大主題揉合在一起，既指「走佬」〔逃情、逃婚〕，又指「酒佬」〔酗酒之人〕的故事。《薯嘜先生》（*About Schmidt*，2003/3/6）把男主角華倫·舒密特（Warren Schmidt）的姓氏譯成「薯嘜」〔呆笨〕，音義兼譯之餘隱含電影對人生的諷刺。《巫骨悚然》（*Ritual*，2002/11/7）既標示了這是一部叫人毛骨悚然的驚慄片，也道出了牙買加島巫毒教的邪惡。

把書面語、口語、外來語、方言混雜使用，營造親切又惹笑的文字氛圍，是片名翻譯的另一玩意。《傻豹遇著烏 Sir Sir》（*The Pink Panther*，2006/4/5）的譯者把粉紅豹、神探兩個主角愚笨化，再加入中英夾雜的人名「烏 Sir Sir」〔既指姓烏的幹探／阿 Sir，又指糊里糊塗的人〕，使電影增添了喜劇的色彩。中英夾雜的例子還有《阿 Sir 嚟自樂人谷》（*The School of Rock*，2004/3/4）、《Good Boy 靈靈狗》（*Good Boy*，2004/1/1）、《奇幻兵團 LXG》（*The League of Extraordinary Gentlemen*，2003/9/4）等。這些譯名可說是語言蕪雜的香港的剪影。在浪漫喜劇中，廣東話具有提示片種的作用。《愛你把幾火》（*The Upside of Anger*，2005/5/26）是一個有關失婚婦人如何化悲傷為怒火，與鄰居鬥氣鬥出浪漫火花的故事，「把幾火」生動地形容女主角躁狂發怒的情緒狀態。這種藉廣東話帶來輕鬆浪漫氣氛的例子還有《愛情唔上身》（*Down with Love*，2003/8/28）、《我的大嚿婚禮》（*My Big Fat Greek Wedding*，2002/10/31）等。此外，廣東話亦散見於動畫電影的譯名，從《獸猛猛奇兵》（*The Wild*，2006/4/29）、《鯊膽大話王》（*Shark Tale*，2004/12/16）可見一斑。譯語世界的文字遊戲顯示，原文已被徹底消化，以簇新的姿態再現人間。

9.4.2 文本互涉

在電影名稱的翻譯上，文本互涉正是迎合大眾口味的一個常見策略——使譯名躋身於潮流文化複雜多變的符號系統，通過文字的化學作用激起更大的震盪。不少譯名是從其他流行文化的文本汲取靈感，然後「借屍還魂」，為求一新耳目。電影譯名涉及的文本有舞台劇／電影：《我和茱茱有個約會》（*My Date with Drew*，2006/6/15）〔《我和春天有個約會》〕、電視紀錄片：《尋找他媽...的故事》（*Transamerica*，2006/3/9）〔《尋找他鄉的故事》〕、電視綜藝節目：《婚前一叮》（*Family Stone*，2005/11/24）〔《殘酷一叮》〕、電台節目：《在晴朗的一天收檔》（*A Prairie Home Companion*，2006/9/21）〔《在晴朗的一天出發》〕、唱片：《弦途有你》（*Walk the Line*，2006/3/2）〔周華健《弦途有你》〕、流行曲：《亡情水》（*Young Adam*，2004/1/29）〔劉德華《忘情水》〕、港產片：《情場算死草》（*Along Came Polly*，2004/3/25）〔周星馳《算死草》〕、樂壇組合：《女子十二不設防》（*Calender Girls*，2004/4/1）〔中國民樂組合女子十二樂坊〕。此外，還牽涉零食名稱：《大盜宿一宵》（*Bandits*，2002/2/21）〔粟一燒〕、疾病名稱：《私戀失調》（*Punk Drunk Love*，2003/6/29）〔思覺失調〕、新聞用語：《雙失 16 歲》（*Sweet Sixteen*，2003/6/26）〔雙失青年〕、文學詩句／法國電影：《少女情懷總是彎》（*Lost and Delirious*，2002/9/5）〔少女情懷總是詩〕、廣告用語：《五星級戀人》（*Maid in Manhattan*，2003/3/13）〔五星級之家〕、樂壇用語：《賊壇新人王》（*Fun with Dick and Jane*，2006/1/28）〔樂壇新人王〕等。由此可見，電影譯名涉及的文本包羅萬象，多元多樣；譯名把原文吞食後呈現的，正是譯入文化的大千世界。

9.4.3 價值觀念

電影名稱的譯者除了要依從香港流行文化的創作法則外，也要迎合流行文化的意識形態，才能爭取廣泛的認同。好些備受追捧〔推崇〕的價值觀念，成為了電影名稱的賣點，在電影的譯名逐一浮現。「型」〔冷峻／有性格／有個人風格〕、「索」〔艷麗／性感〕、「潮」〔帶領潮流／走在最前〕、「叻」〔聰明／機智／能幹〕這些盛載著香港流行文化的價值觀的獨特字眼，成為電影譯名的促銷術語。以「型」命名的例子有《湊仔型警》（*The Pacifier*，2005/4/14）、《音樂型人》（*Be Cool*，2005/3/31）、《妖型樂與怒》（*Hedwig and the Angry Inch*，2002/6/13）。以「索」為名的有《索女十誡》（*The Sweetest Thing*，2002/9/26）、《虛擬索女郎》（*Simone*，2002/10/17）。以「潮」入名的例子有《潮女私房菜》（*Pieces of April*，2004/6/24）。以「叻」為題的有《至叻皇牛黨》（*Home on the Range*，2004/8/12）、《情場絕橋王》（*Hitch*，2005/3/3）。這些譯名顯示，原來片名已經完全進入了譯語文化的消化系統，徹頭徹尾成為譯入系統的一分子，折射著譯語文化的價值取向。

9.4.4 美學取向

電影的市場是屬於大眾的商業市場，高雅、艱深的表達方式不免曲高和寡。電影名稱的對象既然是廣大的群眾，優勝劣敗取決於譯名能否深入民間，為人樂道。在這樣的場景下，香港上映的電影湧現了一些粗俗、戲謔的譯名。就以榮獲第 75 屆奧斯卡金像獎最佳紀錄片的《美國黐 Gun 檔案》（*Bowling for Columbine*，2003/5/29）為例，電影嚴肅地從美國多宗校園槍擊案探討槍械合法化衍生的問題，譯者卻以「黐 Gun」這個令人聯想起「黐筋」〔發神經〕的俗語來形容美國的槍械檔案，顯示譯者似乎以俗為美，重視惹笑效果而輕視影片的本質。這種以粗俗為尚的表達方式，在一些愛情喜劇的譯名中尤為明顯。其實，使用地道方言來製造笑料不一定要加入粗俗的元素，除非譯者認為粗俗能達致更佳的宣傳效果，以下都是用字鄙俗的例子：《非常外父生擒霍老爺》（*Meet the Fockers*，2005/2/8）、《屎波快閃隊》（*Dodgeball*，2004/11/4）、《玩串婚後事》（*Just Married*，2003/3/27）、《黐孖妹》（*Ghost World*，2002/8/8）。論雅俗共賞，「生擒」〔活捉〕、「屎波」〔球技差勁〕、「玩串」〔搞亂〕、「黐孖」〔即黐孖筋，指發神經〕等用字使這些電影移離典雅，盡顯庸俗。

與粗俗並駕齊驅的，是一種戲謔化的美學取向。電影譯名「最緊要好玩」，這種想法呈現在一些以「反斗」、「衰鬼」為題的譯名上：《反斗車王》（*Cars*，2006/7/13）、《反斗靈貓》（*The Cat in the Hat*，2004/1/1）、《衰鬼媽咪》（*Freaky Friday*，2003/9/11）、《衰鬼上帝》（*Bruce Almighty*，2003/6/5）。「反斗」、「衰鬼」的港式詞彙，有助營造輕鬆惹笑的氛圍。此外，「無厘頭」〔無根據〕的搞笑方式，亦有助散發戲謔的氣味。例如《史密夫決戰史密妻》（*Mr. and Mrs. Smith*，2005/6/9），只因「史密夫」這個名稱有個「夫」字，就把「史密夫」（Smith）這個夫妻共同的姓氏分拆為兩個分別嵌入了

「夫」、「妻」二字的人名，藉陌生化和無厘頭引人發笑。另一個無厘頭的譯名是《鬼咁多大屋》（*Haunted Mansion*，2003/12/24）。單看譯名，會莫名其妙，因為「鬼咁」是「很」的意思，例如「鬼咁靚」即「很美」、「鬼咁煩」即「很煩」。驟眼看來「鬼咁多大屋」即「很『多大屋』」的意思，文義不通，因為「鬼咁」之後應用形容詞。細看電影內容，才知片名是指一所共有999個造型各不同的鬼魂大屋，譯作「咁多鬼大屋」〔有很多鬼的大屋〕或「勁多鬼大屋」〔有極多鬼的大屋〕，文義會較為清晰。也許，譯者故意違反語法，使譯名更形戲謔。⑱這些粗俗、戲謔的譯名，展示了在譯語文化的審美標準下，原文譯文的關係「本末倒置」：不是原文主宰了譯文的呈現方式，而是譯文把原文吞食，把原文潛在的可能性盡情發掘出來。

結語

巴西學者的食人論對翻譯研究別具啟發意義，食人的隱喻有助闡述譯者的角色；翻譯好比一個血液輸送的過程，翻譯的焦點在於譯者的健康及營養；這跟那種認為譯者是原文的僕人、須為忠於原文效力的說法大相逕庭。⑲在作為「對話」（dialogue）的翻譯活動中，譯者絕不是次要的、完全受原文制約的奴僕，而是一個自主的

---

⑱ 綜觀而言，由於電影種類繁多，觀眾要求各異，譯者各有不同，粗俗化、戲謔化只是過往五年片名翻譯其中一個路向，影片譯名大體上雅俗由人、百花齊放。

⑲ Bassnett and Trivedi, "Introduction: of Colonies, Cannibals and Vernaculars," 5.

讀者及自由的作者，會因應譯入文化的創作規範、價值觀念、審美標準進行翻譯，使原文以簇新的姿態復活再生。本文的研究顯示，在片名翻譯這種以功能出發的活動中，香港的譯者往往在名稱的參考功能、表意功能、呼籲功能上耗盡心思，務求達到推介電影特色、吸引觀眾入戲院的雙重目的。因此，香港的英語電影片名的中譯與原來的名稱呈現了多種不同的差異，而這些差異與香港文化的創作規範（「文字遊戲」、「文本互涉」）、價值觀念及美學取向息息相關。除非片名的功能有變；否則，把電影名稱視作一般的文類，主張片名的翻譯必須複製原文的語言元素並無意義。同樣地，鼓吹中港台三地譯名規範化亦無多大意義，⓴正如王娟娟就兩岸三地英語電影譯名的抽樣分析指出，三地譯名均不相同者居多，三地譯者「仍以本地語言文化習慣及觀眾為主要考量」。㉑要求三地譯名規範化就像要求在香港的譯名中刪去廣東話、英語夾雜的元素，又或在台灣的譯名中避用「當家」、「總動員」、「驚爆」、「終結者」等字眼。㉒電影譯名既然是譯入文化的事實，絕不能抽離於譯入系統獨特的文化條件，除非三地的文化環境並無顯著的差異，否

⓴ 中港台三地影片譯名規範化的主張，見陳琦，〈電影譯名的特點及其翻譯規範化的問題〉，《翻譯季刊》20 期（2001）：頁 114-118。

㉑ 王娟娟，〈兩岸三地英語電影譯名比較及翻譯模式建立與應用〉，《翻譯學研究集刊》第 9 輯（2005）：頁 39。

㉒ 台灣電影譯名的常用詞彙，參許慧伶，〈從社會語言學角度探討美國電影片名在臺灣的翻譯〉，載《中華民國第一屆國際翻譯學研討會論文集》（台北：國立台灣師範大學翻譯研究所，1997），<http://web.nuu.edu.tw/~hlhsu/Grace/Publication.htm>（2006 年 10 月 5 日），頁 29-49。

則，抽離語言習慣、本地價值或流行美學的電影譯名只會叫觀眾食慾不振、消化不良，電影名稱亦因而不能發揮其預期的功能作用而萎靡頹頓。㉓

㉓ 此項研究蒙香港嶺南大學研究及高等學位委員會（暨／或「文科課程」）支援和撥款資助，特此鳴謝。

10. 今生在來生
——從電視劇主題曲的嬗變解讀《神鵰俠侶》播散的痕迹

提要

「延異」、「痕迹」、「漂移」、「播散」、「文本」、「語境」等，都是德希達對文字和翻譯的論述中重要的思想。本文從德希達「延異」的觀點出發，就 1976-2006 年在中、港、台播放的七套《神鵰俠侶》改編劇的主題曲，闡述《神鵰》是由痕迹編織而成的文本，呈現著一連串差異與流動的意符，播散著要靠不在場、後至的事物推衍出來的意義，有待語境的重構再重構，才得以存活、成熟、擴充。從一個跨越時空、把《神鵰》的概念作為一個文本的角度看，每首主題曲的意義得以顯在，因為其他不顯在的文本與其構成綿密的關係網絡，使不同的意義在差異的漂移中交相呈現。今生既帶著前生的痕迹，又播散著來生的氣味。前生、今生、來生在顯隱之間游走，既揭示了《神鵰》作為概念的多元性及不可確定性，又展現了《神鵰》作為文本的差異結構的自由運作。

在流行文化的場域，文本紛繁，此起彼落。在一個特定時空下呈現的文本，散射著不同時空重重交疊的文本的前生今生。今生既是前生的來生，又是來生的今生。前生、今生、來生在顯現和隱沒之間交相呈現，意念隨著文本的出沒推移播散，衍生流行文化的萬相千象。孰本孰末，千絲萬縷；孰主孰次，今昔有異；所謂真假虛實、美醜是非，亦隨著詩學觀念的更迭而流轉不息。與其牢守一個受時空所限的「完美的文本」，在鎖定的範圍內高談優勝劣敗，倒不如進入文本源自／衍生的大千世界，游移在指涉鏈條誘發的無限想像中。本文擬從 1976-2006 三十年間中港台共七套《神鵰俠侶》改編電視劇的主題曲的嬗變，察看這部武俠經典「今生在來生」播散的痕迹。

10.1 經典・原著・改編

人會老，作品亦然。人老了，面容枯槁，活力不再；作品老了，與時脫鈎，魅力消散。人會老死，其生命靠子孫後代延續下去；作品亦會老死，其生命藉形形色色的「重寫」作品承傳下來。愈多重寫作品的「原著」，其生命的力量就愈發龐沛，愈能展現原著潛在的涵蘊。重寫作品，如勒菲弗爾說，泛指「任何會建構一個作家及／或一個文學作品『形象』的東西。」❶翻譯、編輯、文集編纂、文學史和工具書的編寫、甚至自傳、書評等，都是重寫的活

❶ Susan Bassnett and André Lefevere, "Introduction: Proust's Grandmother and the Thousand and One Nights: The 'Cultural Turn' in Translation Studies," in *Translation, History and Culture*, ed. Susan Bassnett and André Lefevere (London: Pinter Publishers, 1990), 10.

動；其中翻譯是最明顯易辨的重寫形式，亦是最有潛在影響力的活動。❷把武俠小說改編為電視劇，就是一種廣義的翻譯——一種跨符號、跨媒體的翻譯形式。《神鵰俠侶》可說是金庸的武俠小說中重寫／翻譯／改編最多的作品，自 1959 年 5 月 20 日在《明報》創刊號連載以來，先後被重寫成電影、電視劇、廣播劇、舞台劇、漫畫、電腦遊戲、京劇、交響樂、遊戲設定畫集等多種不同的形式，其中電視劇的改編次數最為頻密。隨著一浪逐一浪的重寫潮，金庸熱在華語地區流行文化的畛域中持續流散。歷來在中、港、台三地播放的《神鵰》改編劇共七部，❸製作的單位有六個，包括香港的佳藝電視（1976）、無線電視（1983；1995）、台灣的中國電視（1984）、台灣電視（1998）、新加坡的新加坡電視（1998）共五家電視台，以及中國的製片人張紀中（2006）。金庸除了在電視劇的製作過程中給予意見外，❹分別在 1980 年❺及 2003 年❻推出《神

---

❷ André Lefevere, *Translation, Rewriting & the Manipulation of Literary Fame* (London & New York: Routledge, 1992), 4-9.

❸ 本文的討論範圍，不包括 2002 年由日本動畫公司與翡翠動畫製作的《神鵰俠侶》卡通改編劇，以便就同類型劇種作出平行比較。

❹ 例如在 2006 年大陸版的《神鵰》改編劇的製作上，金庸把自己的《神鵰》修改版（或稱「世紀新修版」）交給張紀中，希望他們拍攝時尊重其修改版的內容。新版本在很多細節上比如小龍女出場時間、楊過練功過程及兩人談情說愛的情節都做了改動。金庸還強調這次拍攝「神鵰」的造型設計須更有藝術感，打出時尚牌，以突出「神鵰」的主題及象徵意義。參楊翹楚，〈不喜別人亂動刀、金庸親自修改《神鵰俠侶》劇本〉，《四川在綫——天府早報》，2004 年 6 月 19 日，載《新浪網》，<http://ent.sina.com.cn/v/2004-06-19/1040421958.html>（2006 年 8 月 25 日）。

鵰》的修訂版本。

歷來討論金庸改編作品的焦點，離不開「忠於原著」的概念。被視為對原著肆意改動的一部台灣改編劇除了受到金庸迷、電視迷及網友大事抨擊外，也招來金庸的不滿與指摘。❼這反映了一種對金庸改編作品的集體期望／意識形態：金庸的武俠小說是流行文化經典之作，其故事情節、人物、對話、意象等已深入民心，任何「不合理」的改動皆被視為有損小說的神韻、有遺原著的精神。❽至於何謂不合理並無定論，但改動本身必然惹來爭議。這顯示原著和改編之間存著一種原著為主、改編為次，原著為本、改編為末，

---

❺ 金庸從 1955 年開始創作《書劍恩仇錄》，到 1972 年《鹿鼎記》完稿，一共寫了十五部武俠小說；1973 年金庸封筆，開始著手作修訂工作；1980 年金庸將十年修訂的成果授權台北遠景出版社出版，共計 25 開 15 種 36 冊，其後由遠流接手，這是流傳最廣、最普遍的版本。整體來說，修訂版的改動主要見於文字修辭的更易、情節的改換及歷史意識的強調三方面。參林保淳，〈金庸小說版本學〉，載《金庸小說國際學術研討會論文集》，王秋桂編（台北：遠流，1999），頁 401-419。

❻ 《神鵰俠侶》新修版初版於 2003 年 12 月由遠流出版。

❼ 金庸曾在不同場合表達他對這個版本的不滿。例如他談及 2006 年的《神鵰》劇會超越以前的電視劇版本時，對台灣楊佩佩的版本作出了以下的評論：「那個版本簡直不是我的作品，改動得太大了，小龍女被迷姦後還會接受，還有楊過後面的命運跟我的作品幾乎沒甚麼關係。」見李彥，〈內地「神鵰」首度公開金庸看片花打 85 分〉，《北京青年報》，2005 年 1 月 10 日，載《北青網》，<http://bjyouth.ynet.com/article.jsp?oid=4449657>（2006 年 8 月 25 日）。

❽ 這種「必須忠於原著」的意識，在金庸迷中相當強烈。例子參黃瓊儀，〈金庸劇拍不出原著精神〉，載《金迷聊聊天（貳）》，中國時報浮世繪版企劃製作（台北：遠流，1999），149-154。

原著為先、改編為後的關係。抱持這種原文至上觀的讀者、觀眾、影評人、劇評人、文學或文化評論人，其實是在一個疆界固定的畛域中探討金庸的重寫作品，那就是原著和重寫作品的比較研究，研究的焦點是以「符合原著精神」的詩學觀念來評論改編作品的優勝劣敗。這種研究進路假定了改編的價值取決於原文的價值；原文既是經典作品，改編者必須把原文的各項元素重塑出來，才能充分體現改編作品的存在價值。因此，改編的成敗得失取決於其跟原著的相似或對等程度。

這種意識形態／思維方式很值得商榷。首先，作品的經典地位不是一個恆常不變的事實。經典的著作往往帶著權威的印記；能成為經典必然經過某種經典化的過程；即是指作品曾在某一特定時空受到一些意識形態或詩學的力量的推動，使作品處於文學系統的中心位置，成為學者、評論者研究的焦點，又或作家、文化人模倣探索的對象。❾經典的地位既然是由作品自身以外的力量所賦予，其「經典性」亦會隨外在力量的變動而有所改變。時代不同、地域不同，作品的經典性當然有所變異。除非作品能夠隨時空變化，迎合不同年代、不同文化系統宰制的意識形態或詩學潮流，穩守文學系統中心的位置，否則只能成為「一時的經典」，在更迭的場景中漸次沒入邊緣。金庸的《神鵰》能持續成為經典，並不是因為《神鵰》具備一種超越的、永恆的、稱為經典性的本質，而是因為三十多年來華語流行文化的重寫力量，使一度被經典化的《神鵰》繼續維持其經典地位。這包括身為作家的金庸對自己小說的修訂工作

❾ Lefevere, *Translation, Rewriting & the Manipulation of Literary Fame*, 1-10.

——使其不斷配合支配文學或文化系統的中心力量的要求，以及不同的媒體以各式各樣的面貌讓《神鵰》輪迴再生——使曾被經典化的作品不致老化、退化、異化而遭摒棄。

此外，改編必須依附原文而存在也不是絕對的觀念。所謂原文，對德希達、本雅明等學者來說，不是一個固定或終極的版本；反之，原文是一個未完滿的個體、一個半完成的結構、一個對外開放的場所，潛伏著無盡的可能性，有待翻譯使之重生，須通過翻譯帶來的蛻變或轉化才能存活下來。❿換言之，是翻譯使原文更新、成長、成熟；亦即是說，是改編叫原著綻放生機、迎向無限。用這個角度來審視原著和改編的關係，可以說，「改編依附原文而生」只是其中一個視角；另一些視角是「改編叫原文重生」，或「原文依靠改編而活」，又或「改編給原文帶來更整全的生命」等等。由此推論，改編的成敗得失不一定取決於跟原著的相似程度；反之，可以是取決於跟原著的差異程度。這裏所說的差異並不是指刻意悖逆原文而造成的分崩離析，而是那些叫原著得以重生、更新、轉化的差異。這種差異是來自一種叫文本、文本的語境、語境的語言、語言的宇宙都釋放、展現生命力的差異。本文討論《神鵰俠侶》改編電視劇主題曲的嬗變的目的，正是要探索其中富創造性、富生命力的差異。

---

❿ Edwin Gentzler, *Contemporary Translation Theories*, 2nd rev. ed. (Clevedon & Buffalo: Multilingual Matters, 2001), 163.

10.2 差異・延異・補充

差異不是偏差、離異，而是帶有創造性和生命力的差別、衍異的說法，可謂德希達解構思維的精髓。德希達引用了索緒爾「語言乃差異的結構」的觀點，提出了延異（différance）的觀點，認為意義不是先在的本質，不是語言以外的事物，而是由一連串指涉符號通過時間及空間的差異及延異衍生出來的東西。即是說，一切意義都不是「先在的存有」（prior presence），而是語言隨時空變異而產生的作用。⓫因此，意義的產生過程可以理解為一個差異的推置衍生過程——一種沒有明確目標、指涉對象或特定功能的運作，一種痕迹（trace）的播散（dissemination）活動。具體來說，語言的任何元素，姑勿論是一字一語，或一個完整句子，甚或一個文本，都不可能自給自足、完全獨創。意義既然從差異的推衍而來，要成為有意義的詞語、句子、文本，就必須帶有之前的詞語、句子、文本的痕迹。因此，所謂原文，無異於翻譯，本身已是多種意義的場所、不同文本的道口。⓬所謂翻譯，無異於原文，既呈現亦隱含在其前後出現的文本的痕迹。換句話說，原文和譯文都不是原創的意義本體，兩者都是衍生的、異質的，包含著各種不同的語言及文化材料；正是這些不同的材料使指涉的作用流於不穩定，使意義變得多

⓫ Kathleen Davis, *Deconstruction and Translation* (Manchester, UK & Northampton, MA: St. Jerome Publishing, 2001), 14.

⓬ Ibid., 16.

元而歧異，超出作者或譯者的意圖，甚至與之相衝。⓭因此，翻譯之於原文，一方面補充了原文的內容，使其成長、擴大；另一方面又突顯了原文的不穩定性、不可確定性，揭示了從語言錯漏而來的文本矛盾。正如德希達所說，翻譯的確可以豐富、擴充原文，而原文之所以要補充，是因為「原文本身不是沒有錯漏、完全、完整、整全、等同自己的」。⓮在語言無盡的指涉、推移、流徙過程中，原文或譯文、原著或改編、概念或文本都不可能不帶著缺陷和矛盾，因此，所有文本都有被重寫、翻譯或改編的空間；而後者正好突顯了原來文本被修補的過程，使原文欲指涉的意義被延宕、換置而處於流放中。

金庸的熱潮，是一個錯綜複雜的文化現象。正如王德威所說，金庸崛起於香港，風靡海外，由金庸「傳奇」演變為金庸「神話」：「全球化的金庸、國粹化的金庸、經典化的金庸、市場化的金庸、奇觀化的金庸、生活化的金庸……。這些有關金庸的『說法』其實不無矛盾，但在神話的光環之下，居然合縱連橫，形成綿密的網絡。」⓯金庸武俠小說衍生的影劇、漫畫、翻譯、電玩、流行曲、有聲書、網站多不勝數，無遠弗屆，要鳥瞰金庸熱的流散現

⓭ Lawrence Venuti, "Introduction," *Rethinking Translation: Discourse, Subjectivity, Ideology*, ed. Lawrence Venuti (London & New York: Routledge, 1992), 7.

⓮ Jacques Derrida, "Des Tours de Babel," English and French versions, in *Difference in Translation*, ed. and trans. Joseph F. Graham (Ithaca & London: Cornell University Press, 1985), 188.

⓯ 王德威，〈序〉，載《金庸小說國際學術研討會論文集》，王秋桂編（台北：遠流，1999），頁 ii。

象，恐怕要作出跨地域、跨文化、跨學科、跨媒體、跨語言的研究。就《神鵰俠侶》來說，其衍生的作品種類繁多，難以一概而論，單是《神鵰》的電視劇，已牽涉多種多樣的元素，為了作出較深入的文本研究，本文嘗試從中、港、台歷來七套《神鵰》劇的主題曲入手，管窺金庸熱的其中一個現象：《神鵰俠侶》播散的痕迹。本文假設《神鵰》的小說、電視劇、劇集主題曲是有機的關係網絡：電視劇的主題曲是該劇的縮影或點題之作，與直接改編自《神鵰》小說的電視劇的製作一脈相承，折射著《神鵰》劇的「面貌」；而《神鵰》劇又是《神鵰》作為小說作為文本作為原著的「剪影」；因此，從《神鵰》劇的主題曲可管窺《神鵰俠侶》播散的痕迹。礙於篇幅，本文集中談論電視劇製作單位推出的「主題曲」，至於《神鵰俠侶》林林總總的插曲，⓰以及不同地區播放該劇時自行換置的主題曲，則不列入討論範圍。⓱此外，為了作出平行的比較，同一套劇若有片頭、片尾主題曲，則以被視為較重要的片頭主題曲作為研究對象。⓲

主題曲之研究，關涉作詞、作曲及演唱三者。詞是文學，曲是

⓰ 《神鵰》劇的插曲為數不少。例如香港無線電視 1983 年拍攝的《神鵰》劇的插曲，就有《情義兩心堅》、《問世間》、《留住今日情》、《神鵰大俠》。

⓱ 例如香港無線電視 1995 年攝製的《神鵰》劇，在中國大陸播放時主題曲不是《神話·情話》，而是小柯、袁泉作曲、作詞，胡兵、希麗娜依主唱的《歸來去》。

⓲ 例如張紀中 2006 年的《神鵰》劇就有片頭曲《天下無雙》及片尾曲《江湖笑》。後者由小蟲作曲、作詞，張紀中、胡軍、周華健、黃曉明主唱。

音樂，唱是表演，若要作出全面的探索分析，不僅橫跨不同的藝術範疇，而且涉及多種不同元素的交相運作，其複雜程度，並非本文所能駕馭。因此，本文集中詞的研究，從文字的播散痕迹討論重寫、翻譯或改編的問題。第一套《神鵰》劇的主題曲是 1976 年由劉杰（黃霑）作曲兼作詞、關正傑、韋秀嫻和麥韻主唱的《神鵰俠侶》。這首歌除了跟武俠原著同名外，歌詞穿插著男女主角的名稱，以及情人生死相隨的主題，彷如整部小說濃縮的提要，以簡單的文字反覆宣傳小說的主旨。第二套《神鵰》劇的主題曲是 1983 年由顧家煇作曲、鄧偉雄作詞、張德蘭主唱的《何日再相見》。這首歌已不見硬銷劇集內容的口號，而是以典雅的文字，從女主角的心境唱出情為何物、緣份弄人的詠嘆。第三套《神鵰》劇的主題曲是 1984 年由張勇強作曲、朱羽作詞、張勇強和金佩珊主唱的《神鵰俠侶》。這首台劇主題曲以豪邁的文字，有如小說的開場白般道出「躍馬江湖道」的英雄氣概，以及「期待再相見」的兒女情懷。第四套《神鵰》劇的主題曲是 1995 年由周華健作曲、林夕作詞、周華健和齊豫主唱的《神話・情話》。作為香港第三套《神鵰》劇的主題曲，《神話・情話》以錘鍊的文字，薈萃了歷來愛情的觀念，就武俠劇的愛情觀作出了後現代的反思。第五套《神鵰》劇的主題曲是 1998 年由林智強作曲、林夕作詞、張宇及范文芳主唱的《預言》。在新加坡第一套也是惟一一套《神鵰》劇的主題曲中，林夕以晦澀的文字，將預言、思念、諾言、傳說作詩化串連，把情人的諾言寫成淒迷的詩篇。第六套《神鵰》劇的主題曲是 1998 年由小蟲作曲兼作詞、任賢齊主唱的《任逍遙》。這是台灣第二套《神鵰》劇的主題曲，小蟲通過男主角一生淒苦的心境，用淺白的文字直抒出身寒微的英雄的壯志豪情。第七套《神鵰》劇的主題曲是 2006 年由陳彤作曲、樊馨蔓、時勇作詞、張靚穎主唱的《天下無雙》。這首中國大陸第一套《神鵰》劇主題曲用剔透的文字，藉女主角的堅執譜寫天下間一對戀人的癡狂。從 1976 年到 2006 年，這七首主題曲把《神鵰》的主題不斷延宕換置，簡單、典雅、豪邁、錘鍊、晦澀、淺白、剔透的文字交相呈現，「問世間情為何物」的緒念在差異的結構中播散游走，在前生今生來生的輪迴中，《神鵰》的生命被不斷修補／修飾／修正而更形活潑多元。

10.3 痕迹·顯在·隱沒

延異與痕迹的觀點緊緊相扣。德希達認為任何事物都不會完全在場或完全不在場，「在任何地方，呈現的都只是不同的差異，以及痕迹的痕迹。」⓳德希達採用了痕迹這個術語，闡述在意義的詮釋上，任何在時間和空間的層面上看似在場的指涉元素，其實是跟一些自身以外的東西相關，因而一方面帶著一些曾經在場的元素的記號，另一方面又已進入一種給將要在場的元素抹去的狀態。⓴每一個符號的顯在，都是一種在時空層面上延遲的在場，要依賴自身跟語言系統內其他符號的差異關係才能起指涉作用。德希達使用「痕迹」而不用「意符」，因為「意符」給人一種印象，就是意義

⓳ Jacques Derrida, *Positions*, trans. Alan Bass (Chicago: University of Chicago Press, 1981), 26, trans. of *Positions* (Paris: Les Éditions de Minuit, 1972).

⓴ Jacques Derrida, *Margins of Philosophy*, trans. Alan Bass (Chicago: University of Chicago Press, 1982), 13, trans. of *Marges de la Philosophie* (Paris: Les Éditions de Minuit, 1972).

是固定的、早已存在的、可以揭露出來的東西。相反地，就如戴維斯（Kathleen Davis）所闡述，「痕迹」能說明「指涉符號」具備保存過去（retentive）、延展未來（protentive）的特性。㉑痕迹呈現的，是無止境游走著、徘徊在顯在與隱沒之間、糾結著前生、今生、來生的意義。換言之，意義的指涉過程就是差異的游走過程，也是痕迹的顯隱歷程。用德希達延異與痕迹的概念來探視武俠小說《神鵰》的改編作品，研究的焦點不是一個先在的、超然的、至高無上的原文固定不變的內蘊，而是各式各樣讓意義得以產生的形式或關係脈絡，即各種叫所謂原文潛在的意義得以顯在的翻譯形式。

《神鵰》七套改編劇主題曲的更迭，正好呈現了《神鵰》作為概念／文本／原著差異的游走、痕迹的顯隱過程。一方面，《神鵰》本身是一個盛載多重意義的概念，或男女之愛，或身世之謎，或同門恩怨，或家國危亡，並非一首歌詞所能完全負荷；另一方面，歌詞有限的空間，正好突顯隨著時間的推移、空間的變換，作詞人在意義上不同的側重與取捨，以及歌詞這個文本背後隨《神鵰》概念游走的意念。1976 年的主題曲《神鵰俠侶》既開宗明義地道出武俠小說的俠義精神，也畫龍點睛地勾出《神鵰》故事的主旨：

神鵰俠侶　英名世代垂

問世間幾許

㉑ Davis, *Deconstruction and Translation*, 15.

俠客胸襟熱血之軀
問世間多少
情人到死誓相隨
能死生相許

神鵰俠侶　千秋萬世推許
楊過小龍女　到死誓相隨
行俠仗義名垂

不過，簡單的曲詞不免簡化了《神鵰》複雜的故事結構和引人入勝的情節；留下了不少重寫歌詞的空間。即是說，在《神鵰》的故事題旨顯在的同時；隱沒了《神鵰》豐富多元的細節。1983 年的《何日再相見》藉著小說人物的內心對白，細緻地刻劃了女主角繾綣的深情，以及與情人離別的苦楚：

誰令我心多變遷　誰共此生心相牽
情義永堅持　遺憾亦可填　未怕此情易斷

誰令我心苦惱添　前事往影相交煎
誰懼怕深情　常留在心田　恨愛相纏莫辨

緣份也真倒顛　承受幾番考驗
無論哪朝生死別　心裡情似火燄

誰令我心多掛牽　唯望有朝會再見
何事世間情　情愛永相連　未怕此情易斷

這首主題曲寫情遠較 1976 年那首深入，不過，《神鵰》俠客的氣概、男主角的悲憤都隱而不見。顯在的是離情之苦；隱沒的是武俠之義。1984 年的《神鵰俠侶》以輕快的音樂節奏、整齊的文字結構，道出《神鵰》故事的梗概：

躍馬江湖道
志節比天高
一位是溫柔美嬋娟
一位是翩翩美少年
拔長劍
跨神鵰
心繫佳人路迢迢
揮柔夷
斬情緣
冰心玉結有誰憐
期待再相見
不再生死兩相怨
攜手揮別紅塵
生生世世直到永遠

顯在的是武俠小說的典型情景，隱沒的是有血有肉的內心描寫。1995 年的《神話・情話》以綿密的意象，質問愛情的本質，把好一句「問世間情為何物」延展為兩段節奏急速而氣勢逼人的詩節：

愛是愉快　是難過　是陶醉　是情緒　或在日後視作傳奇
愛是盟約　是習慣　是時間　是白髮　也叫你我乍驚乍喜
完全遺忘自己　竟可相許生與死
來日誰來問起　天高風急雙雙遠飛

愛是微笑　是狂笑　是傻笑　是玩笑　或是為著害怕寂寥
愛是何價　是何故　在何世　又何以　對這世界雪中送火
誰還祈求什麼　可歌可泣的結果
誰能承受後果　翻天覆海不枉最初

然後以層層疊疊的文字，同樣氣勢逼人地提供一個「問世間情為何物」的後現代答案：

愛在迷迷糊糊磐古初開便開始　這浪浪漫漫舊故事
愛在朦朦朧朧前生今生和他生　怕錯過了也不會知
跌落茫茫紅塵南北西東亦相依　怕獨自活著沒意義
愛是來來回回情絲一絲又一絲　至你與我此生永不闊別時

顯在的是武俠小說的新思維、新衣裳；隱沒的是《神鵰》小說的簡單澄明的悲歡離合。1998 年的《預言》以優美的樂曲、淒美的意象，把通俗的武俠小說，提昇為典麗的詩篇：

將滄海都燒成了桑田
把紅顏看成白眼

也難以　把思念變成流言
將淚水都凝結到冰點
也開出一朵水仙
看得見　在我們心裡蔓延

不管天與地的曲線
沒有翅膀　我都會
飛到你的身邊

我相信　把你的名字
念上一千遍　就會念成
輪迴一千遍的諾言
渡過雨打風吹的考驗

我相信　把你的容顏
看上一千遍　就會看成
最永恒的預言
有一天　我們終將改變
變成了　唯一的傳說

顯在的是《神鵰》作為不朽的愛情傳說的艱深哲理，隱沒的是《神鵰》作為武俠小說平易近人、雅俗共賞的風格。1998 年的《任逍遙》以直接淺白、通順易記的口語文字，表達出身寒微的英雄的憤慨與瀟脫：

英雄不怕出身太淡薄
有志氣高哪天也驕傲
就為一個緣字情難了
一生一世想捕捕不牢

相愛深深天都看不到
恩怨世世代代心頭燒
有愛有心不能活到老
叫我怎能忘記妳的好

讓我悲也好　讓我悔也好
恨蒼天妳都不明瞭
讓我苦也好　讓我累也好
讓我天天看到她的笑

讓我醉也好　讓我睡也好
把愁情煩事都忘了
讓我對也好　讓我錯也好
隨風飄飄天地任逍遙

顯在的是武俠小說深入民間的平凡與通俗，隱沒的是《神鵰》獨特的故事情節及人物性情。2006 年的《天下無雙》以縹緲的文字，譜寫刀光劍影下結伴流浪的俠客迷情：

穿越紅塵的　悲歡惆悵

和你貼心的　流浪

刺透遍野的　青山和荒涼

有你的夢伴著花香飛翔

今生因你癡狂　此愛天下無雙

劍的影子　水的波光

只是過往　是過往

今生因你癡狂　此愛天下無雙

如果還有　貼心的流浪

枯萎了容顏難遺忘

顯在的是武俠小說歷久不衰的浪漫景致，隱沒的是浪漫背後的俠客胸襟或俠義精神。七首《神鵰》劇主題曲的多元與歧異，突顯了在改編劇不斷出現的過程中隨著《神鵰》這個主題的痕迹的活動而衍生的各種異質的意義。《神鵰俠侶》（1976）顯在的《神鵰》主旨，正是《任逍遙》隱沒的元素；但又與呈現在《神鵰俠侶》（1984）的《神鵰》面貌遙相呼應。顯現在《神話·情話》的簇新思維，與《預言》的艱深哲理如出一轍；卻與《何日再相見》那份較為傳統的繾綣深情，以及《天下無雙》那份較為典型的俠骨柔情有點格格不入。《神鵰俠侶》（1984）的豪邁，與《何日再相見》的纖細，難以相提並論。《預言》隱沒的俗氣，在《任逍遙》中充分呈現；《任逍遙》的瀟灑，在《天下無雙》中全然隱沒；《天下無雙》的浪漫，在《神話·情話》中受到質疑。七首主題曲既有重複的地方，也有獨創之處；既有互補的地方，也有相悖之處。每首主題曲的意義得以顯在，因為其他不顯在的《神鵰》意念或文本與其構成多重意義的關係，使不同的意義在差異的推移中交替呈現。今生既帶著前生的痕迹，又播散著來生的氣味。前生、今生、來生在顯隱之間游走，既揭示了《神鵰》作為概念／原著／文本的不穩定性及不可確定性，又展現了《神鵰》作為概念／原著／文本的差異結構的運作。

10.4 文本·語境·重構

德希達痕迹的觀點並不是說文本完全無從穩定、意義完全自由游走，不受文本的語境或傳統制約。要是這樣，任何詮釋都可行，亦即任何詮釋都不行，一切隨即遁入虛無。痕迹之所以可察辨，文本之所以可理解，並不是因為語言指向一些基要的、核心的意義，而是因為痕迹具有可重複性（iterability）的特質，使文本具有一定程度的可解讀性（intelligibility）。傳統或建制保存了一些語言作用的基本模式，帶來語言作用一定程度的穩定性；通過在語言、文學、政治、文化等層面傳統符碼的重複，痕迹會積聚下來，漸漸凝聚成一系列穩定的關係及意義作用，使痕迹變得可以辨認或理解。[22]文本之所以能被解讀，是由於語言在重複、整理、或建制化的過程中被穩定下來，但亦由於語言差異結構的運作，我們不可能對文本作出終極的詮釋。因此，解構的焦點不是對文本作出絕對的、權威的詮釋，而是進入語言那個意義繁衍、生生不息的世界，通過語境重構（contextualization）、語境再重構（recontextualization），對文本進行持

[22] Davis, *Deconstruction and Translation*, 30.

續的、綜合的解讀。

雖然，痕迹的重複性帶來語言作用的穩定性，但這種穩定性是有限的，因為文本的作者或文本在一個特定語境的呈現狀況都不能完全決定文本在另一個語境的呈現樣式。即使如莎士比亞撰寫的那些沉澱著歷史痕迹的經典巨著，也不能主宰自身被改編的命途。莎士比亞年代的語言和文化的意義作用，對今天的劇作家雖然有足夠的穩定性，但這不等於莎劇語境的重構會同樣穩定，這從日本或中國一些改編劇作可見一斑。㉓正如德希達所指出，語境是不會飽和的（non-saturable）：「每個符號，無論是語言或非語言的、言說或書寫的（以一般對立方式區分），作為一個小或大的個體，都可以被引用、被置於引號之中；因而能夠割裂於每個特定的語境，導致極其嶄新的語境以一種完全不飽和的姿態產生。這並不表示痕迹存於語境之外，反之，這表示存在的只有語境，而語境是沒有絕對的停泊中心的。」㉔每個符號都會給重複使用，但由於使用的語境有所不同，符號的指涉意義不會固定下來，而是會保持開放。同樣地，每個原著都可能被拿來改編，但由於改編的場景並不相同，文本的意義會隨語境的重構而有所差異。

1959-1962 年在《明報》連載的《神鵰俠侶》在 1976 年首次被拍成電視劇時，正值香港電視文化及粵語流行曲的萌牙期，金庸作品的魅力有待發掘，製作單位是剛在 1975 年開台、在香港三個電視台中處於弱勢的佳藝電視，而《神鵰》又是首次被搬上電視屏

㉓ Ibid., 33.

㉔ Derrida, *Margins of Philosophy*, 320.

幕，簡單直接、口號式的主題曲最能配合電視劇，甚至是整個電視台的宣傳策略。1983 年既是香港電視史上金庸改編劇的全盛期，又是電視劇主題曲在粵語流行曲市場處於中心位置時期，翻拍《神鵰俠侶》須注入簇新或奪目的元素，《何日再相見》的典雅、細膩體現了無線電視的強勢製作。1984 年，改編金庸的風氣由香港蔓延到台灣，金庸熱在台灣剛剛興起，台劇《神鵰俠侶》的製作場景跟 1976 年的港劇《神鵰俠侶》有點相似，兩者同樣處於引入金庸劇的始創階段，同樣以雅俗共賞、朗朗上口的主題曲，道出《神鵰》的故事大綱。1995 年，金庸劇熱潮在香港已然冷卻，但在台灣和大陸方興未艾，對香港觀眾來說，在固有基礎上（特別是劉德華、陳玉蓮的經典版本上）翻新《神鵰》、須注入無限的創意，才能刺激觀賞意欲；對製作單位來說，無線電視是首個電視台重拍自己製作的《神鵰》，加上劇集會外銷台灣、東南亞及大陸，製作必須推陳出新、與時並進。《神話・情話》的意象紛沓、天馬行空就是在這樣的場景誕生的。1998 年，金庸熱席捲華語地區，新加坡電視第一次開拍《神鵰》。珠玉在前，難有突破，這部以穩健見稱的《神鵰》劇，在主題曲的作詞上不懼重複，邀請香港的林夕來延續《神話・情話》的詞話。面向東南亞市場，重填《神鵰》如何突破已有的角度，包括其舊作《神話・情話》？高雅晦澀、不落俗套的《預言》乍現江湖。與此同時，金庸劇在台灣成為翻拍焦點，何以要再拍金庸、改編的角度與空間等問題都有待探索。作為台灣電視台第二套《神鵰》劇，楊佩佩融入了濃厚的個人風格，對故事情節作出了大幅度的改動。劇集的主題曲《任逍遙》在主題的演繹上也作出了相應的移位。2006 年，金庸劇在中國極受歡迎，海外市場也漸趨成熟，面向著東南亞、日本、美國等外銷市場，面對以往六套各具特色的《神鵰》劇，張紀中在大陸第一部《神鵰》劇中，藉先進的科技和優美的外景，力求把《神鵰》拍成電視劇經典中的經典。《天下無雙》的高曠、淒美，跟劇集製作的難度、特技如出一轍。㉕文本是開放的場所，每次改編就是把原著置於（再）重構的語境中，文本的意義也會隨語境的（再）重構而有所差異。七首《神鵰》劇的主題曲隨著《神鵰》劇迥異的時空場景，播散著與《神鵰》的概念／原著／文本或遙相呼應或各不相干、或形神俱似或貌合神離、或元神出竅或魂飛魄散的痕迹。

10.5 漂移・播散・轉化

德希達把差異的推置衍生過程稱為「痕迹的漂移」（play of the trace），根茨勒（Edwin Gentzler）把它闡釋為「沒有計算的游走」、「沒有目的之漂泊」，即一種在游走於不顯在的道路上甫顯在即隱沒、甫成形即消失、甫呈現即消散的活動。㉖「漂移」、「游走」或「漂泊」，都是指向一種沒有明確目標、指涉對象或特定功能的播散運作。「播散」意味著語言的活動不是作者所能拘限或控制

㉕ 《天下無雙》的音樂總監陳彤表示，這首主題曲是為歌手張靚穎度身訂造的，以高難度的女聲版 high C 留給她發揮特長；曲子開場是虔誠的齊誦，然後再由張靚穎婉約高亢的聲音出場。參邱志瓊，〈新版《神鵰》主題曲為張靚穎量身定作高難度 high C〉，《人民網》，2006 年 1 月 23 日，人民日報社，<http://ent.people.com.cn/GB/1085/4054800.html>（2006 年 8 月 25 日）。

㉖ Gentzler, *Contemporary Translation Theories*, 160.

的。所謂作者，不可能獨立於語言之外而自我存在，而是在複雜、流動的指涉系統中一種變動的呈現；而作者的意圖（intention），跟意義一樣，是不能完全呈現或完全可確定的，兩者同樣是從差異結構推衍出來的。[27]有關意義與意圖的關係的例子，可見於「解構」一詞的歷史。德希達在〈給一位日本朋友的信〉中指出，他是經過極慎密的推敲才採用 *déconstruction* 一詞，例如這個術語既可翻譯並改良海德格爾（Martin Heidegger）*Destruktion* 一詞所隱含的西方形而上學的概念，又可避免法文 “destruction” 所帶有的那種殲滅、拆毀的負面意思；*déconstruction* 一詞不但在文法的應用上有歷史的優勢，而且既可指涉與結構主義的模糊的親密聯繫，又可標示一種反結構主義的姿態。雖然如此，「解構」（déconstruction）一詞及它在其作品的應用和詮釋很快就超出德希達自己的意圖。雖然，對德希達來說，「解構」跟他提出的其他術語例如「痕迹」、「延異」等屬性相近，但「解構」卻被視為他的論述的核心思想，並被賦予了超出他思想的意義。[28]德希達當然並不認為身為作者的他可操控意義的衍生過程。他舉的例子顯示，所謂「播散」，正是指作者的意圖像意義一樣，都是差異結構延宕換置的作用，隨著痕迹的顯隱活動游走漂移。

七首《神鵰》劇的主題曲隨著《神鵰》劇迥異的時空場景，播散著《神鵰》差異結構顯隱漂泊的痕迹。當中的播散過程，並非作者的意圖所能宰制的。在不同的語境中，文本的意義會隨語境的重

[27] Davis, *Deconstruction and Translation*, 57-58.

[28] Ibid., 56-57.

構而播散。忠於「原著」的想法，其實假定了原著背後藏著超越語境、不受時空所限、固定不變的意圖。如果這個假設根本不成立，認為在翻譯或改編中能重現作者的意圖畢竟是一種幻覺。當金庸對其小說衍生的作品作出不忠於原著的批評時，[29]也許不應同時在故事情節或人物性格等小說的重要元素上一再修訂自己的作品。[30]這

---

[29] 金庸對改編作品批評的焦點，從他以下一段話可見一斑：「原本我把小說的版權賣給連續劇、電影的製作人，是希望能有多一點的讀者知道我的小說，有些人原來沒有看過小說，先看過連續劇和電影後才去看小說，這樣也挺好的。但是我沒想到那些編劇先生們會把我的小說改得全走了樣，讓我看了很心痛，他們加了許多東西，把我的小說改得面目全非，人物的性格完全不一樣了，這一點我很不贊同。如果是因篇幅太長，我可以接受讓他們刪掉一點，但不應該自行添加其他的情節。」見店小二紀錄整理，〈金庸大哉問〉，載《金迷聊聊天（貳）》，中國時報浮世繪版企劃製作（台北：遠流，1999），頁188-189。

[30] 在金庸最新的小說「世紀新修版」中，《神鵰俠侶》的修訂幅度不大，由於這涉及小龍女冷若冰霜的形象，較矚目的改動是加入了「小龍女與楊過早生情愫」的情節，以及「楊過、小龍女的連綿情話」。參陳鎮輝，〈《神鵰俠侶》十個重要改動之處〉，《明報》，2004 年 4 月 18 日，第 D9 版。相對來說，世紀新修版中《射鵰英雄傳》中「黃藥師愛上梅超風」、《倚天屠龍記》中「張無忌與四女情纏愛繫」、《天龍八部》中「王語嫣段譽戀侶分飛」等情節的改動就惹來了很大的迴響。參〈2006 全球華人的共同話題：「你看過新金庸了嗎？」〉，《遠流博識網》，遠流，<http://www.ylib.com/hotsale/new_jin/applaud.htm>（2006 年 8 月 25 日）。金庸對新修版引起的爭議，曾作出以下的回應：「有的讀者不理解我的修改，認為有很多老頭子的昏庸之筆。這個我是沒辦法的。我還是要改到自己滿意為止。」見鄭媛，〈金庸不理爭議改到滿意〉，《北京青年報》，2005 年 12 月 18 日，載《北青網》，<http://bjyouth.ynet.com/article.jsp?oid=7066891>（2006 年 8 月 25 日）。在近日的一次訪問中，金庸把新修版比喻為減肥成功的胖女人：「就像

種情況就像一方面假定作者的意圖是超越語境不受時空制約的，另一方面又在行動上顯示了作者的意圖正隨語境的重構而游走。在痕迹的漂移中，意義要靠不在場、後至的事物加以界定。翻譯或改編的目的不是要「運送」純淨的意指（pure signified），而是要對文本作出有調控的轉化（regulated transformation）。[31]由痕迹編織而成的文本，呈現著的是一連串差異的符號、一系列流動的意符，有待語境的重構再重構，文本才得以存活、成熟、擴充。因此，在文本的再生過程中，文本的「今生」不是由「前生」預定，而是要靠「來生」使之在某一特定的語境凝固下來，甚至成為經典。[32]用本雅明的說法，正是來生，使「原作的生命之花在其譯作中得到了最新的也是最繁盛的開放，這種不斷的更新使原作青春長駐」。[33]文本的今生，活在來生。

一個胖女人減肥成功了，當然希望外頭流傳的是她的新照片，不想再看到舊照了。」他希望金迷能「敞開心懷讀新版，接受並喜歡更複雜豐富的新金庸武俠世界。」參陳宛茜，〈7 年改版 15 部、金庸：減肥成功〉，《聯合報》，2006 年 8 月 15 日，第 C6 版。

[31] Derrida, *Positions*, 20.

[32] Paul de Man, "Conclusions: Walter Benjamin's 'The Task of the Translator'," in *The Resistance to Theory* (Minneapolis: University of Minnesota Press, 1986), 82.

[33] Walter Benjamin, "The Task of the Translator," trans. Harry Zohn, in *Illuminations*, ed. Hannah Arend (New York: Schocken Books, 1969), 71, trans. of "Die Aufgabe des Übersetzers," in *Illuminationen*, 1955. 中譯見本雅明著；張旭東譯，〈譯者的任務〉，載《西方翻譯理論精選》，陳德鴻、張南峰編（香港：香港城市大學出版社，2000），頁 201。

附卷

從結構到後結構的翻譯實踐

I. 知覺之間——從《新造的人》到《念》*

譯者可分為很多類型。其中一種界分，是把譯者分為自覺和不自覺兩種相對的類別。不自覺的譯者，認為把原文的文字翻成指定的語言，就完成了翻譯的任務，並不深究整個翻譯計劃所牽涉的寫作或出版問題。譯者的角色猶如不帶主觀判斷的翻譯工具，譯者盡量避免干預傳遞信息的過程。假如原文和譯文之間出現意義上的分歧，這大抵是由於不自覺的遺漏或失誤，而非譯者刻意的修訂或改動。不自覺的譯者通常選擇以隱形的方式存在；譯者序對他們來說只不過是不必要的奢侈品或附屬品。有趣的是，這類譯者不一定是譯壇的新手，即使是專業的譯者，若然認為翻譯純粹是簡單的文字轉換工作，也可界定為非自覺的譯者。

自覺的譯者考慮的問題可複雜多了。自覺又可分為「外在的自覺」和「內在的自覺」。外在的自覺泛指譯者對翻譯工作牽涉的各種外在因素的認知，這包括譯本的市場定位、讀者的時尚口味、譯本在出版社全年翻譯計劃中的位置、譯本與其他文字媒體的互涉關係、譯本在特殊時空下對某個閱讀群體可能產生的影響等。這些抱有外在意識的譯者不會把自己視作翻譯機器；翻譯之餘，可能會帶有獨特的文字使命，想藉翻譯來傳遞思想、弘揚理念等。至於內在

* 本文原載於《念——別了母親後》（香港：基道出版社，2000 年，頁 10-13），承蒙基道出版社允許轉載，特此鳴謝。

的自覺，則指譯者對翻譯的本質的敏銳觸覺與澄澈認識，認知的層面遍及文字的傳意過程、翻譯的規範模式、讀者對翻譯作品的普遍理解、翻譯理論與翻譯實踐之間發展步伐的差距等。對自覺的譯者來說，譯者序既是譯者與讀者溝通的主要橋樑，也是譯者展現翻譯作為一種文化現象的媒介；只有通過序言，譯者才能把翻譯過程中面對的動態掙扎與艱難取捨，通過一把正文以外的聲音呈露出來。

回想起來，這是我第二次翻譯盧雲的作品了。八年前翻譯《新造的人——屬靈人的印記》時，大概是一個不自覺的譯者；如今著手翻譯《念——別了母親後》，嘗試加入自覺譯者的行列中。所謂自覺與不自覺，並不是優勝劣敗的分野，而是對翻譯工作抱有不同的理解。內裏反映的，可能是翻譯理論在學術領域上的發展走勢，或閱讀群體在翻譯觀念或期望規範上的變化。無論如何，都得承認，翻譯的理念不是靜態的，翻譯的過程不是千篇一律的，翻譯的作品不是超越時空的產物：翻譯其實是在特定地區特定年代下的一種呈現，不能抽離於整個社會文化的大氣候。到了公元二千年，若然還緊抓十九世紀末嚴復提倡的「信、達、雅」觀不放，又或對二十世紀七十年代以來急速發展的各種翻譯理論不聞不問，雖然能享受從不自覺而來的平靜與穩定，卻不免逃避了從自覺而來的挑戰與磨煉。二十一世紀的今天，譯事至少也有「三難」：破、立、合是也。破者，突破陳舊僵化的翻譯觀也；立者，為翻譯作品建立活潑的生命也；合者，把翻譯的理論與實踐結合也。求其「破」者，已大難矣。顧破而不「立」，雖譯猶不譯也，則「合」尚焉。

2000 年 4 月 13 日

II.《痕／迹》·讀者·譯者*

在翻譯《痕／迹》一書的過程中，腦海中偶爾浮現一個沒有答案的問題：讀者與你素未謀面，他們想看的，是韓瑪紹的作品，為甚麼卻對你的譯文報以信任，認為通過你的文字，就可進入韓瑪紹深邃高雅的心靈世界？

不看原文的讀者，惟一接觸到的，就是譯者的文字。譯者對原文一思一念的推敲，一晃一動的感應，可能是主觀的投射，又或是不自覺的遺漏。譯者把原文消化後反芻出來的文字，無論對一顰一笑的勾勒，或一草一木的描繪，當中落筆的輕重、行文的緩急、著色的濃淡、意境的虛實等，絕對可以是差之毫釐，謬以千里。畢竟譯本就是重新演繹的文本，從任何角度來說都不等同原文，尤其是文字由外域移植到本國的土壤上，一定會有所變動，有所差異。正如好些翻譯理論家所說，翻譯的過程有增有減，譯文必然損失了一些原文的東西，但又添加了一些自身獨有的東西。換言之，譯文並非必然是原文的靜態或動態對等，譯文與原文的相似程度往往取決於譯者的翻譯目的、譯學理念、語言能力、文化知識、文字造詣、氣質脾性，以及譯者身處的文化背景等。既然譯者本身蘊藏著許多變數，而譯文的成敗得失又完全仗賴譯者獨一無二的筆觸，那麼，

---

* 本文原載於《痕／迹》（香港：基道出版社，2000 年，頁 33-41），承蒙基道出版社允許轉載，特此鳴謝。

譯者的角色在翻譯作品中應該非常重要，讀者閱讀翻譯作品理應先看譯者是誰，有了信任的基礎後，才全情投入書中的虛擬天地。這就正如我們不會不假思索地全盤接受一個毫不認識的人所傳達的信息，因為傳話人的身分若未確定，經他轉達的信息未必可靠；況且要消化信息的內容，不可能抽離於傳話者的背景資料，漠視他在傳遞消息上扮演的角色。

基督教漢譯作品有個頗為奇特的現象，就是一方面翻譯活動相當蓬勃，漢譯作品在品種和數量上都遠勝本土原創作品，但另一方面卻出現了無數無名的譯者。所謂無名，不是沒有名字，而是名字無關痛癢，因為讀者根本從不理會譯者是誰。只要原文作者聲名顯赫，不論譯作的質素如何，讀者都不會提出抗議。因此，一些中文古怪莫明、上文下理難於捉摸的漢譯作品，不愁沒有市場價值，這可從不少這類作品的銷量反映出來。也許有人認為這個「無名的譯者」現象是譯者地位低微的表徵。無疑，譯者地位的確不高，這是難於推翻的事實；但與其說譯者不受重視，倒不如說讀者地位較譯者更低微。至少，譯者無論把原文翻成怎個樣子，在基督教中文書籍的市場上仍有生存的空間，不會遭人無情的鞭撻或唾棄（這點甚至可引伸為譯者地位崇高的反論調）；相反地，市場並沒有為讀者提供五花八門的選擇，讀者好像沒有提出要求、異議的權利，譯本的文字也沒有刻意遷就他們的閱讀習慣，讓他們馳騁於媲美原文的優美詞藻中，充分享受閱讀的樂趣。

這個「無名的譯者／無聲的讀者」現象，異常有趣。讀者的沉默，其實可從不同的角度加以理解。最簡單直接的一個解釋是資源短缺，即讀者有感於本土創作的缺乏，需要大量汲取外國作品的養分，但礙於人力資源不足，惟有接受有欠理想的翻譯作品，並以此作為把外國的思想文化兼收並蓄的主要渠道，而不加以排斥或摒棄。其次，這可能與讀者被動的包容意識有關。即是說，基督教漢譯作品的讀者胸襟廣闊，對文字有無比的容忍力，無論譯作的質素如何，都不會行使汰弱留強的選擇權。於是，市場上即使充斥著良莠不齊的譯本，讀者也不吭一聲。另一個假設是，華人信徒讀者主動認為翻譯既然是舶來品，當然富有異國風貌，譯作愈是詰屈聱牙、暗晦詭奇，就愈能綻放異國色彩，發揮陌生化的魅力，甚至以此為忠於原文的最佳呈現。因此，讀者把翻譯撥入另類作品的類別，樂於抱著囫圇吞棗的心態去賞覽文字風格別樹一幟的譯本。既然讀者連逐一品嘗譯作都來不及，又怎會提出別的要求？最激進的一個假設是，基督教中文書籍的讀者高舉原創、輕看翻譯，視翻譯作品為原文的附庸或讀者攫取原文資訊的工具。因此，就算譯本文字水準低劣，甚至扭曲畸怪，讀者都會認為無傷大雅，因為譯本的價值形同次貨，不屑一談。誠然，讀者的緘默，不能一概而論。不過，上述的假設卻揭示了譯者與讀者之間的微妙關係，對尋求突破的譯者有一定的啟示。

要是讀者的沉默不語，是基於上述的第一或第二個假設，即資源短缺及包容意識，那麼，譯者應當自強不息，藉著提高翻譯的素質，為這類抱有美好願望的讀者提供更多不同的選擇、更多優質的精神食糧，免得辜負了讀者的忍耐和厚愛。倘使讀者的默不作聲是基於第三或第四個假設，即翻譯屬異類或翻譯乃劣品的觀念，那麼，有文字使命的譯者更是任重道遠，責無旁貸。除非有抱負有才華的譯者打算放棄翻譯，改而從事本土創作，藉此擺脫次貨的標籤效應，好讓自己的作品能得到較合理的對待，發揮文字本身應有的力量；否則，譯者更要致力搞好翻譯，力挽狂瀾。一方面，譯者必須推動翻譯觀念的更新，讓讀者明白不一定是扭曲了的文字，才能散發異國的情調，反之，優雅俊秀的文字是更能叫原文重獲新生，叫譯作大放異彩。另一方面，譯者也要致力從事翻譯的活動，使市場上不斷出現能與本土優秀創作爭妍鬥麗的譯本，叫譯作也能躋身基督教中文作品的文化寶庫，從而具體地化解所謂譯本乃下下品的偏見。由是觀之，無論讀者沉默的原因是甚麼，積極的譯者有必要圖強求變，把翻譯的活力和生命力釋放出來，打破「無名的譯者／無聲的讀者」的局面。

回到開首提出的問題：與你素未謀面的讀者為何相信通過你的譯文可進入韓瑪紹的心靈世界？這個問題其實不能抽離於基督徒讀者閱讀漢譯作品的文化。上文的分析若是正確的，即譯者與讀者的關係正是無名的譯者碰上無聲的讀者，那麼答案極有可能是：讀者沒有選擇，只能無奈地相信；或是讀者半信半疑，邊看邊揣測。姑勿論讀者這些態度是出於自覺還是經驗，有一點是肯定的，譯者和讀者都不能在上述兩種情況下建立有建設性的互動關係，叫翻譯作品本身的生命力綻放出來。若要扭轉頹勢，讀者也許要避免把譯者視作「無名的譯者」，把他們等同翻譯的機器，或無個人感情、理念、學養、文采、氣質的傳話人，又或把譯作看成標準化、樣板化、帶著不同程度偏差失誤的製成品；讀者不妨多了解譯者的背景，審慎地判別不同譯本的特色。此外，譯者也許不應把讀者看成「無聲的讀者」，認為他們是沒有要求，沒有期望的一群，以致在翻譯的過程中不是畏首畏尾就是任意妄為，不能把翻譯的工作拿捏得恰到好處：譯者不妨為譯文的翻譯策略定位，並因應讀者的期望來釐定清晰的翻譯路向。「有名的譯者」遇上「有聲的讀者」，前者的筆法筆調也許較能揮灑自如，後者的閱讀體驗也許較能暢達痛快。

為了給予《痕／迹》這個譯本展現自己獨特的生命的機會，本來潛隱在文字底下的譯者只好暫浮字面稍作介紹，跟讀者來個蜻蜓點水式的交流。《痕／迹》所依據的奧登譯本，是一部深奧晦澀的書，內容盡是哲思雋語，體裁豐富多元，文字精妙錘煉，風格情理交融，意境清逸高遠。譯者相信《痕／迹》的讀者期望探究的，是作者韓瑪紹的心路歷程，因此在翻譯的過程中，極力避免加入主觀的理解，舉凡原文含糊難懂的地方，譯者都盡量保留其含混性，以免扼殺了讀者想像和詮釋的空間。此外，鑑於形式和內容不能分割，譯文為免簡化原文的多重語義，嘗試盡量活用中國語言文字句構靈活、意象豐富的特色，務求塑造同樣幽邃曠寂、清洌深湛的空靈語境。

奧登譯本有好些含隱的聖經文字，並無列明出處，卻滲透在韓瑪紹的思維中，熟悉英文聖經的讀者看後，必然有種似曾相識、呼之欲出的感覺。這些含隱的經文正好反映了聖經在韓瑪紹思想中的位置；為了重現經文如何在韓瑪紹觀照生命的過程中跟他個人的思想結合起來，譯者以同樣的處理手法，把《和合本》的經文以含隱的方式加插在譯本的內容中。整體來說，雖然中西文化有極大差異，猶幸《痕／迹》一書的內容多屬超越時空界限的深層省思，譯者毋用躑躅在本色化與陌生化的恆常矛盾中，得以全力集中在詩意文字的重塑、理性思維的重構、繁複句構的重組，以及如何把潛伏在冷峻省思下的蒼鬱悲情重現在譯本當中。

〔……〕[†] 吾翻譯功夫有涯，而原文信息無涯，以有涯隨無涯，殆已，已而為完滿者，殆而已矣。翻譯是傳遞意思的過程，意思是怎也不會完結的，幾千年來人類的思想輾轉相傳，一個譯本在某個時空說著某些話，其內容思想卻絕不會鎖死在該書的文字框架中。擁有多個譯本的作品，書的內容就能獲得多次重生的機會，人的思緒感情就能通過不同的演繹激盪開去。但願這個譯本和蘇恩佩前輩的遺作《痕》，都能成為讀者通往韓瑪紹偉大的心靈的橋樑，也願各式各樣的橋在未來的日子不斷築起，連綿無間。

2000 年 3 月 14 日

† 這裏刪減了部分與本書題旨無干的文字。

III. 如何破隔？
——談日記的翻譯兼序《安息日誌》*

翻譯日記，譯者正站在一個尷尬的位置，要以第一身真誠的口吻述說別人的故事。在翻譯的忠誠上，不妨讓讀者意識到他們看的是經過語言文化轉換的文字；在藝術的感通上，卻似乎不宜讓讀者發覺所讀的是翻譯。當讀者打開盧雲的日記，準備進入盧雲的心扉時，赫然發現那裏隔著一道牆，不見盧雲的聲相情態，只見一個人或一群人倚在牆邊，不斷轉述著盧雲的話，讀者要麼望而卻步，要麼失望折返。讀者要看日記，因為日記夠真、夠白、夠澄澈、夠剔透；中間隔著一個譯者，豈非對這種體裁最滑稽的諷刺？倒不如撇下不好譯、不宜譯、不譯也罷的日記，免得誤己誤人。

譯者要自處，得想個翻譯日記的理由。那就從隔說起吧。甚麼是隔？人的感通，可謂阻隔重重。盧雲抽象的感觸，化為具體的意念，已是一隔；形而上的意念，化成形而下的文字，又是一隔；由英語的規範，轉到漢語的規範，再經文化的調節，再多一隔；譯者閱讀原文，滲入個人的詮釋，又多一隔；譯者為照顧讀者，遣詞造句作出特別安排，再添一隔；讀者細讀譯文，融入個人觀感，又添一隔；讀者再讀譯文，潛化了先前的閱讀經驗，隔了再隔……原

---

* 本文原載於《安息日誌——秋之旅》（香港：基道出版社，2002 年，頁 vii-ix），承蒙基道出版社允許轉載，特此鳴謝。

來，沒有不隔的溝通。

原來，人類互動，不是基於無隔，而是始於有信。要達致可信的交流，先要相信神賜人溝通的能力，再信人有表達的能力，再就語言的傳達功能報以信任，再對作者的真誠投上信心，再對譯者的忠誠不抱懷疑，再對讀者的理解委以重任。在信的基礎上，儘管有隔的關卡，人還是勇於樂於甘於在有限的規範上尋求無規範的感通。

然而，以信破隔，還未完全解決問題。在信的大前提下，無誤的交流只是過氣的神話，因為語言本身尚有不足，時而不敷應用，時而產生歧異，時而自相猜駁；而人類自身亦會在不自覺不情願不勝任下犯下錯誤，將一己的偏執折射到語言上，映照到文字裏，於是誤會叢生，誤寫、誤讀、誤譯、誤說、誤評屢見不鮮。

既然這樣，是否要絕信棄字，遁入虛無？那就是與世全隔，非常人可為之。常人只能憑信破隔。如何破隔？一曰以有隔隨無隔，二曰從有誤到有悟。隔與誤，其實是文字交流必然的惡。承認隔之存在，才不為隔所隔；察辨誤之為害，才不為誤所誤。盧雲澄澈的心象，有待隔而益顯淒美，亦待破隔而指向無限。盧雲剔透的文字，隨著誤而衍生意義，藉著悟而游於無窮。也許，隔與不隔，從來就不是翻譯日記的問題。

2002 年 6 月 26 日

IV. 隱形與透明
——從《荒漠的智慧》看翻譯語錄的玄機*

提起沙漠，現代的中國讀者會聯想到甚麼呢？黃沙萬里的大漠上，幾頭駱駝拖曳著一隊唐代的絲綢商旅？塵土飛揚的客棧前，閃爍著一批明代官兵與數名蒙面俠客的刀光劍影？原來，沙漠這片寸草不生、人跡罕至的荒野，是基督教隱修運動的發源地。在公元四、五世紀，一些基督徒隱士逃遁到古埃及的沙漠，撤出權慾高漲的社會對人的操縱，以獨處、靜默、祈禱等寒微的生活方式來尋求救贖、見證救恩。簡單、原始、素樸、平靜背後，是一份捨己、刻苦的堅執。他們的言行揭示，當生活的焦點從社會複雜的網絡撤離，完全移到信仰的核心神的身上時，多矛盾、多無奈、多費解、多奇特的境況，都會變得豁然開朗。沙漠教父與教母苦行、禁慾生活帶來的，不是壓制，而是釋放。那種從謙卑、信靠迸發出來的生命力，也許就是沙漠智慧的精髓；而翻譯《荒漠的智慧》，也許須要先參悟這種生命力的玄機。

這個譯本的原著本身也是譯作，譯者是一位日本的藝術家和神學家。他依據的分別是一八四九年與一八五八年於巴黎出版的拉丁文和希臘文版本。他惟一談及的翻譯策略是：「為了保留原文簡單

---

* 本文原載於《荒漠的智慧——沙漠教父語錄觀照》（香港：基道出版社，2003 年，頁 xi-xiv），承蒙基道出版社允許轉載，特此鳴謝。

樸實的風格，我嘗試以平白的現代英語來翻譯，同時也盡可能採用性別內包語言。」換言之，原著是「簡單樸實」的，而湯史的譯本也盡量保留這種風格。至於對「性別內包語言」的強調，湯史沒有進一步加以闡述，這或許跟日本文化重男輕女的傳統有關，反映了他對男女平等觀念的重視。

在翻譯策略上，譯者若然注重原文的精神面貌，理論上應該對湯史的譯著亦步亦趨，特別是在秉承「簡單樸實」的風格上，力求做到一脈相承。基於這個考慮，譯者不可能採用莊子式雄奇恢宏而妙趣橫生的筆調來重塑玄奧的智慧；也不宜用隱晦、精鍊、艱澀、玄奧的佛偈來重現沙漠教父教母的言行。這種把沙漠教父歸化入中國文學傳統的翻譯手法，除了會造成文化視野的混亂外，更重要的是，它與沙漠教父的生活方式格格不入。

沙漠教父追隨的是極度簡樸清苦的生活，寡言慎行，既不會雄辯滔滔地與你闡釋微言大義，也不會迂迴曲折地向你講述三世傳奇。言簡意賅，實而不華。既不會藉華麗文采使你屈從，也不會以艱深理論叫你著迷。那些教人目眩神往的論說風格，也許正是他們要撤離的其中一種社會壓制。翻譯語錄，必須翻譯出說話的人的個性。翻譯沙漠教父的言行，特別是他們的談話內容，不用平白素樸的文字，不免欠缺真實感，有失說服力，使文本出現不必要的斷裂。

譯者在這種情境下，應該盡量隱形，盡量約束自己的文筆，不要加入額外的修飾，才不會成為再現原文的障礙物。譯者愈是隱形，原文就愈透明，沙漠教父的語錄就不會因為歸化的翻譯策略而變得面目全非，或貌合神離了。然而，隱形不等於直譯、硬譯、不消化原文信息而搬字過紙。這樣只會讓讀者發現譯者無處不在、或譯者正苦苦地與文字搏鬥、或譯者在機械地處理一堆符號、或譯者正在東施效顰……隱形的意思就是盡量避免在淺白的文字上自加潤飾；因為每個潤飾的地方就會為文字加添了著力點；而每個著力點都會突顯筆者的寫作風格，甚至是其主觀投射的情緒或詮釋。隱形的譯者，就是在文字風格上自我禁制、自我規限、自我隱沒的譯者。

沙漠教父教母的故事十分強調謙卑：只有謙卑的修道者，才能貫徹始終地實踐遺世特立的苦行生活；只有持久的苦行生活，才能修煉出真正的謙卑。假如譯作必須重現原著的神韻，才是恰當的翻譯，那麼，在翻譯的過程中，譯者的心靈要不斷與原作呼應，才能使原文的生命力再度迸發出來。假如文字的內容和風格必須巧妙結合，才是理想的作品，那麼，只有隱形的譯者，才能呼應教父謙卑的心靈，使教父的謙卑不會因為譯者從中作梗而變得晦暗無光；只有像沙漠教父的語錄的原著，才能喚起譯者謙卑的意識，使譯者通過翻譯《荒漠的智慧》而掌握隱形的真諦。

一個譯者為著如何翻譯《荒漠的智慧》大費周章，想問道於沙漠教父。他得到的回應或許是：正如只有謙卑的心，才能領受偉大的智慧；只有隱形的譯者，才能譯出透明的文字——因為愈是自我隱沒的文筆，就愈能釋放沙漠智慧的玄機。

2002 年 7 月 24 日

V. 翻譯文學在文學多元系統中的位置*

埃文－佐哈爾 著
莊柔玉 譯

1

雖然研究文化的歷史學者普遍認為翻譯在國家文化的形成上扮演了重要的角色，但是他們較少從事這方面的研究。一向以來，文學史只是在無可避免的情況下，才會談及翻譯作品；例如中世紀和文藝復興時期的文學史，就不得不提翻譯作品了。我們或許可以在其他時期的文學史中，找到零碎的資料，介紹個別的文學翻譯作品；可是這些資料甚少有連貫性，並沒有與整體的歷史描述結合起來。因此，要釐清翻譯文學在一個文學體系裏的功能或位置，殊不容易。此外，到目前為止，一般的研究只是把翻譯文學視作「翻譯」或個別的「翻譯作品」，而從來沒有考慮把它看作一個文學系統。那麼，把翻譯文學假定為一個系統，有沒有理論的根據呢？能

* 本文原載於《西方翻譯理論精選》（香港：城市大學出版社，2000 年，國際書號 978-962-937-035-0，頁 116-124），承蒙香港城市大學出版社允許轉載，特此鳴謝。英文原文見 Itamar Even-Zohar, “The Position of Translated Literature within the Literary Polysystem,” *Polysystem Studies, Poetics Today* 11:1 (Spring 1990): 45-51。

不能假設表面上互不相關的翻譯作品，跟原創的文學作品一樣，背後存在著同樣的文化和語言關係網絡呢？翻譯作品離開了本國的語言文化環境，給送到另一個文學裏，被視為已經製成的舶來品，因而並不牽涉入所謂「中心與邊緣」之間的鬥爭；那麼，從這個角度來看，翻譯作品與翻譯作品之間，可能存在著哪些關係呢？

在我看來，翻譯作品之間至少在兩方面是互有關連的，它們有以下的共通點：其一，選擇源文的原則必定在某種程度上跟譯語文學的本國「並存系統」相關。其二，翻譯作品採取的規範、行為模式和政策——簡單來說，即「文學形式庫」的應用——必定跟其他的本國並存系統息息相關。這些關係不局限在語言的層面上，還在其他一切選擇的層面上顯示出來。因此，翻譯文學可能有自己的文學形式，甚至有頗為獨特的文學形式庫。❶

上述情況，似乎顯示了討論翻譯文學不單是合理的，而且是必要的。不認識這一點，則無論怎樣努力描述和解釋文學多元系統在共時或歷時性方面的行為模式，我看這方面的學術研究也難以有所進展。換言之，我認為翻譯文學不獨是任何文學多元系統內自成一體的系統，而且是非常活躍的系統。但是，翻譯文學在多元系統中

---

❶ Cf. Gideon Toury, "Translational Solutions on the Lexical Level and the Dictionary," in *International Conference on Meaning and Lexicography: Abstracts: Lodz, 19-21 June 1985*, ed. Jerzy Tomaszczyk and Barbara Lewandowska-Tomaszczyk (Lodz: University of Lodz, Institute of English Studies, 1985), 87-89; Gideon Toury, "A Rationale for Descriptive Translation Studies," in *The Manipulation of Literature: Studies in Literary Translation*, ed. Theo Hermans (London and Sydney: Croom Helm, 1985), 16-41.

佔有甚麼位置呢？這個位置又跟翻譯文學的整體文學形式庫的本質有甚麼關係？由於翻譯文學在文學研究中只處於邊緣位置，我們或許會因此推論翻譯文學在文學多元系統中也永遠處於邊緣位置；但情況絕不是這樣。究竟翻譯文學會居於中心還是邊緣位置，而這個位置與革新的（「一級的」）還是保守的（「二級的」）文學形式庫有關，則視乎有關的多元系統的組合模式而定。

2

如果說翻譯文學在文學多元系統內佔有中心的位置，就是指翻譯文學在塑造多元系統的中心部分的過程中，扮演著舉足輕重的角色。也就是說，翻譯文學是革新力量不可或缺的一部分，極有可能跟文學史上的重要事件扯上關係。在這樣的情況下，「原創」與「翻譯」的分野並不清晰，而最矚目或最受推崇的翻譯作品往往是出自主要的作家（或即將成為主要作家的前衛分子）手筆的。況且，在新的文學模式出現時，翻譯極有可能是發展新文學形式庫的工具之一。一些本國文學所無的特色（包括原則和成分）會由外國作品帶進來。其中不獨有新的現實模式（models of reality），以代替固有的、陳舊的、不再有效的模式，還包括其他各式各樣的特色，例如新的（詩歌）語言、寫作形式及技巧。雖然，選取作品來翻譯的原則是取決於（本國）多元系統的狀況的：除了看作品跟新的手法是否協調外，還要看它們在譯語文學中能否扮演所謂革新的角色。

上述的情況究竟是由甚麼客觀條件催生的呢？我看有三種可能性，三者可說是從同一規律演變出來的不同表現。第一種情形：一個多元系統尚未定形，即是說，文學的發展尚屬「幼嫩」，有待確立。第二種情形：一種文學（在一組相關的文學的大體系中）處於「邊緣」位置，或處於「弱勢」，或兩者皆然。第三種情形：一種文學出現了轉捩點、危機或文學真空。

在第一種情形下，幼嫩的文學要把新發現的（或更新了的）語言盡量應用於多種文學類型，使之成為可活用的文學語言，滿足新湧現的讀者群，而翻譯文學的作用純粹是配合這種需要。幼嫩的文學的生產者因為不能立時創造出每一種他們認識的類型的文本，所以必須汲取其他文學的經驗；翻譯文學於是就成為這個文學中最重要的系統之一。第二種情形也大致相若。一些歷史較悠久的文學由於缺乏資源，又在一個文學大體系中處於邊緣的位置，往往不會如鄰近的強勢文學般發展出各式各樣的（組織成多種不同系統的）文學活動。面對鄰近的文學，這些弱小文學看見一些文學形式人有我無，於是就可能感到自己迫切需要這些文學形式。翻譯文學正好填補這個缺陷的全部或部分空間。舉例說，所有屬於上述情況的邊緣文學都可能包含翻譯文學。遠較這點重要的是，這些弱勢文學的改革創新能力往往不及宏大的、中心的文學；結果是不單弱勢文學內的邊緣系統處於依賴的地位，就連其核心也一樣。（為免引起誤會，我得指出這些文學有可能躍升到中心的位置，就如一些邊緣系統在一個多元系統中冒升一樣，這裏不擬詳述。）

在西方世界，邊緣文學常常就是小國的文學。雖然這樣的觀點教人難以接受，但是我們不得不承認，在一些互有關係的國家文學中，早在它們出現之時，已有等級的關係存在；例如歐洲各國的文學，就是這樣。在這個（大）多元系統中，有些文學處於邊緣的位置，即是說，它們在很大程度上是以外國的文學為楷模的。對這些文學來說，翻譯文學不僅是把流行的文學形式引進本國的主要途徑，而且也是帶來改革和提供另類選擇的源頭。因此，豐富的、強勢的文學只須偶爾在自己的地域內從邊緣系統中採集一些新鮮事物，而弱勢文學則要完全依賴引進外國文學來圖強求變。

在多元系統的成長、變遷、發展過程中會出現一些轉捩點；在這些歷史時刻裏，較年輕的一代不再喜歡傳統的模式，於是翻譯文學就有可能佔據中心的位置；哪怕是中心的文學系統，也會出現這種情形。假如在這種轉捩點時刻，本國文學的一切形式均被摒棄，導致文學「真空」的出現，則翻譯文學躍升中心位置的可能性更大。在這樣的真空期，外國的模式很容易滲入，翻譯文學也許因而佔據中心的位置。當然，這種情況在弱勢文學或一些恆久處於貧乏狀態（因一向沒有鄰近的或可接觸的外國文學可供引進）的文學當中，尤為顯著。

3

所謂翻譯文學處於邊緣位置，就是說翻譯文學在多元系統裏構成一個邊緣系統，其文學模式往往是二級的。在這種情形下，翻譯文學對於重要的進程並無影響力，並且只會模倣譯語文學的主要類別早已確立的規範，因而成為保守力量的一大支柱。當代的原創文學不斷探求新的規範和模式；與此同時，翻譯文學卻死守著新近或早已被（新確立的）核心拒諸門外的舊規範，因而與原創文學之間不再有正面的關係。

這裏出現了一個非常有趣的矛盾：翻譯這個可以引進嶄新的意念、項目、特色的媒介，竟然成為保存傳統口味的工具。原創的中心文學與翻譯文學出現不協調的現象，可以有很多原因。比方說，翻譯文學佔據了中心位置並引進了新形式後，迅即跟不斷變化的原創本國文學脫節，因而成為保存固定不變的文學形式的因素。因此，一個原先以改革姿態出現的文學，可能會變成僵化的系統而繼續存在，由二級模式的支持者誓死保衛，不容當中有絲毫的改動。

導致翻譯文學成為保守力量的因素，當然與翻譯文學發展成為中心系統的因素截然相反。前者可能由於是多元系統內沒有大變動，又或者是那些變動並不是因為其他文學以譯文的形式介入所產生的。

4

假設翻譯文學可能是一個中心或邊緣系統，不一定等於說整個翻譯文學都處於同一位置。作為一個系統，翻譯文學本身也有層次之分，而就多元系統的分析角度，關係的界定，往往是以中心層次為著眼點，來觀察系統內的各種關係。這即是說，在某部分翻譯文學佔據中心位置的同時，另一些部分的翻譯文學可能處於邊緣位置。上文曾指出，文學之間的接觸聯繫與翻譯文學的地位息息相關，這點相信是問題的關鍵。當外來文學大規模介入一個文學時，往往是譯自重要的原語的那一部分才會佔據中心位置，而不是全部翻譯文學都有同樣的位置。舉個例子，在兩次世界大戰之間的希伯來語文學多元系統中，翻譯自俄語的文學顯然佔據了中心位置，而翻譯自英語、德語、波蘭語和其他語言的作品只是處於邊緣位置。此外，因為最主要和最創新的翻譯規範是從俄國文學譯本引進的，其他的翻譯文學於是爭相遵從這些譯本發展出來的模式和規範。

上述用以分析多元系統運作情況的歷史資料相當有限，很難據之得出意義深遠的結論，從而推測翻譯文學在多元系統中在甚麼情況下可能佔據甚麼位置。不過，許多其他學者在這方面的研究以及我個人的研究顯示，在「正常」的情況下，翻譯文學會處於邊緣位置。在原則上，這個結論與我的推測並無矛盾。我們可以假定，縱使有些多元系統可能會較長時間處於弱勢、轉捩點、危機時期，但是長遠來說，沒有一個系統可能永恆不變地維持這種狀態。此外，不是所有的多元系統的結構都是一樣的，不同的文化之間又可能有極大的差異。舉一個明顯的例子，法國的文化系統（自然包括法國文學）是較其他大部分文學系統堅固的，加上法國文學長期處於歐洲文化（或歐洲的大多元系統）的中心位置，因此，翻譯文學在法國只能處於極度邊緣的位置。英美文學的情況也相去不遠；俄國、德國、北歐的文學的行為模式則不盡相同。

5

翻譯文學的位置對於翻譯的規範、行為模式、政策有甚麼影響呢？正如前文所述，翻譯作品跟原創作品在文學行為上有何分別，視乎該個時期翻譯文學佔有的位置而定。如果翻譯文學佔有中心位置，界線就模糊了，「翻譯作品」的範疇必須擴展至「半翻譯作品」（semi-translations）和「類翻譯作品」（quasi-translations）。從翻譯理論的角度來看，我認為這是對待半翻譯作品等現象的恰當態度；這與採用固定不變、抽離歷史的翻譯觀來排拒這些現象相比，顯然較為可取。既然在翻譯文學佔有中心位置時，翻譯活動會參與創造新的、一級的模式的過程，那麼譯者的主要任務就不單是在本國的文學形式中尋找現成的模式，把原文套進來；相反地，譯者即使要打破本國的傳統規範，也在所不惜。在這種情況下，譯文在「充分性」（adequacy）（即複製原文的主要文本關係）方面接近原文的可能性最大。當然，在譯語文學的角度來看，譯文所採納的翻譯規範初時可能顯得太標新立異。如果新的文學時尚在文學鬥爭中失敗了，依照它的觀念和口味而產生的翻譯作品就永遠不能流行；但假使新的時尚勝利了，翻譯文學的文學形式庫將更加豐富、靈活。只有在本國系統經歷大轉變的時期，譯者才會突破本國文學的既定形式庫，嘗試採用不同的文本製作方法。我們不要忘記，在多元系統處於穩定狀態，不容許有革新的餘地時，即使是譯語文學裏缺乏的形式，也不能移植過來。不過，在系統逐漸開放的過程中，某些文學之間的距離會愈來愈近，最終導致充分性這個規定與譯文實際上表現的對等高度吻合。歐洲文學的情況正是這樣。不過，有些歐洲文學內部的排拒機制太強，上文描述的變化不會大規模出現。

要是翻譯文學只是佔據邊緣位置，它的行為模式自然大相逕庭。譯者的主要工作，就是為外國的文本，找來最佳的現成二級模式。結果是譯本的充分性不足；更貼切的說法是，實際上要達致的對等，與規定的充分性之間，出現了很大的差距。

換言之，不僅是翻譯的社會文學地位取決於它在多元系統內的位置，翻譯的實踐也完全由此主導。在一個抽離歷史現實和社會背景的理想化狀態中，我們根本連何謂翻譯作品這個基本問題也不能回答，因為這個問題必須視乎多元系統的運作情況而定。由是觀之，翻譯其實並非一個本質和界限早已確定的一成不變的現象，而

是一種隨文化系統內的各種關係而變化的活動。❷

❷ 譯者註：一九七八年的版本在末尾還有兩句頗具參考價值的話，茲引述並翻譯如下：「因此，除非把作品在文學多元系統裏的地位也一併考慮，否則難以深入探討『充分性』和『對等』之類的重要概念。當代翻譯理論過分倚賴靜態的語言學模式或者尚未成熟的文學理論，以致忽略了這些基本的問題，這可說是一個不容忽視的偏差。」Cf. Itamar Even-Zohar, "The Position of Translated Literature within the Literary Polysystem," in *Literature and Translation: New Perspectives in Literary Studies*, ed. James S Holmes, José Lambert, and Raymond van den Broeck (Leuven: Acco, 1978), 117-127.

附　錄

附錄一：基督教機構出版的盧雲著作中譯

	英文書名	初版年份	中譯書名	譯者	譯序	初版年份	出版地	出版社
1	Out of Solitude: Three Meditations on the Christian Life	1974	走出孤獨	周增祥	✓	1976	台北	道聲出版社
			始於寧謐處：默想基督徒生命	洪麗婷	×	1991	香港	基道出版社
2	Aging: The Fulfillment of Life	1974	生命的頂尖	鄧肇明	×	1980	香港	基督教文藝出版社
3	Clowning in Rome: Reflections on Solitude, Celibacy, Prayer and Contemplation	1979	羅馬城的小丑戲：對獨處、獨身、禱告及默觀之反省	袁達志	✓	1990	香港	基道書樓有限公司
4	With Open Hands	1972	親愛主，牽我手：認識禱告眞義	徐麗娟	×	1991	香港	基道書樓有限公司
5	In Memoriam	1980	別了，母親	馬懿君	✓	1991	香港	基道書樓有限公司
			念：別了母親後	莊柔玉	✓	2000	香港	基道出版社
6	Heart Speaks to Heart: Three Prayers to Jesus	1989	心應心：真摯傾情的禱告	鄧紹光	✓	1991	香港	基道書樓有限公司
7	Making All Things New: An Invitation to the Spiritual Life	1981	新造的人：屬靈人的印記	莊柔玉	×	1992	香港	基道出版社
8	In the Name of Jesus: Reflections on Christian Leadership	1989	奉耶穌的名：屬靈領導新紀元	李露明	×	1992	香港	基道出版社

9	Beyond the Mirror: Reflections on Death and Life	1990	鏡外：生死之間的省思	羅燕明	×	1992	香港	基道出版社
10	Walk with Jesus: Stations of the Cross	1990	與祢同行：默想十架苦路	張小鳴	✓	1992	香港	基道書樓有限公司
11	Letters to Marc about Jesus	1988	生命中的耶穌：給年輕人的信	堵建偉	×	1993	香港	基道出版社
12	Intimacy: Pastoral Psychological Essays	1969	愛中契合	霍玉蓮	✓	1994	香港	基道出版社
13	The Road to Daybreak: A Spiritual Journey	1988	黎明路上	羅燕明	✓	1995	香港	基道出版社
14	Creative Ministry: Beyond Professionalism in Teaching, Preaching, Counseling, Organizing and Celebrating	1971	建立生命的職事	黃偉明、吳秋媚	×	1996	香港	基道出版社
15	The Return of the Prodigal Son: A Story of Homecoming	1992	浪子回頭：一個歸家的故事	徐成德	×	1997	台北	校園書房出版社
16	Inner Voice of Love: A Journey through Anguish to Freedom	1996	心靈愛語：當我陷入靈命低潮的時候	馬榮德(溫偉耀增訂)	×	1997	香港	卓越書樓
17	The Wounded Healer: Ministry in Contemporary Society	1972	負傷的治療者：當代牧養事工的省思	張小鳴	×	1998	香港	基道出版社

18	Thomas Merton: Comtemplative Critic	1981	盧雲眼中的梅頓	李興邦	×	1999	香港	基道出版社
19	Life of the Beloved: Spiritual Living in a Secular World	1992	活出有愛的生命：俗世中的靈性生活	新加坡基督教長老會真理堂	✓	1999	香港	基道出版社
20	Bread for the Journey: A Daybook of Wisdom and Faith	1997	心靈麵包	徐成德	×	1999	台北	校園書房出版社
21	Adam: God's Beloved	1997	亞當：神的愛子	陳永財	×	1999	香港	基道出版社
22	Sabbatical Journey: The Diary of His Final Year	1997	安息日誌：秋之旅	莊柔玉	✓	2002	香港	基道出版社
			安息日誌：春夏之旅	祈去	✓	2003	香港	基道出版社
			安息日誌：冬之旅	黃東英	✓	2003	香港	基道出版社

選　　集

	英文書名	初版年份	中譯書名	譯者	譯序	初版年份	出版地	出版社
1	The Road to Peace: Writings on Peace and Justice	1998	和平路上	陳永財	✓	2002	香港	基道出版社
2	Finding My Way Home: Pathways to Life and the Spirit	2001	尋找回家路：生命和靈命的導引	劉秀怡	×	2004	香港	基道出版社
3	Turn My Mourning Into Dancing: Finding Hope in Hard Times	2001	化哀傷為舞蹈：在逆境中尋得盼望	陳慧珠	×	2004	香港	學生福音團契出版社
4	The Heart of Henri Nouwen: His Words of Blessing	2003	心之所繫：觸摸盧雲的生命	魏詩韻等	×	2006	香港	基道出版社

附錄二：天主教機構出版的盧雲著作中譯

	英文書名	初版年份	中譯書名	譯者	初版年份	出版地	出版社
1	A Cry for Mercy: Prayers from the Genesee	1981	頌主慈恩	香港公教眞理學會	1985	香港	香港公教眞理學會
2	The Wounded Healer: Ministry in Contemporary Society	1972	負傷的治療者	許易風	1987	台北	光啟文化事業
3	Reaching out: The Three Movements of the Spiritual Life	1975	從幻想到祈禱	香港公教眞理學會	1987	香港	香港公教眞理學會
4	A Letter of Consolation	1982	慰父書：懷念先母兼談生命	梁偉德	1988	台北	光啟出版社
5	Can You Drink the Cup?: The Challenge of the Spiritual Life	1996	你能飲這杯嗎？	林清華	1999	台北	上智出版社
6	Here and Now: Living in the Spirit	1994	念茲在茲：活在聖神中	唐鴻	2000	台北	光啓文化事業
7	With Burning Hearts: A Meditation on the Eucharistic Life	1994	熾熱的心：感恩祭的生活默想	張令憙	2001	台北	光啓文化事業

選　集

	英文書名	初版年份	中譯書名	譯者	初版年份	出版地	出版社
1	Circles of Love: Daily Readings with Henri J.M. Nouwen	1988	愛的漩渦：與盧雲默觀	[沒註明]	1995	香港	香港公教眞理學會

附錄三：目前沒有中譯的盧雲英語著作

	書　名	初版年份	出版地	出版社
1	The Genesee Diary: Report from a Trappist Monastery	1976	New York	Doubleday
2	The Living Reminder: Service and Prayer in Memory of Jesus Christ	1977	New York	HarperCollins
3	The Way of the Heart: Desert Spirituality and Contemporary Ministry	1981	New York	Seabury
4	Compassion: A Reflection on the Christian Life	1982	New York	Doubleday
5	Gracias! A Latin American Journal	1983	New York	Harper & Row
6	Love in a Fearful Land: A Guatemalan Story	1985	Notre Dame	Ave Maria
7	In the House of the Lord	1986	New York	Doubleday
8	Lifesigns: Intimacy, Fecundity, & Ecstasy in Christian Perspective	1986	New York	Doubleday
9	Behold the Beauty of the Lord: Praying with Icons	1987	Notre Dame	Ave Maria
10	Walk with Jesus: Stations of the Cross	1990	New York	Orbis Books
11	Jesus & Mary: Finding Our Sacred Center	1993	Cincinnati	St. Anthony Messenger
12	Our Greatest Gift: A Meditation on Dying and Caring	1994	New York	HarperCollins
13	The Path of Waiting	1995	New York	Crossroad

選　集

	書　名	初版年份	出版地	出版社
1	Seeds of Hope: A Henri Nouwen Reader	1989	New York	Bantam Books

2	Show Me the Way: Readings for Each Day of Lent	1992	New York	Crossroad
3	Ministry and Spirituality: Three Books in One	1996	New York	Continuum
4	Mornings with Henri J. M. Nouwen: Readings and Reflections	1997	Cincinnati	St. Anthony Messenger & Franciscan Communications
5	Spiritual Journals: Three Books in One	1997	New York	Continuum
6	Henri Nouwen: Writings Selected with an Introduction by Robert A. Jonas	1998	New York	Orbis Books
7	The Only Necessary Thing: Living a Prayerful Life	1999	New York	Crossroad
8	Henri Nouwen: In My Own Words	2001	Liguori	Liguori
9	Jesus: A Gospel	2001	New York	Orbis Books
10	Henri's Mantle: 100 Meditations on Nouwen's Legacy	2002	Cleveland	Pilgrim
11	A Retreat with Henri Nouwen: Reclaiming Our Humanity	2003	Cincinnati	St. Anthony Messenger
12	Eternal Seasons: A Liturgical Journey with Henri J. M. Nouwen	2003	London	Darton, Longman and Todd
13	Encounters with Merton: Spiritual Reflections	2004	New York	Crossroad
14	Peacework: Prayer, Resistance, Community	2005	New York	Orbis Books
15	Words of Hope and Healing: 99 Sayings by Henri Nouwen	2005	New York	New City
16	Spiritual Direction: Wisdom for the Long Walk of Faith	2006	New York	HarperSanFrancisco

附錄四：《神鵰俠侶》電視劇收視研究報刊資料

引用文章（按漢語拼音排序）

阿杜。〈電視史罕見〉。《文匯報》，1998 年 10 月 5 日，第 C1 版。

〈不滿無線擅改小說故事、金庸曾致電鬧六叔〉。《天天日報》，1999 年 8 月 16 日，第 B05 版。

塵紓。〈管窺京劇《神鵰》的優勢與限制——兼談「鄂京」幾齣折子戲〉。《大公報》，2001 年 4 月 17 日，第 B06 版。

崔曉。〈亞視三月攻勢難樂觀〉。《明報》，2000 年 2 月 18 日，第 C05 版。

〈電視台新攻勢首回戰果〉。《文匯報》，1998 年 10 月 6 日，第 C1 版。

〈對亞視兩齣新劇失望〉。《文匯報》，1999 年 5 月 13 日，第 C12 版。

〈告別 99 邁向 33 數電視霸主往事前塵〉。《香港經濟日報》，1999 年 11 月 19 日，第 C02 版。

郭纏澂。〈重拍武俠劇難創高收視〉。《明報》，1999 年 11 月 16 日，第 C05 版。

〈慣性收視〉。《新報》，2000 年 6 月 30 日，第 C12 版。

黃瑜琪。〈網友罵鵰、金庸接招〉。《聯合晚報》，1998 年 9 月 10 日，第 10 版。

〈金庸風暴捲到下世紀〉。《明報》，1999 年 1 月 24 日，第 C01 版。

〈金庸劇已 Out？〉。《星島日報》，1999 年 3 月 13 日，第 D10 版。

〈京港愛情線收視僅三點、亞視質疑調查結果、白髮魔女傳提早接棒〉。《星島日報》，1999 年 12 月 29 日，第 A19 版。

林大可。〈世紀末電視啟示錄、無線亞視都有麻煩〉。《星島日報》，1999 年 12 月 12 日，第 D02 版。

林綰。〈專業觀眾〉。《大公報》，1999 年 7 月 14 日，第 E08 版。

粘嫦鈺。〈二「鵰」發威、收視如虹〉。《聯合報》，1998 年 8 月 26 日，第 26 版。

粘嫦鈺。〈另類神鵰改編有理？〉。《聯合報》，1998 年 9 月 9 日，第 26 版。

粘嫦鈺。〈三對神鵰俠侶展翅較高低〉。《聯合報》，1998 年 8 月 20 日，第 26 版。

〈三百萬人看電視〉。《香港商報》，1999 年 9 月 1 日，第 C06 版。

〈神鵰俠侶各有擁護者〉。《聯合報》，1998 年 9 月 5 日，第 26 版。

〈神鵰俠侶「嫁女貼大床」〉。《文匯報》。1998 年 9 月 24 日，第 C12 版。

〈神鵰俠侶小瑜不能掩大疵〉。《星島日報》，1998 年 11 月 3 日，第 A28 版。

時穎。〈我國首次選出讀者最喜愛的作家〉。《北京青年報》，2000 年 6 月 23 日，第 29 版。

〈收視調查再度失利、無線方寸大亂犧牲天地線〉。《星島日報》，1999年8月13日，第A12版。
〈台劇《花木蘭》接《縱橫四海》、袁詠儀飛撼無線〉。《香港商報》，1999年4月22日，第C12版。
〈台灣劇集的弱點是結構性的〉。《星島日報》，1998年11月2日，第A28版。
吳佳晉。〈金庸抵台、只談武俠不談情〉。《中央日報》，1998年11月4日，第10版。
〈徐小明李兆熊返亞視〉。《文匯報》，1998年9月30日，第C12版。
〈亞視高價買入花木蘭、楊佩佩爆無線出手低〉。《新報》，1999年4月22日，第C07版。
楊潔雪。〈亞視盼花木蘭扭轉收視〉。《星島日報》，1999年4月22日，第A31版。
〈楊佩佩委託獨立收視調查、《花木蘭》首播達十八點〉。《明報》，1999年5月7日，第C03版。
楊起鳳。〈神鵰爭鋒、至尊落誰家〉。《大成報》，1998年9月2日，第4版。
葉蕙蘭。〈亞視播神鵰、俠侶壯聲勢〉。《民生報》，1998年9月24日，第10版。
葉念琛。〈電視上的六四事件〉。《星島日報》，1999年8月4日，第A25版。
葉念琛。〈職業劇集的起源〉。《星島日報》，1998年10月11日，第D09版。

葉青。〈電視劇可以更吸引〉。《文匯報》，2000 年 6 月 27 日，第 C5 版。

游智森。〈無線四台節目「星期天」最紅潤利收視調查、中視格格稱霸八點檔、台視平均收視率要加油〉。《大成報》，1998 年 12 月 22 日，第 7 版。

〈袁詠儀趙文卓主演、花木蘭接《四海》播映〉。《大公報》，1999 年 4 月 22 日，第 D01 版。

附錄五：《神鵰俠侶》電視劇主題曲研究報刊及唱片資料

引用文章（按漢語拼音排序）

陳宛茜。〈7 年改版 15 部、金庸：減肥成功〉。《聯合報》，2006 年 8 月 15 日，第 C6 版。

陳鎮輝。〈《神鵰俠侶》十個重要改動之處〉。《明報》，2004 年 4 月 18 日，第 D9 版。

李彥。〈內地「神鵰」首度公開金庸看片花打 85 分〉。《北京青年報》，2005 年 1 月 10 日。載《北青網》。<http://bjyouth.ynet.com/article.jsp?oid=4449657>（2006 年 8 月 25 日）。

邱志瓊。〈新版《神鵰》主題曲為張靚穎量身定作高難度 high C〉。《人民網》，2006 年 1 月 23 日。人民日報社。<http://ent.people.com.cn/GB/1085/4054800.html>（2006 年 8 月 25 日）。

楊翹楚。〈不喜別人亂動刀、金庸親自修改《神鵰俠侶》劇本〉。《四川在綫——天府早報》，2004 年 6 月 19 日。載《新浪網》。<http://ent.sina.com.cn/v/2004-06-19/1040421958.html>（2006 年 8 月 25 日）。

鄭媛。〈金庸不理爭議改到滿意〉。《北京青年報》，2005 年 12 月 18 日。載《北青網》。<http://bjyouth.ynet.com/article.jsp?oid=7066891>（2006 年 8 月 25 日）。

引用歌曲（按年份序）

劉杰作曲、作詞。《神鵰俠侶》。1976。輯於《佳藝電視節目主題曲精選》。香港：文志唱片，2001 年。

顧家煇作曲、鄧偉雄作詞。《何日再相見》。1983。輯於張德蘭：《何日再相見》。香港：永恆唱片，1983 年。

張勇強作曲、朱羽作詞。《神鵰俠侶》。1984。輯於金佩珊：《喜新戀舊》。台灣：現代派唱片，1997 年。

周華健作曲、林夕作詞。《神話・情話》。1995。輯於《中港台電視劇主題曲大比拼》。台灣：滾石，1999。

林智強作曲、林夕作詞。《預言》。1998。輯於范文芳：《逛街》。中國：中國唱片總公司，1998。

小蟲作曲、作詞。《任逍遙》。1998。輯於《天下大亂——楊佩佩大戰金庸主題曲》。台灣：滾石，1999。

陳彤作曲、樊馨蔓、時勇作詞。《天下無雙》。2006。輯於《神雕俠侶電視主題曲原聲大碟》。中國：九洲音像，2006。

引用書目

中文書刊（按漢語拼音排序）

A

埃文－佐哈爾（Itamar Even-Zohar）著；莊柔玉譯。〈翻譯文學在文學多元系統中的位置〉。載《西方翻譯理論精選》，陳德鴻、張南峰編，頁 116-124。香港：香港城市大學出版社，2000。

埃文－佐哈爾（Itamar Even-Zohar）著；張南峰譯。〈多元系統論〉。《中外文學》30 卷 3 期（2001）：頁 18-36。

奧登（W. H. Auden）著；莊柔玉譯。〈英譯本序言〉。載《痕／迹》，韓瑪紹著，莊柔玉譯，第 1 部，頁 43-62。香港：基道出版社，2000。

B

本雅明（Walter Benjamin）著；張旭東譯。〈譯者的任務〉。載《西方翻譯理論精選》，陳德鴻、張南峰編，頁 197-210。香港：香港城市大學出版社，2000。

C

蔡錦圖。〈中文聖經的流傳〉。載《道在神州——聖經在中國的翻譯與流傳》，海恩波著，蔡錦圖譯，頁 239-278。香港：國際聖經協會，2000。

曹丕。《典論及其他三種》。孫馮翼輯，王雲五主編。上海：商務印書館，1936。

陳福康。《中國譯學理論史稿》。上海：上海外語教育出版社，1992。

陳琦。〈電影譯名的特點及其翻譯規範化的問題〉。《翻譯季刊》20 期（2001）：頁 100-120。

陳耀基。〈欲盡繆斯意，惟求昌谷才——以舊詩中譯英詩管窺〉。《翻譯學報》5 期（2001 年 4 月）：頁 51-73。

〈出版說明〉。《新標點和合本》。修訂版。香港：聯合聖經公會，1988年。

D

《當代聖經》。修訂版。香港：國際聖經協會，1993。

淡江大學中國文學系編。《縱橫武林——中國武俠小說國際學術研討會論文集》。台北：台灣學生書局，1998。

鄧紹光。〈譯前〉。載《心應心：真摯傾情的禱告》，盧雲著，鄧紹光譯，頁 i-ii。香港：基道出版社，1991。

鄧紹光編。《我們眼中的盧雲》。香港：基道出版社，2000。

鄧肇明。〈附註〉。《生命的頂尖》，盧雲著；鄧肇明譯，頁 74。香港：基督教文藝出版社，1991。

店小二紀錄整理。〈金庸大哉問〉。載《金迷聊聊天（貳）》，中國時報浮世繪版企劃製作。台北：遠流出版事業股份有限公司，1999，頁 185-194。

杜念甘。〈盧雲的生命片段和思緒：一個牧者蒙召歸家的故事〉。載《我們眼中的盧雲》，鄧紹光編，頁 1-18。香港：基道出版社，2000。

E

〈2006 全球華人的共同話題：「你看過新金庸了嗎？」〉。《遠流博識網》。遠流出版事業股份有限公司。<http://www.ylib.com/hotsale/new_jin/applaud.htm>（2006 年 8 月 25 日）。

F

〈翻譯原則〉。《環球聖經公會》。<http://www.worldwidebible.net/Big5/NCV/rule.htm>（2006 年 6 月 11 日）。

房志榮。〈新約全書「現代中文譯本」的來龍去脈〉。《神學論集》26 期（1976 年 1 月）：頁 609-621。

馮應謙。〈談本地流行文化〉。《傳媒透視》（1998 年 3 月號）：頁 2-3。

弗美爾（Hans J. Vermeer）著；黃燕堃譯。〈翻譯行動的目的與任務〉。載

《西方翻譯理論精選》，陳德鴻、張南峰編，頁 67-83。香港：香港城市大學出版社，2000。

G

高東山。《英詩格律與賞析》。香港：商務印書館，1990。

國際聖經協會。〈出版目錄〉。《國際聖經協會》。<http://www.ibs.org.hk>（2001 年 12 月 2 日）。

國際聖經協會。〈活動事工〉。《國際聖經協會》。<http://www.ibs.org.hk>（2001 年 12 月 2 日）。

《國際中文譯本——路加福音研讀本》。香港：國際聖經協會，2000。

H

海恩波（Marshall Broomhall）著；蔡錦圖譯。《道在神州——聖經在中國的翻譯與流傳》。香港：國際聖經協會，2000。

韓迪厚。〈一詩四譯之商榷〉。載《翻譯縱橫談》，香港中文大學校外進修部編輯，頁 103-112。香港：香港辰衝圖書公司，1969。

韓瑪紹（Dag Hammarskjöld）著；莊柔玉譯。《痕／迹》。香港：基道出版社，2000。

漢語聖經協會。《聖經研究篇：經文與抄本》，國際聖經百科全書 9C。香港：漢語聖經協會，2003。

環球聖經公會。《環球聖經公會》。<http://www.wwbible.org/>（2001 年 12 月 2 日）。

〈環球聖經公會容保羅牧師暢談《聖經新譯本》及其推廣普及〉。《基督新報》，2005 年 4 月 29 日。<http://hk.gospelherald.com/template/news_view.htm?code=min&id=453>（2006 年 6 月 28 日）。

黃東英。〈冬之旅譯序〉。載《安息日誌：冬之旅》，盧雲著，黃東英譯，頁 v-vi。香港：基道出版社，2003。

黃杲炘。《從柔巴依到坎特伯雷：英語詩漢譯研究》。武漢：湖北教育出版社，1999。

黃國彬。〈序莊柔玉漢譯韓瑪紹的《痕／迹》〉。載《痕／迹》，第 1 部，頁 9-32。香港：基道出版社，2000。

黃龍。《翻譯藝術教程》。南京：南京大學出版社，1988。

黃瓊儀。〈金庸劇拍不出原著精神〉。載《金迷聊聊天（貳）》，中國時報浮世繪版企劃製作，頁 149-154。台北：遠流出版事業股份有限公司，1999。

黃錫木。《新約研究透視》。香港：基道出版社，1999。

黃錫木。〈中文譯經工作的再思〉。《時代論壇》744 期，2001 年 12 月 2 日，第 10 版。

霍玉蓮。〈譯序〉。載《愛中契合》，盧雲著，霍玉蓮譯，頁 v-viii。香港：基道出版社，1994。

J

賈保羅編。《聖經漢譯論文集》。香港：基督教輔僑出版社，1965。

賈保羅。〈最近之中文聖經譯本〉。載《聖經漢譯論文集》，賈保羅編，頁 29-37。香港：基督教輔僑出版社，1965。

賈保羅。〈中文聖經之修訂——前途如何?〉。載《聖經漢譯論文集》，賈保羅編，頁 150-160。香港：基督教輔僑出版社，1965。

〈簡史〉。《漢語聖經協會》。<http://www.chinesebible.org.hk/vision.asp>（2006 年 6 月 11 日）。

L

樂詠書。〈和合本修訂版、二零零七年完成〉。《時代論壇》733 期，2001 年 9 月 16 日，第 7 版。

李常受。《新約聖經：恢復本》。台北：臺灣福音書房，1987。

李淑潔。〈關於《痕》〉。載《蘇恩佩文集》，第 1 冊，頁 630–632。香港：突破出版社，1987。

李耀全。〈紮根於心靈深處的屬靈友誼：屬靈指導、導師與靈友〉。載《我們眼中的盧雲》，鄧紹光主編，頁 83-98。香港：基道出版社，2000。

李志剛。〈對容保羅牧師「華人教會當務之急」一文的回應〉。《時代論壇》731期，2001年9月2日，第10版。

聯合聖經公會編。《書中之書的新貌：〈現代中文譯本聖經〉——修訂版出版紀念》。台北：聯合聖經公會，1997。

梁廣就。〈香港「電視觀眾研究」的可信性〉。《傳媒透視》（2000年7月號）：頁10-11。

〈兩台節目各自精彩〉。《文匯報》，1998年10月20日，第C12版。

林保淳。〈金庸小說版本學〉。載《金庸小說國際學術研討會論文集》，王秋桂編，頁401-424。台北：遠流出版事業股份有限公司，1999。

劉勰。《文心雕龍·隱秀第四十》。載《欽定四庫全書》，第1478冊。上海：上海古籍出版社，1987。

劉翼凌編。《譯經論叢》。巴貝里：福音文宣社，1979。

〔魯益師〕（C. S. Lewis）著；廖湧祥譯。《如此基督教》。台南：東南亞神學院協會台灣分會，1974。

魯益士（C. S. Lewis）著；余也魯譯。《返璞歸真：我為什麼回歸基督教》。香港：海天出版社，1995。

盧雲（Henri J. M. Nouwen）著；〔沒註明譯者〕。《愛的漩渦：與盧雲默觀》。香港：香港公教真理學會，1995。

盧雲（Henri J. M. Nouwen）著；鄧肇明譯。《生命的頂尖》。香港：基道出版社，1991。

盧雲（Henri J. M. Nouwen）著；唐鴻譯。《念茲在茲：活在聖神中》。台北：光啟文化事業，2000。

盧雲（Henri J. M. Nouwen）著；莊柔玉譯。《念：別了母親後》。香港：基道出版社，2000。

盧雲（Henri J. M. Nouwen）著；張令熹譯。《熾熱的心：感恩祭的生活默想》。台北：光啟文化事業，2001。

盧雲（Henri J. M. Nouwen）著；莊柔玉譯。《安息日誌：秋之旅》。香港：

基道出版社，2002。

呂振中譯。《聖經：舊新約聖經》。香港：香港聖經公會代印，1993。

倫志文。〈淺談繙譯與華人基督教文字事工〉。《今日華人教會》（1986 年 11 月號）：頁 14-19。

羅民威、江少貞。〈「呼喊派」與《新約聖經恢復本》〉。《時代論壇》750 期，2002 年 1 月 13 日，第 1 版。

M

《馬禮遜深文理譯本一百九十週年 1807-1997 紀念版》。香港：香港聖經公會，1997。

「牧靈聖經」編譯組。〈「牧靈聖經」背後的故事（上）〉。《公教報》2880 期，1999 年 5 月 2 日，第 A6 版。

「牧靈聖經」編譯組。〈「牧靈聖經」背後的故事（下）〉。《公教報》2881 期，1999 年 5 月 9 日，第 A6 版。

P

普濟。《五燈會元》，卷 17。載《欽定四庫全書》，第 1053 冊。上海：上海古籍出版社，1987。

Q

奚密。〈解結構之道——德希達與莊子比較研究〉。載《現象學與文學批評》，鄭樹森編，頁 201-241。台北：東大圖書公司，1984。

〈前言〉。《國際中文譯本——路加福音研讀本》。香港：國際聖經協會，2000。

〈前言〉。《新約全書——和合本修訂版》。香港：香港聖經公會，2006。

R

容保羅。〈華人教會當務之急〉。《環聖通訊》創刊號，2001 年 7 月。<http://www.wwbible.org/ver_ch/index_whatsnew.asp?key=21>（2001 年 12 月 2 日）。

容保羅。〈對李志剛牧師一文的回應〉。《時代論壇》733 期，2001 年 9 月

16日，第10-11版。

S

莎士比亞（William Shakespeare）著；屠岸譯。《十四行詩集》，修訂本。上海：上海譯文出版社，1981。

莎士比亞（William Shakespeare）著；屠岸譯。《莎士比亞十四行詩集》。上海：上海譯文出版社，1988。

莎士比亞（William Shakespeare）著；屠岸譯。《莎士比亞十四行詩一百首》。北京：中國對外翻譯出版公司，1992。

莎士比亞（William Shakespeare）著；梁宗岱譯。《莎士比亞十四行詩》。台北：純文學出版社，1992。

沈承恩。〈歡呼橫排本聖經全書出版〉。《天風》76期（1989年4月）：頁2-4。

《聖經》。思高聖經學會譯釋。香港：思高聖經學會，1968。

《聖經：和合本（神版）》。香港：香港聖經公會，1999。

《聖經：舊新約聖經》。呂振中譯。香港：香港聖經公會代印，1993。

《聖經：現代英文譯本／現代中文譯本》。香港：聯合聖經公會，1994。

《聖經：英皇欽定本／新標點和合本》。香港：香港聖經公會，1992。

《聖經後典》。張久宣譯。北京：商務印書館，1987。

〈聖經規格〉。《水流職事站》。<http://www.lsmchinese.org/03booklist/rcv_sizes.htm>（2001年12月2日）。

《聖經新譯本》。香港：天道書樓，1993。

《守望中華》編委會。《心繫神州——當代中國大陸教會概況》。香港：福音證主協會，1998。

樹才。〈譯詩：不可能的可能——關於詩歌翻譯的幾點思考〉。《翻譯思考錄》，許鈞主編，頁383-398。武漢：湖北教育出版社，1998。

宋偉傑。《從娛樂行為到烏托邦衝動——金庸小說再解讀》。南京：江蘇人民出版社，1999。

蘇恩佩。〈靈魂的白皮書〉。載《蘇恩佩文集》，第 1 冊，頁 632-644。香港：突破出版社，1987。

T

屠岸。〈譯後記〉。載《十四行詩集》，修訂本，頁 155-179。上海：上海譯文出版社，1981。

W

王安然。〈翻譯金庸小說大不易〉。《金迷聊聊天（壹）》，李佳穎編，頁 29-31。台北：遠流出版事業股份有限公司，1999。

《網痴俱樂部》。<http://www.netclub.com.tw/doc8.htm>（2001 年 7 月 11 日）。

王德威。〈序〉。載《金庸小說國際學術研討會論文集》，王秋桂編，頁 i-iv。台北：遠流出版事業股份有限公司，1999。

王國維。《校注人間詞話》，徐調孚校注。上海：開明書店，1948。

王娟娟。〈兩岸三地英語電影譯名比較及翻譯模式建立與應用〉。《翻譯學研究集刊》第 9 輯（2005）：頁 33-79。

王秋桂編。《金庸小說——國際學術研討會論文集》。台北：遠流出版事業股份有限公司，1999。

文努迪著；吳兆朋譯。〈《翻譯再思》前言〉。《西方翻譯理論精選》。陳德鴻、張南峰編，頁 235-254。香港：香港城市大學出版社，2000。

溫偉耀。《無能者的大能》。香港：基督教卓越使團，1991。

溫偉耀。〈溫序〉。載《心靈愛語：當我陷入靈命低潮的時候》，盧雲著，馬榮德譯，溫偉耀增訂，頁 3-4。香港：基督教卓越使團，1997。

溫偉耀。〈附錄：盧雲與我——記一段屬靈的友誼〉。載《心靈愛語：當我陷入靈命低潮的時候》，盧雲著，馬榮德譯，溫偉耀增訂，頁 185-192。香港：基督教卓越使團，1997。

溫偉耀。〈自序〉。載《無能者的大能》，頁 14-18。香港：基督教卓越使團，1991。

聞一多。〈詩的格律〉。北平《晨報·詩鐫》，第7號，1926年5月13日，第29-31版。

吳繩武。《認識聖經》。香港：宗教教育中心，1993。

X

《香港電影網》。<http://www.hkfilms.com>（2006年10月5日）。

香港思高聖經學會。〈中文聖經〉。<http://www.sbofmhk.org/Chinese/cBible/cbible.html>（2001年9月1日）。

〈笑傲江湖〉。《香港網》。<http://hongkong.com>（2001年7月11日）。

小民主編。《上帝的愛：綴網集》。臺北：中華民國聖經公會，1981。

《新廣東話聖經》。香港：香港聖經公會，1997。

〈新譯本介紹〉。《環球聖經公會》。<http://www.wwbible.org/ver_ch/index_whatsnew.asp?key=21>（2001年12月2日）。

〈新約聖經恢復本簡介〉。《水流職事站》。<http://www.lsmchinese.org/03booklist/index.htm>（2001年12月2日）。

許慧伶。〈從社會語言學角度探討美國電影片名在臺灣的翻譯〉。載《中華民國第一屆國際翻譯學研討會論文集》，頁 29-49。台北：國立台灣師範大學翻譯研究所，1997。<http://web.nuu.edu.tw/~hlhsu/Grace/Publication.htm>（2006年10月5日）。

〈序言〉。《當代聖經》。香港：天道書樓，1979。

〈序言〉。《呂振中新約新譯修稿》。香港：香港聖書公會，1952。

〈序言〉。《現代中文譯本》。香港：香港聖經公會，1979。

許牧世。《經與譯經》。香港：基督教文藝出版社，1983。

許牧世。〈為甚麼要有新的聖經譯本？〉。載《書中之書的新貌：現代中文譯本聖經——修訂版出版紀念》，頁 4-11，聯合聖經公會亞太區特別事工中心編。台北：〔沒註明出版機構〕，1997。

許淵沖。〈譯詩六論〉。載《文學翻譯談》，頁 275-316。台北：書林出版有限公司，1998。

Y

彥火。〈漫談金庸武俠小說的影響〉。載《名人名家讀金庸》，金庸學術研究會編，頁 332-344。上海：上海書店，2000。

甄敏宜、羅民威。〈你選用哪一本聖經？〉。《時代論壇》744 期，2001 年 12 月 2 日，第 1-2 版。

葉維廉。〈「出位之思」：媒體及超媒體的美學〉。載《比較詩學》，頁 195-234。台北：東大圖書公司，1983。

葉維廉。〈破「信達雅」：翻譯後起的生命〉。《中外文學》23 卷 4 期（1994 年 9 月）：頁 74-86。

葉芝（W. B. Yeats）等著；袁可嘉譯。《駛向拜占庭》。北京：中國工人出版社，1995。

尤思德（Jost Oliver Zetzsche）著；蔡錦圖譯。《和合本與中文聖經翻譯》。香港：國際聖經協會，2003。

尤思德（Jost Oliver Zetzsche）著；蔡錦圖譯。〈一生之久的工作：《和合本》翻譯 30 載〉。載《聖經與近代中國》，伊愛蓮等著，蔡錦圖編譯，頁 61-83。香港：漢語聖經協會，2003。

余光中。〈翻譯和創作〉。載《翻譯論集》，劉靖之主編，頁 121-134。香港：三聯書店（香港）有限公司，1981。

于中旻。〈寄望於中文聖經新譯〉。載《譯經論叢》，劉翼凌編，頁 143-148。巴貝里：福音文宣社，1979。

袁可嘉。〈譯詩點滴談〉。「當代翻譯研討會」宣讀論文，香港大學舉辦，香港，1987 年 12 月 17-21 日。

〈原文版本〉。《漢語聖經協會》。<http://www.chinesebible.org.hk/new_b_1.asp#new_b001>（2006 年 6 月 11 日）。

Z

張曼儀主編。《現代英美詩一百首》。香港：商務印書館，1992。

張南峰。《中西譯學批評》。北京：清華大學出版社，2004。

張南峰、莊柔玉合著。〈前言：多元系統研究的理論與實踐〉。《中外文學》，多元系統研究專輯 30 卷 3 期（2001 年 8 月）：頁 7-17。

趙維本。《譯經溯源——現代五大中文聖經翻譯史》。香港：中國神學研究院，1993。

中國社會科學院語言研究所詞典編輯室編。《現代漢語詞典：修訂本》。北京：商務印書館，1997。

鍾庭耀。〈1998 電視節目欣賞指數調查〉。《傳媒透視》（1999 年 12 月號）：頁 12-13。

〈中文聖經〉。《香港思高聖經學會》。<http://www.sbofmhk.org/Chinese/cBible/cbible.html>（2001 年 12 月 2 日）。

中文聖經新譯會編。《中文聖經新譯委員會通訊》1 期（1972）-11 期（1987）。

中文聖經新譯會編。《中文聖經新舊譯本參讀選輯》。香港：中文聖經新譯會，1977。

中文聖經新譯會編。《中文聖經翻譯小史》。香港：中文聖經新譯會，1986。

中文聖經新譯會編。《中文聖經新譯委員會特訊》（1987）。

〈中文聖經新譯委員會與新譯本——訪問新譯會〉。《橄欖》18 卷 3 期（1977 年 5 月）：頁 24-27。

朱培慶。〈港台引入「欣賞指數」的由來〉。《傳媒透視》（1999 年 6 月號）：頁 8-9。

朱玉立。〈武俠大師抵台，引動金學風潮〉。載《金迷聊聊天（貳）》，李佳穎編，頁 223-228。台北：遠流出版事業股份有限公司，1999。

莊柔玉。《基督教聖經中文譯本權威現象研究》。香港：國際聖經協會，2000。

莊柔玉。〈知覺之間〉。載《念：別了母親後》，盧雲著，莊柔玉譯，頁 10-13。香港：基道出版社，2000。

莊柔玉。〈用多元系統理論研究翻譯的意識形態的局限〉。《翻譯季刊》16 & 17 期（2000 年 10 月）：頁 122-136。

莊柔玉。〈經典化與穩定性——管窺中文聖經多元系統的演進〉。《中外文學》30 卷 7 期（2001 年 12 月）：頁 57-76。

莊柔玉。〈如何破隔？——談日記的翻譯兼序《安息日誌》〉。載《安息日誌：秋之旅》，盧雲著，莊柔玉譯，頁 vii-ix。香港：基道出版社，2002。

莊柔玉。〈從對等到差異——解構詩歌翻譯的界限〉。《中外文學》31 卷 11 期（2003 年 4 月）：頁 215-239。

英文書刊（按字母排序）

A

Ahlquist, Dale. *The Apostle of Common Sense*. San Francisco: Ignatius Press, 2003.

"Art: A World History." In *Art: A World History*, 6-7. New York: DK Publishing, 1998.

B

Barnstone, Willis. *The Poetics of Translation: History, Theory, Practice*. New Haven: Yale University Press, 1993.

Bassnett, Susan, and André Lefevere, eds. *Translation, History and Culture*. London: Pinter Publishers, 1990.

Bassnett, Susan, and André Lefevere. "Introduction: Proust's Grandmother and the Thousand and One Nights: The 'Cultural Turn' in Translation Studies." In *Translation, History and Culture*, edited by Susan Bassnett and André Lefevere, 1-13. London: Pinter Publishers, 1990.

Bassnett, Susan, and Harish Trivedi. "Introduction: of Colonies, Cannibals and Vernaculars." In *Post-colonial Translation: Theory and Practice*, edited by

Susan Bassnett and Harish Trivedi, 1-18. London: Routledge, 1999.

Benjamin, Walter. "The Task of the Translator." Translated by Harry Zohn. In *Illuminations*, edited by Hannah Arend, 69-82. New York: Schocken Books, 1969. Translation of "Die Aufgabe des Übersetzers," in *Illuminationen* (1955).

Bible Translation. <http://www.geocities.com/bible_translation> (2 December 2001).

Block, Ed Jr. "G. K. Chesterton's Orthodoxy as Intellectual Autobiography." *Renascence: Essays on Values in Literature* 49:1 (Fall 1996): 41-55.

Broomhall, Marshall. *The Bible in China.* San Francisco: Center for Chinese Materials, 1977.

Bruce, F. F. *The English Bible: A History of Translations.* London: Lutterworth Press, 1961.

Byron, George Gordon. *Byron's Poetry.* Edited by Frank D. McConnell. New York: Norton, 1978.

C

Cattrysse, Patrick. "The Polysystem Theory and Cultural Studies." *Canadian Review of Comparative Literature* 24 (March 1997): 49-55.

Chesterman, Andrew. *Memes of Translation: The Spread of Ideas in Translation Theory.* Amsterdam, Philadelphia: J. Benjamins, 1997.

Chesterton, G. K. *Orthodoxy.* Foreword by Philip Yancey. Colorado Springs, Colorado: WaterBrook Press, 2004.

"Chesterton, G. K." *The Columbia Encyclopedia.* 6th ed. New York: Columbia University Press, 2001-2005. <http://www.bartleby.com/65/ch/Chestert.html> (3 September, 2007).

Chriss, Roger. "Quotes About Translation." In *The Language Realm.* <http://home.earthlink.net/~rbchriss/Library/Quotes.html> (9 January 2002).

Codde, Philippe. "Polysystem Theory Revisited: A New Comparative Introduction." *Poetics Today* 24:1 (2003): 91-126.

Connolly, David. "Poetry Translation." In *Routledge Encyclopedia of Translation Studies*, edited by Mona Baker, 170-176. London: Routledge, 1998.

Culler, Jonathan. "Structuralism." In *The Shorter Routledge Encyclopedia of Philoscphy*, edited by Edward Craig, 1004. London & New York: Routledge, 2005.

D

Davis, Kathleen. *Deconstruction and Translation*. Manchester, UK & Northampton, MA: St. Jerome Publishing, 2001.

Derrida, Jacques. *Positions. Translated by Alan Bass*. Chicago: University of Chicago Press, 1981. Translation of Positions (Paris: Les Éditions de Minuit, 1972).

Derrida, Jacques. *Margins of Philosophy*. Translated by Alan Bass. Chicago: University of Chicago Press, 1982. Translation of *Marges de la Philosophie* (Paris: Les Éditions de Minuit, 1972).

Derrida, Jacques. "Des Tours de Babel." English and French versions. In *Difference in Translation*, edited and translated by Joseph F. Graham, 165-207, 209-248. Ithaca & London: Cornell University Press, 1985.

E

Edgar, Andrew, and Peter Sedgwick, eds. *Key Concepts in Cultural Theory*. London & New York: Routledge, 1999.

Eliot, T. S. "Hamlet and His Problems." In *The Sacred Wood: Essays on Poetry and Criticism*, 95-103. London: Methuen, 1920.

Eoyang, Eugene Chen. "The Myths of Theory." In *The Transparent Eye: Reflections on Translation, Chinese Literature, and Comparative Poetics*, 24-45. Honolulu: University of Hawaii Press, 1993.

Even-Zohar, Itamar. "The Position of Translated Literature within the Literary Polysystem." In *Literature and Translation: New Perspectives in Literary Studies*, edited by James S Holmes, José Lambert, and Raymond van den Broeck, 117-127. Leuven: Acco, 1978.

Even-Zohar, Itamar. "Polysystem Theory." *Polysystem Studies, Poetics Today* 11:1 (Spring 1990): 9-26.

Even-Zohar, Itamar. "The 'Literary System'." *Polysystem Studies, Poetics Today* 11:1 (Spring 1990): 27-44.

Even-Zohar, Itamar. "The Position of Translated Literature within the Literary Polysystem." *Polysystem Studies, Poetics Today* 11:1 (Spring 1990): 45-51.

Even-Zohar, Itamar. "Laws of Literary Interference." *Polysystem Studies, Poetics Today* 11:1 (Spring 1990): 53-72.

Even-Zohar, Itamar. "The Quest for Laws and Its Implications for the Future of the Science of Literature." In *The Future of Literary Scholarship*, edited by G. M. Vajda and J. Riesz, 75-80. Frankfurt am Main: Peter Lang, 1986.

F

Fager, Charles E. "The Humor and Eloquence of Chesterton." *The Christian Century* (21 May 1980): 583-584.

Frerichs, Ernest S., ed. *The Bible and Bibles in America*. Atlanta, Georgia: Scholars Press, 1988.

Fung, Mary M. Y. "Strategies in Poetic Translating." Paper presented at Conference on Translation Today organized by Hong Kong Institute for Promotion of Chinese Culture, Hong Kong, 17-21 December 1987.

G

Gentzler, Edwin. *Contemporary Translation Theories*. London & New York: Routledge, 1993.

Gentzler, Edwin. *Contemporary Translation Theories*. 2nd rev. ed. Clevedon & Buffalo: Multilingual Matters, 2001.

Gentzler, Edwin. "What's Different about Translation in the Americas?" In *CTIS Occasional Papers*, 7-19. Manchester: Centre for Translation and Intercultural Studies, UMIST, 2001.

H

Hammarskjöld, Dag. *Markings*. Translated from the Swedish by Leif Sjöberg and W. H. Auden, foreword by W. H. Auden. New York: Ballatine Books, 1983.

Henri Nouwen Society. "Bibliography." *HenriNouwen.org*. <http://www.henrinouwen.org/books/bibliography> (14 June 2006).

Hermans, Theo, ed. *The Manipulation of Literature: Studies in Literary Translation*. London & Sydney: Croom Helm, 1985.

Hermans, Theo. *Translation in Systems: Descriptive and System-oriented Approaches Explained*. Manchester: St. Jerome, 1999.

Holmes, James S., ed. *The Nature of Translation: Essays on the Theory and Practice of Literary Translation*. The Hague: Mouton, 1970.

Holmes, James S. *Translated! Papers on Literary Translation and Translation Studies*. Amsterdam: Rodopi, 1988.

J

Jameson, Fredric. *The Prison House of Language*. Princeton: Princeton University Press, 1974.

L

Lambert, José. "Translation, Systems and Research: the Contribution of Polysystem Studies to Translation Studies." *TTR: Traduction, Terminologie, Rédaction* 8:1 (1995): 105-152.

Lambert, José. "Itamar Even-Zohar's Polysystem Studies: An Interdisciplinary Perspective on Culture Research." *Canadian Review of Comparative Literature* 24:1 (March 1997): 7-14.

LaNoue, Deirdre. *The Spiritual Legacy of Henri Nouwen*. New York: Continuum, 2000.

Lauer, Quentin S. J. *G. K. Chesterton: Philosopher without Portfolio*. New York: Fordham University Press, 1988.

Lefevere, André. "That Structure in the Dialect of Man Interpreted." In *Comparative Criticism: A Yearbook VI*, edited by Elinor S. Shaffer, 87-100.

Cambridge: Cambridge University Press, 1984.

Lefevere, André. *Translation, Rewriting and the Manipulation of Literary Fame*. London & New York: Routledge, 1992.

M

Man, Paul de. "Conclusions: Walter Benjamin's 'The Task of the Translator'." In *The Resistance to Theory*, 73-105. Minneapolis: University of Minnesota Press, 1986.

McGrath, Alister E. *Christian Spirituality: An Introduction*. Oxford: Blackwell Publishers, 1999.

Mok, Olivia. "Martial Arts Fiction: Translational Migrations East and West." Ph.D. diss., University of Warwick, 1998.

Munday, Jeremy. *Introducing Translation Studies: Theories and Applications*. London & New York: Routledge, 2001.

Murray, A. H. Jowett. "A Review of Lü Chenchung's Revised Draft of a New Translation of the New Testament in Chinese." *The Bible Translator* 4:4 (1953): 165-167.

N

Nida, Eugene A. *God's Word in Man's Language*. New York: Harper & Bros., 1952.

Nord, Christine. "Text-Functions in Translation: Titles and Headings as a Case in Point." *Target* 7:2 (1995): 261-284.

Nouwen, Henri. *Circles of Love: Daily Readings with Henri J. M. Nouwen*. London: Darton, Longman and Todd, 1988.

O

Olson, Charles. *Selected Essays*. New York: New Directions, 1966.

P

Pearce, Joseph. "G. K. Chesterton: Champion of Orthodoxy." *Lay Witness*, March 2001. <http://www.catholiceducation.org/articles/arts/al0085.html> (3

September, 2007).

Peters, Thomas C. *The Christian Imagination: G. K. Chesterton on the Arts*. San Francisco: Ignatius Press, 2000.

R

Records of the Conference of the Protestant Missionaries of China, Held at Shanghai, May 7-20, 1890. Shanghai: American Presbyterian Mission Press, 1890.

S

Scott-James, Rolfe Arnold. "R. A. Scott-James: Mr. Chesterton's Masterpiece." *The Daily News*, 25 September 1908. In *G. K. Chesterton: The Critical Judgments, Part I: 1900-1937*, edited by D. J. Conlon, 159-161. Antwerp: Antwerp Studies in English Literature, 1976.

Shakespeare, William. *The Sonnets*. Edited by G. Blakemore Evans. Cambridge: Cambridge University Press, 1996.

Shuttleworth, Mark. "Polysystem Theory." In *Routledge Encyclopedia of Translation Studies*, edited by Mona Baker, 176-179. London & New York: Routledge, 1998.

Strandenaes, Thor. *Principles of Chinese Bible Translation as Expressed in Five Selected Versions of the New Testament and Exemplified by Mt. 5:1-12 and Col. 1*. Stockholm: Almqvist & Wiksell International, 1987.

T

Toury, Gideon. "Translational Solutions on the Lexical Level and the Dictionary." In *International Conference on Meaning and Lexicography: Abstracts: Lodz, 19-21 June 1985*, edited by Jerzy Tomaszczyk and Barbara Lewandowska-Tomaszczyk, 87-89. Lodz: University of Lodz, Institute of English Studies, 1985.

Toury, Gideon. "A Rationale for Descriptive Translation Studies." In *The Manipulation of Literature: Studies in Literary Translation*, edited by Theo Hermans, 16-41. London and Sydney: Croom Helm, 1985.

Toury, Gideon. *Descriptive Translation Studies and Beyond.* Amsterdam: John Benjamins, 1995.

V

Venuti, Lawrence. "Introduction." *Rethinking Translation: Discourse, Subjectivity, Ideology*, edited by Lawrence Venuti, 1-17. London: Routledge, 1992.

Venuti, Lawrence. *The Translator's Invisibility.* London: Routledge, 1995.

Venuti, Lawrence. "Unequal Developments: Current Trends in Translation Studies." *Comparative Literature* 49:4 (Fall 1997): 360-368.

Vermeer, Hans J. "Skopos and Commission in Translational Action." In *Readings in Translation Theory*, edited by Andrew Chesterman, 173-187. Helsinki: Finn Lectura, 1989.

"Versions." *Tyndale House.* <http://www.tyndale.cam.ac.uk/Tyndale/Scriptures.html> (2 December 2001).

Vieira, Else Ribeira Pires. "Liberating Calibans: Readings of Antropofagia and Haroldo de Campos' Poetics of Transcreation." In *Post-colonial Translation: Theory and Practice*, edited by Susan Bassnett and Harish Trivedi, 96-113. London & New York: Routledge, 1999.

Voort, Cok van der. "Narratology and Translation Studies." In *Translation Studies: The State of the Art*, edited by Kitty M. van Leuven-Zwart, 65-73. Amsterdam: Rodopi, 1991.

W

Waard, Jan de, and Eugene A. Nida. *From One Language to Another: Functional Equivalence in Bible Translating.* Nashville: Thomas Nelson, 1986.

Weissbort, Daniel, ed. *Translating Poetry: The Double Labyrinth.* London: Macmillan, 1989.

Wolfreys, Julian, ed. *The Edinburgh Encylopaedia of Modern Criticism and Theory.* Edinburgh: Edinburgh University Press, 2002.

Y

Yeats, W. B. *The Collected Poems of W. B. Yeats*. Edited by Richard J. Finneran. New York: Collier, 1989.

Yancey, Philip. "G. K. Chesterton: Prophet of Mirth." In *Orthodoxy*, vii. Colorado Springs, Colorado: WaterBrook Press, 2004.

Z

Zetzsche, Jost Oliver. *The Bible in China: The History of the Union Version or the Culmination of Protestant Missionary Bible Translation in China*. Sankt Augustin: Monumenta Serica Institute, 1999.

Zetzsche, Jost Oliver. "The Work of Lifetimes: Why the Union Version Took Nearly Three Decades to Complete." In *Bible in Modern China: The Literary and Intellectual Impact*, edited by Irene Eber, Sze-kar Wan and Knut Walf, in collaboration with Roman Malek, 77-100. Sankt Agustin: Institut Monumenta Serica, 1999.

中外名稱對照與索引

名稱對照（按漢語拼音排序）*

* 鑑於第九篇涉及的電影名稱、導演、編劇、演員名稱甚多，而又只為該篇文章獨有，這裏不予列出。

D

E

F

M

N

Z

國家圖書館出版品預行編目資料

多元的解構：從結構到後結構的翻譯研究

莊柔玉著. – 初版. – 臺北市：臺灣學生，2008.10
面；公分
參考書目：面
含索引

ISBN 978-957-15-1415-4(精裝)
ISBN 978-957-15-1414-7(平裝)

1. 翻譯學

811.7 97012308

多元的解構：從結構到後結構的翻譯研究（全一冊）

著作者：莊柔玉
出版者：臺灣學生書局有限公司
發行人：盧保宏
發行所：臺灣學生書局有限公司
臺北市和平東路一段一九八號
郵政劃撥帳號：00024668
電話：(02)23634156
傳真：(02)23636334
E-mail：student.book@msa.hinet.net
http：//www.studentbooks.com.tw

本書局登記證字號：行政院新聞局局版北市業字第玖捌壹號

印刷所：長欣印刷企業社
中和市永和路三六三巷四二號
電話：(02)22268853

定價：精裝新臺幣四六〇元
平裝新臺幣三八〇元

西元二〇〇八年十月初版

81106

ISBN 978-957-15-1415-4(精裝)
ISBN 978-957-15-1414-7(平裝)